사마쌍협
邪魔雙俠

## 사마쌍협 1
월인 新무협 판타지 소설

초판 1쇄 찍은 날 § 2002년 10월 20일
초판 1쇄 펴낸 날 § 2002년 10월 30일

지은이 § 월인
펴낸이 § 서경석

편집장 § 문혜영
편집책임 § 장상수
편집 § 박영주 · 권민정 · 이종민
마케팅 § 정필 · 강양원 · 김규진

펴낸곳 § 도서출판 청어람
등록번호 § 제1081-1-89호
등록일자 § 1999. 5. 31
어람번호 § 제2-0140호

주소 § 경기도 부천시 원미구 심곡1동 350-1 남성B/D 3F (우) 420-011
전화 § 032-656-4452 팩스 § 032-656-4453
http://www.chungeoram.com
E-mail § eoram99@chol.com

ⓒ 월인, 2002

값 7,500원

ISBN 89-5505-507-2 (SET)
ISBN 89-5505-508-0 04810

※ 파본은 본사나 구입하신 서점에서 교환하여 드립니다.
※ 저자와 협의하여 인지를 붙이지 않습니다.

# 사마쌍협

邪魔雙俠

월인 新무협 판타지 1

천재(天才)와 귀재(鬼才)

도서출판
청람

목차

1 천재(天才)와 귀재(鬼才)

작가의 말 ◆ 7

序章 ◆ 9

제1장 ◆ 11
우리 가주(家主)가 아둔한 사람이란 네 가지 이유

제2장 ◆ 39
큰아가씨 설수연(楔秀姸)

제3장 ◆ 89
태음토납경(太陰吐納經)

제4장 ◆ 133
맹호입산(猛虎入山)

제5장 ◆ 165
정마협(正魔俠) 갈문혁(葛文赫)

제6장 ◆ 237
혈접검법(血蝶劍法)

## 작가의 말

전작 두령에 대한 성원에 감사드리며 그 성원을 뿌리치지 못하고 다시 며칠 만에 사마쌍협의 연재를 하게 되었습니다(그때 좀 쉬었어야 했는데……. 최근 쓰린 속을 달래며 땅을 치게 됩니다).

두령이 '우두머리 원숭이'에 대한 이야기에서 모티브를 얻었다면 이번 사마쌍협은 안델센의 동화에 나오는 '미운 오리 새끼'가 모티브가 되었습니다.

개인적으로 가장 인상 깊은 두 가지의 이야기가 바로 '우두머리 원숭이'와 안델센의 '미운 오리 새끼'입니다.

친구들에 비해서 헤엄도 잘 치지 못하고 생김새도 이상해서 언제나 따돌림당하던 미운 오리 새끼는 항상 창공을 나르는 백조를 동경하며 어린 시절을 보냅니다.

그러던 어느 날, 문득 수면에 비친 자신의 모습에서 언제나 동경했던 백조가 바로 자신이란 걸 알고 날개를 퍼덕이며 비상하게 되지요.

그때 날개를 퍼덕이며 비상(飛上)하는 순간의 기분은 어떤 것일까요?

고아에 남의 집 하인으로 자라난 자운엽을 통해서 그 비상(飛上)의 기분을 그려보고자 사마쌍협을 쓰게 되었습니다.

〈날개야, 다시 돋아라. 날자. 날자. 날자. 한 번만 더 날자꾸나. 한 번만 더 날아보자꾸나.〉

날자! 한 번만 날자……。

힘든 생활에 찌들 때마다 가장 많이 외쳐 본 말입니다.

박제가 된 천재 이상(李箱)님의 '날개'가 퍼덕거리는 소리를 쫓으며……。

월인(月忍) 배상.

팔랑~

천의무봉(天衣無縫)인 양 주름살 하나 없이 매끄러우며 백설처럼 희고 윤기나는 섬섬옥수가 한 장 한 장 종이를 넘기고 있었다.

제법 두툼한 두께의 책자에 아직은 서투른 글씨로 쓰여진 일기(日記)의 첫 장이 여인의 아름다운 봉목 아래 수줍게 나신을 드러냈다.

**우리 가주는 무척 아둔한 사람이다.**

일기의 첫 구절은 그렇게 시작되고 있었다.

◆ 제1장

우리 가족(家族)가 이끄는 사람이란 네 가지 이유

 우리 가주(家主)가 아둔한 사람이란 네 가지 이유

우리 가주(家主)는 무척 아둔한 사람이다.

아니, 정확히 말하자면 내 생각에 우리 가주는 무척 아둔한 사람인 것 같다.

가주는 새벽이면 단 하루도 거르지 않고 백학검법(白鶴劍法)을 열심히 연무한다.

백학검법은 감숙설가(甘肅楔家)의 비전 절기로 전, 후 각 삼 초씩 총 여섯 초식의 절정 검법이다.

마치 한 마리 백학이 춤을 추는 듯 표홀하고 신비무쌍한 몸놀림으로 검초를 펼쳐 공수 양면에서 쉽게 상대를 찾을 수 없다고 들었다.

그런고로 가주이신 백학신검(白鶴神劍) 설사덕(楔使德)은 가문의 절기에 대한 자부심이 거의 광적인 수준이다.

내가 생각해 봐도 백학검법은 정말 우아하고 멋진 검법이었다.

언젠가 밤늦게 같은 방에서 생활하는 종운(宗雲) 아저씨가 선반 위에 감춰놓은 군고구마를 내가 몰래 훔쳐 먹고 배탈이 나서 새벽부터 뒷간을 들락거린 적이 있었다.

그때 우연히도 가주의 백학검법을 목격하게 되었다.

평소 가주의 검법 수련은 연공실 안에서 주위 사람들의 눈에 띄지 않게 이루어진다. 그런데 그날은 서서히 깊어가는 가을 공기가 너무 상쾌한 날이었다.

가주 역시 그 가을의 향취(香臭)를 만끽하며 아침 수련을 하고 싶었던지 칼을 들고 천천히 뜰로 나왔다.

겉옷 하나를 벗어 나무에 걸어놓은 가주는 조심스럽게 주위를 한번 둘러보고는 백학검법을 수련하기 시작했다.

처음에는 졸리는 눈으로 가주의 검법을 아무 생각 없이 멍하니 쳐다보았지만 차츰 그 몸놀림과 칼의 움직임이 너무도 경쾌하여 나도 모르게 그 광경에 몰입하고 말았다.

여섯 조각의 검식이 모두 끝났다.

각각의 검식이 유사하면서도 어딘지 모르게 확연한 구분이 있었다.

한바탕 끊이지 않는 춤사위 같았지만 그것은 분명히 여섯 조각이 이어진 것이었다. 훗날 백학검법은 전, 후 각 삼식으로 된 검법이라는 것을 종운 아저씨에게 들었을 때 내 눈이 틀리지 않았음을 알았다.

한 번의 수련이 끝나고 잠시 호흡을 고른 가주는 다시 한 번 똑같은 동작을 반복했다. 이번에는 더욱 확실히 가주의 몸놀림과 칼끝의 움직임을 기억할 수 있었다.

두 번의 연습이 끝나고 가주가 다시 호흡을 가다듬을 때 난 무의식적으로 머리 속에 가주의 몸놀림과 칼끝의 궤적을 떠올리게 되었다.

그런데 여섯 조각의 춤사위 중 다섯 번째 춤사위의 어느 한 부분이 갑자기 뇌리에 거슬리기 시작했다.

그 거슬림이 무엇인지 확실히는 몰랐지만 분명히 전체의 조화에서 벗어난 것이었다. 마치 섬돌마루에 가지런히 잘 놓여진 신발들 중 유독 한 짝만이 옆으로 비스듬히 놓여져 눈에 거슬리는 것과 흡사한 느낌이었다.

가주의 수련이 세 번째 반복될 때 난 그것을 확신할 수 있었다.

내 뇌리에 강한 거부감을 주었던 제오(第五) 초식, 그러니까 후이식(後二式) 후반부의 한 동작, 그것은 다른 다섯 초식과는 사뭇 다른 모습이었다.

다른 초식들은 그 부분에서 수비에 중점을 두어 언제든지 가볍게 물러설 수 있는 자세를 취하고 대신 다음 공격에서 훨씬 강맹하고 빨라지는 움직임을 보였다.

다른 다섯 춤사위는 모두 그런 식으로 동작이 이어졌었다. 그런데 유독 다섯째 초식의 후반부에서만은 가주는 앞의 동작과 마찬가지로 다리에 힘을 주며 뻣뻣이 세웠고 그 결과 다음의 공격 동작이 순간적으로 느려지고 위력이 감소되었다.

난 그날 하루 종일 고민에 빠졌다.

감숙설가가 언제부터 감숙제일가(甘肅第一家)로 번성하였고 백학검법이 언제부터 감숙설가의 비전으로 전해져 왔는지 몰랐지만 가주는 최소한 백학검법을 수십 년에 걸쳐 익혔을 것이다.

그런데도 이제껏 그 어색함을 모르고 있었단 말인가?

그렇다면 백학검법이 대대로 잘못 전해져 온 것이든지, 아니면 가주 설사덕이 잘못 익힌 것일 게다.

물론 내 생각이 잘못된 것일 수도 있다. 그러나 다른 다섯 초식과 비

우리 가주(家主)가 아둔한 사람이라는 네 가지 이유 15

교해 볼 때 그것은 분명히 어색했다.

그날 저녁 난 종운 아저씨에게 백학검법에 대해 이것저것 물어보았고 앞서 얘기했듯이 백학검법은 여섯 조각으로 이루어진 검법이라는 것과 또 백학검법은 익히기에 아주 난해한 검법이란 말을 들었다.

너무 난해하여 그 검로를 하나도 빠뜨리지 않고 기억하는 데만도 석 달이 걸린다고 했다. 그리고 순간순간 진기와 호흡을 정확히 조절하여 완벽히 펼쳐 내는 데는 오 년의 세월도 모자란다고 했다.

그 얘기를 듣는 도중 잠깐 졸음이 쏟아졌고, 종운 아저씨가 검로를 기억하는 데 석 달이라고 했던 말은 졸음 때문에 잘못 들었을 것이다. 난 분명히 그 검로를 세 번 만에 모두 기억했다.

그리고 한 가지 뜻밖의 사실은 그런 어색한 검을 휘두르는 가주가 현 무림백대고수의 일 인이라는 것이다. 그건 아무래도 믿기지가 않는다.

무림백대고수의 일 인이 그런 식으로 허점이 있는 검을 익힌단 말인가?

그건 전적으로 종운 아저씨의 허풍일 것이다. 하인이 자기 집 주인의 무공을 부풀려 말하는 것이 그리 이상할 것도 아니다. 충분히 이해하고도 남음이 있다.

어쨌든 수십 년을 익히면서도 계속 허점이 있는 검을 휘두르는 가주는 아둔한 사람이 틀림없다. 그것이 내가 가주를 아둔한 사람이라고 하는 첫 번째 이유이다.

우리 가주가 아둔한 사람이라고 생각하는 이유는 또 있다.

가주의 식구는 부인 추산미(推傘美)와 일남 설수범(楔秀梵), 이남 설상일(楔相壹), 일녀 설수연(楔秀姸), 이녀 설상희(楔相熹) 이렇게 이남

이녀이다.

일남 설수범과 일녀 설수연은 오래전에 죽은 전처의 소생이었다.

그리고 이남 설상일과 이녀 설상희는 재혼해서 낳은 현처―현재의 처―추산미의 소생이다.

가주 설사덕은 전처와는 사이가 좋지 않은 모양이었다.

좋운 아저씨에게서 들은 얘기로는 전 부인, 누구라 했더라? 그렇지, 민가영(閔嘉英)……. 어릴 적 들은 이름이지만 난 한 번 본 얼굴이나 들은 이름은 절대로 까먹지 않는다. 분명히 민가영이라 했다.

전 부인 민가영과 가주는 집안의 뜻에 따라 결혼했다고 한다. 뭐, 정략결혼이니 그런 모양이다.

그래서 두 사람 사이에는 별 애정이 없었던 모양이다. 좋운 아저씨가 가주의 전 부인 민가영에 대한 얘기를 할 때 안타까움과 그리움의 표정을 떠올리는 걸 봐서는 좋운 아저씨는 전 안주인에 대한 짝사랑 비슷한 연모의 정을 품었음이 틀림없다.

에이, 엉큼한 좋운 아저씨……!

그런데 꼭 그렇게도 볼 수 없는 것이 좋운 아저씨는 워낙 배운 것이 없어서 무지하고 고지식하지만 엉큼한 사람은 아니다. 그리고 다른 사람들도 전 안주인 민가영을 얘기할 때면 좋운 아저씨와 비슷한 표정을 짓는 걸로 봐서는 그 사람들이 모두 엉큼하다기보다는 가주의 전 부인 민가영의 인품이 훌륭했다고 생각하는 것이 더 정확할 것 같다.

또 식솔 중 한 사람인 황씨 할아버지의 얘기로는 민 부인은 무척이나 영리했다고 한다. 그래서 어떤 결정을 내릴 때는 아둔한 가주와 자주 의견 충돌이 있었다고 했다. 그러나 지나고 보면 언제나 민 부인의 결정이 옳음이 밝혀졌고 그럴 때마다 가주 설사덕은 겉으로 표시는 내지 않았지만 민 부인을 더욱 냉랭히 대했다고 한다. 그런고로 전 부인의 소생인 설수범과 설수연을 대하는 가주의 태도는 후처 소생인 설상일과 설상희에 비해 옆에서 보기 민망할 정도로 차이가 났다. 그건 내가 보기에 현재 설가의 안주인 추산미의 역할이 컸다. 그것은 좀 뒤에 자세히 밝히겠다.

추산미의 역할이 아니더라도 전처의 소생인 설수범과 설수연은 모든 면에서 자신보다는 전처인 민 부인을 더 많이 닮았다고 한다.

일남 설수범은 어머니의 명석한 두뇌와 결단성있는 성격을 그대로 닮아 어릴 때부터 주변에 명성이 자자했고, 일녀 설수연도 전 부인의 온화함과 후덕함을 그대로 닮았다고 했다. 특히 그 용모는 커가면서 민 부인이 살아 돌아온 것이 아닐까 할 정도로 빼박았다고들 한다.

그러고 보면 전 부인 민가영은 뛰어난 미인이었을 것이다.

그런 부인과 사이가 좋지 않고 냉랭하게 지낸 가주는 정말 아둔한 사람인 것이다.

그것이 내가 가주를 아둔한 사람이라고 생각하는 두 번째 이유이다.


가주가 아둔한 사람이라는 세 번째 이유를 밝히는 것은 썩 내키지 않는다. 그것은 내 어린 시절의 아프고도 끔찍한 기억을 떠올려야 하기 때문이다.

하나 기왕지사 내친 김이니 밝히도록 하자.

난 아주 어려서 이 집으로 들어온 것 같다. 네 살 적 일까지도 웬만한 건 기억할 수 있는데 이 집으로 들어오던 날의 기억이 없는 것을 보니 다른 사람들 얘기처럼 그 이전인 것이 맞는 것 같다.

어느 추운 겨울 날, 남루한 차림의 부부가 이 집 찬모였던 여자에게 나를 잠시 맡기고 뒷간을 찾는다고 나갔는데 언제 사라졌는지 흔적이 없었다고 했다. 그래서 난 이 집 하인들 손에서 키워졌고 지금 내 나이 열세 살이라고 하니 십 년을 이 집에서 잔뼈가 굵은 것 같다.
 그 남루한 차림의 부부가 부모였는지 아닌지는 잘 모르겠다.
 부모라면 그렇게 쉽게 자식을 버릴 수 있었을까?
 아마도 그들도 날 어디서 주워다가 또 그렇게 이 집에 맡겼을 것이다.
 아주 오래전부터 난 그렇게 생각하기로 했다. 그렇게 생각하는 것이 속이 훨씬 편했다.
 그 부부는 뒷간에 가기 전에 내 이름이 자운엽(慈雲葉)이고 그때 나이 세 살이라고 묻지 않은 것까지 알려주었다고 했다. 그래서 지금 내 나이가 열세 살이고 모두들 나를 자운엽이라 부른다.
 어릴 때까지는 찬모 아줌마들 사이에서 키워졌는데 일곱 살 때부터 찬모 아줌마들도 많이 바뀌고 다 큰 놈이 여자들 치마폭에서 자라면 안 된다고 좋은 아저씨가 자기 방으로 데려와 지금까지 같이 생활하고 있다.
 그 일곱 살 때쯤부터 난 집안의 자질구레한 심부름을 하며 저잣거리로 나다닐 수 있었다.
 심부름이라고 해봐야 좋은 아저씨가 시키는 서찰 전하기나 집안 식솔들의 잡다한 개인용품 사 오기 등이었다.
 그런 자질구레한 일만 해주면 나머지 시간은 자유였으므로 난 그 시간에 저잣거리의 아이들과 곧잘 어울렸다.
 그들 역시 부모들이 없는 고아들이거나 있어도 겨우 비바람이나 피할 빈민촌에 사는 아이들이었다.
 그들은 아침이면 저잣거리로 몰려 나와 저녁 해가 질 때까지 그곳에서 살다시피 한다. 그러므로 점심은 당연히 거르든지 재주껏 해결한다. 그들의 몰골을 보면 뭐 아침이나 저녁이라도 제대로 먹는다고 생

우리 가주(家主)가 아둔한 사람이라는 네 가지 이유 19

각할 수도 없었다.

　지나가는 행인들의 손에서 한 닢 얻어 만두 한 개로 점심을 때우든지 아니면 남의 가게에 놓인 먹거리를 슬쩍하여 배를 채운다. 대부분 후자의 경우였다.

　심부름을 마치고 남은 시간이면 난 항상 그들과 어울리며 그들의 놀이에 동참했다.

　아무리 하인이지만 감숙제일가에서 점심을 굶을 걱정은 없었다. 하지만 난 집에서 편하게 먹는 점심보다 저잣거리의 또래와 어울리며 재주껏 해결하는 것이 훨씬 재미있었다.

　특히 그 재주에 있어서 내 능력은 타의 추종을 불허했다.

　점심을 재주껏 해결하는 과정에서 다른 놈들은 그 재주가 시원치 않아 만두 가게 주인이나 떡집 주인에게 덜미를 잡혀 혼이 달아나도록 두들겨 맞았다. 그럴 때면 아이들은 울부짖으며 용서를 빌었지만 대개의 경우 그런 행동은 유치한 헛수고에 불과했다.

　좀도둑을 잡은 주인들은 그들 부모에게 열 배의 금액을 보상시키고 싶었지만 좀도둑이 차려입은 행색이 그 가능성의 싹을 처음부터 잘라 버렸다. 그래서 가게 주인들은 금전 변상의 의도를 접고 그 대신 잡은 좀도둑 아이들에게 육체적 학대로 대신하고자 했다.

　좀도둑으로 잡힌 아이가 아무리 빌고 바닥을 기어도 애초의 할당량의 매는 조금도 줄어들지 않았고 그 아이는 한 개 만두의 대가로 며칠을 절뚝거릴 정도로 매 타작을 당했다.

　그렇게 처절하게 혼쭐이 난 아이들은 다시는 그런 짓을 하지 않을 것이라는 것이 주인들의 굳은 믿음이었지만 아이들은 그 일들을 너무 쉽게 잊었다. 대개의 경우처럼 아이들은 뭐든 쉽게 잊어버리는 습성이 있어서가 아니다.

굶주림의 고통!

그 지속적인 고통이 순간적인 매타작의 고통보다 훨씬 컸기 때문이다.

그래서 아이들은 아무리 초주검이 되어도 다시 먹거리를 진열한 가게 근처에서 얼씬거렸고 가게 주인들과의 생존 경쟁은 끊임없이 지속되었다.

그런데 난 그런 방면에 있어서 타고난 재주가 있는 것 같았다.

뒤를 돌아보며 두리번거리지 않아도 현재 나를 예의 주시하는 시선이 몇 개인지 자연스럽게 느낄 수 있었고, 어떤 각도에서 어떻게 몸을 움직이는 것이 가장 사람의 이목을 완벽하게 가릴 수 있는지, 어떤 표정과 어떤 행동을 하였을 때 가게 주인들의 신경이 가장 많이 분산되는지 본능적으로 느낄 수 있었다.

난 그 타고난 본능을 무기로 가게 주인들을 비웃기나 하듯 만두나 떡, 전병(煎餠) 등을 조금의 의심도 사지 않고 수확할 수가 있었다.

나 혼자서도 그런 일은 조금의 의심도 사지 않고 해낼 수가 있었지만 또래 녀석들 몇 명이 내가 시킨 대로 도와준다면 훨씬 수행 속도가 빨라지고 수확량이 많아진다. 난 그 수확량들을 언제나 배가 고파 눈이 퀭한 그 녀석들에게 던져 주었고 또래 녀석들은 숨도 쉬지 않고 남보다 한 개라도 더 위장 속으로 쑤셔 넣으려는 듯 제대로 씹지도 않고 집어삼켰다.

내가 그런 남다른 재능을 발휘하고부터는 자연히 또래 녀석들이 내 주위로 몰렸고 내 말을 따르게 되었다.

개중에는 나보다 한두 살 더 많거나 이제껏 왕초 노릇을 하던 녀석들도 처음 몇 번은 마지막 남은 자존심을 세우려는 듯 내 선물을 애써

거부했지만 언제나 그럴 수는 없는 일이었다. 그렇게 하기엔 그들은 아직 너무 어렸고 배고픔의 고통은 너무 컸다.

결국 그들도 한두 번 못 이기는 척 내 수확물을 받아들였고 마침내 내 말을 따르게 되었다. 그렇게 되자 난 집안에 있는 것보다 저잣거리로 나가는 것이 즐거웠고 심부름할 것이 없으면 만들어서라도 나가게 되었다. 밖으로 나갈 구실을 만들어서까지 나가려 하다 보니 자연히 남자 하인들의 사생활 하나하나까지 꿰뚫어 볼 수가 있었다.

종운 아저씨의 담배가 언제 떨어지는지, 한창 늦장 연애 사업에 열을 올리고 있는 서구 아저씨가 언제쯤 답서를 쓸지, 또 옆방 황씨 영감님의 약재를 언제 받아오는지 등등…….

그러다 보니 남들은 귀찮게 여기는 잔심부름의 양이 너무 작은 게 불만이었다. 그런 사정도 모르는 어른들은 날 말 잘 듣는 기특한 아이로 여기며 때때로 동전 한 닢도 쥐어주었다. 그야말로 일거양득이었다.

그렇게 아저씨나 영감님들의 잔심부름에 성이 차지 않은 나는 찬모 아주머니들의 심부름에도 내 영역을 확장시켰고 아주머니들의 심부름도 도맡아 하며 밖으로 나가는 기회를 증가시켰다.

내가 저잣거리로 찾아갈 때마다 그곳 또래 아이들은 쌍수를 들어 환영했고 난 그들의 점심을 완벽한 솜씨로 해결해 주었다.

그때쯤 나날이 발전된 내 솜씨는 거의 완벽에 가까웠고 내가 없을 때는 또래들도 내가 쓰던 방법을 따라해 몰매를 맞는 횟수가 현저히 줄어들었다.

그런 어느 날이었다.
그날도 난 심부름을 나와 최근에 들르지 않았던 가게들을 돌며 부지런히 수확물을 챙겼다.
 이제 겨우 걸음마를 배웠을 어린 동생들까지 끌고 나와 나의 수확물을 애타게 기다리는 또래의 눈빛을 생각하고 그들이 허겁지겁 배를 채울 생각을 하니 왠지 내 능력이 자랑스러워 가슴이 뿌듯해 왔다.
 얼마 전에 서구 아저씨에게 배운 휘파람을 여유있게 불며 수확물을 들고 조력자인 몇 명 또래들과 함께 우리들의 은신처인 마을 외곽 언덕받이에 올라섰을 때 난 그 자리에 얼어붙고 말았다.
 그곳에는 도저히 어울리지 않는 의외의 인물이 굳은 표정으로 서 있었다.
 난 내 눈을 의심하며 몇 번을 껌벅거렸지만 그 사람은 분명히 내 주인집 장남 설수범 공자였다.
 "큰, 큰공자님!"
 난 떨리는 음성으로 큰공자를 불렀다.
 "손에 든 거 내려놓거라."
 한참을 싸늘하게 나를 쳐다보던 큰공자는 내 손에 든 보따리를 바라보며 차갑게 말했다.
 "언제부터 이런 짓을 하고 다녔느냐?"
 내가 양손에 든 보따리를 주춤주춤 내려놓자 큰공자는 다시 차갑게 질문을 던졌다.
 순간 난 공자의 질문이 무엇인지 갈등하게 되었다.
 오늘 수확물을 거둬들이면서 내 행위를 간파한 사람은 맹세코 없다고 생각했다.
 그동안의 축적된 경험으로 이제는 귀신이 아닌 이상 내 재주를 꿰뚫어 볼 수 있는 사람은 절대로 없을 것이라 확신하고 있었기에 큰공자

우리 가주(家主)가 아둔한 사람이라는 네 가지 이유

의 질문에 난 오히려 무슨 말이냐는 표정으로 바라보았다.
 "언제부터 이런 도둑질을 하고 다녔느냐?"
 큰공자의 낮은 목소리가 내 귓전을 때렸다.
 뒤통수에 강한 충격이 전해져 왔다.
 아울러 이번에는 큰공자의 질문도 확실히 알아들을 수 있었다.
 큰공자가 내 행동을 간파했단 말이었다.
 큰공자의 질문은 분명히 그런 뜻이었지만 난 도저히 그 사실을 인정할 수 없었다.
 "무슨 말씀이신지……?"
 짝—
 갑자기 온 세상이 빙글빙글 돌아갔고 하늘이 캄캄해져 왔다.
 "이 녀석이 이젠 거짓말까지 하는 것이냐?"
 큰공자의 목소리가 다시 들릴 때쯤 난 내가 처한 상황을 인식할 수 있었다.
 눈 깜짝할 사이에 난 한 바퀴 빙글 돌아 바닥에 고꾸라졌고 그제야 왼쪽 뺨이 욱씬거리며 아파왔다.
 큰공자의 손을 보지도 못한 채 순식간에 뺨을 맞고 쓰러진 것이다.
 "어서 일어나거라!"
 큰공자의 목소리가 추상같자 난 최면에 걸린 듯 비틀거리며 일어섰다.
 "이건 홍씨 집 만두 가게에서 네놈이 훔친 것이고 이건 포목집 옆 과자 가게에서 훔친 유과이고, 또 이건 유씨 떡집에서 네놈과 저 녀석이 함께 훔친 떡이다. 그리고…….."
 큰공자는 내 수확물을 하나하나 바닥에 쏟으며 그 출처를 정확히 집어내었다.

그 순간 난 심장이 입 밖으로 튀어나올 정도로 놀랐다.

큰공자가 집어내는 그 수확물들의 출처는 단 한 가지도 틀리지 않았다.

어떻게 이런 일이 있을 수 있단 말인가?

지금 난 내가 수확할 때 그곳 주변 상황을 쥐새끼 한 마리도 빠뜨리지 않고 정확히 그려낼 수 있었다.

가게 주인의 시선이 어디로 향하고 있었고, 그곳을 지나가는 사람들은 누구누구였고, 그들의 옷차림은 어떤 것이었는지, 그들 개개인의 손에 들린 물건들… 가슴에 달린 노리개, 머리 모양, 심지어는 그들이 내 곁을 지나가며 어떤 표정을 지었는지까지도 정확히 기억할 수 있었다.

그런데 큰공자가 어떻게 내 행동을 간파하고 있었단 말인가?

다시 한 번 수확 장면을 떠올려 보았다.

마치 그때로 되돌아간 것처럼 생생히 그 광경이 머리 속에 떠올랐다.

없었다!

그 어디에도 그 순간의 내 행동을 포착한 시선은 없었고 큰공자는 더 더욱 없었다.

그런데 어떻게 한 번도 아니고 근 열 번에 걸친 그 장면을 내 주의력을 무용지물로 만들고 정확히 포착한단 말인가?

무서웠다!

태어나서 처음으로 인간에 대한 두려움이 가슴 가득 밀려왔다.

내가 아는 사람들 중 이제껏 내 예상을 벗어난 행동을 하는 사람은 없었다. 그런데 오늘 부로 그 기록은 산산이 깨어졌다.

"이래도 발뺌을 할 셈이냐?"

마지막 보자기까지 모두 뒤집어 그 속에 든 먹거리들을 땅바닥에 쏟아버린 큰공자가 나직하게 말했다.

난 아무 말도 할 수 없었다.

그야말로 고양이 앞의 쥐처럼 떨릴 뿐이었다.

퍽—

"으흑!"

창자가 꼬이는 듯한 고통을 맛보며 난 새우처럼 등을 굽히며 바닥에 데굴데굴 뒹굴기 시작했다.

언제 날아왔는지도 모르는 큰공자의 발길질에 난 숨이 막히며 죽음을 의식했다.

한 번의 발길질이 인간에게 이런 지독한 고통을 줄 수 있는지 옛날에는 미처 몰랐다.

도저히 숨을 쉴 수 없는 고통이 엄습해 왔고 비명조차 내지르지 못한 채 얼굴이 발갛게 되어 괴로워하다 차츰 숨이 트이기 시작하자 이번에는 창자 속에 든 모든 것이 입으로 역류하기 시작했다.

"쿠에엑!"

난 연신 토악질을 하며 부족한 숨을 몰아쉬었다.

"배가 고파 한 번쯤 도둑질하는 것은 어쩔 수 없는 일이다. 하지만 때마다 도둑질을 계속하면 평생, 그리고 자손 대대로 도둑놈밖에 되지 못한다. 그건 정말 더러운 일이다."

그 말과 함께 큰공자는 내 수확물들을 모조리 발로 밟아 으깨어 버렸다.

"으아앙!"

마침내 동그랗게 뜬 눈으로 바닥에 쏟아진 음식만 쳐다보고 있던 꼬맹이가 울음을 터뜨렸다.

난 그때까지도 마지막 토악질을 하며 헐떡거리고 있었다.

"너희들, 이리 와!"

큰공자가 나와 공동 작전을 벌이며 수확을 했던 또래 녀석들을 불렀다.

"으아앙! 한 번만 용서해 주세요, 공자님."

또래 녀석들이 아주 익숙한 동작으로 큰공자 앞에서 무릎을 꿇고 빌었다.

"냉큼 일어서지 못해, 이 녀석들아!"

큰공자의 음성에서 정말 무시무시한 분노를 느낄 수 있었다.

눈치 빠른 또래 녀석들은 큰공자 앞에서는 자신의 숙련된 연출이 통하지 않는다는 것을 알아채고는 얼른 일어서서 입을 다물었다.

"너희 다섯은 이걸 가지고 가서 먹고 싶은 것을 사 가지고 다시 이리로 오너라. 단 한 푼도 남기지 않아야 한다. 내가 일일이 맞춰보겠다."

큰공자는 가슴속에서 보기에도 묵직한 전낭을 꺼내 또래 녀석들에게 들려주었다.

또래들은 긴가민가하는 표정으로 눈치만 살피다 큰공자의 호통을 한 번 더 듣고 나서야 전낭을 받아 들고 부리나케 뛰어갔다.

또래들이 사라지고 난 후 큰공자의 차가운 시선이 다시 나에게로 돌아왔다.

난 숨이 막히는 듯한 공포에 질렸다.

한 번만 더 발길질을 당하면 분명 명이 끊길 것이다.

"우리 집 대문 밖 느티나무 뿌리 밑에 움푹 패인 구멍이 하나 있다. 기억하겠지?"

언제 다시 날아올지 큰공자의 발끝만 바라보며 배를 잡고 누워 있는 나를 보며 큰공자가 조용히 말했다. 그 목소리에는 어떤 분노도, 차가움도 느껴지지 않았다.

난 얼른 고개를 들어 큰공자를 쳐다보았다.

"네놈 머리 속이라면 그런 것쯤 쉽게 기억되어 있을 것이다."

큰공자는 내 눈을 똑바로 보며 말했다.

마치 오장육부를 샅샅이 헤집고 머리 속의 생각 부스러기 한 점까지 남김없이 읽어내는 듯한 눈빛이었다.

무서움이 다시 온몸으로 전해져 왔다.

하지만 이번에 전해지는 무서움은 발길질이나 따귀의 무서움과는 전혀 다른 종류의 무서움이었다. 언제 어떤 순간에도 내 모든 행동이 부처님 손바닥 안에 든 것처럼 환히 드러나는 데 대한 두려움이었다.

그 두려움은 발길질의 두려움보다 최소한 열 배는 더했다.

"그곳에 항상 전낭을 하나 넣어두겠다. 심부름 나갈 때마다 먹거리 값을 챙겨가거라."

큰공자가 눈길을 거둬들였다

오장육부에 박힌 대침(大針)이 빠져나가는 듯한 느낌이었다.

"대신 앞으로 단 한 번이라도 더 도둑질을 하면 그땐 손목을 잘라 버리겠다."

큰공자는 말과 함께 허리에 찬 칼에 손을 갖다 댔다.

난 급히 양손을 무릎 사이로 집어넣었다.

뚜벅뚜벅—

바닥에 누워 새우처럼 웅크린 내 눈앞에서 큰공자의 모습이 멀어져 갔다.

창자를 끊어내는 듯한 고통도 가시고 더 이상 토악질도 멈췄을 때 또래 다섯 명이 엄청난 양의 먹거리를 사 들고 왔다.

멍청한 놈들! 단 한 푼도 남기지 않고 다 사 온 모양이었다.

"아까 그 공자님은?"

"갔어!"

난 구겨진 체면을 보상하기라도 하듯 성난 목소리로 말하고는 음식 보자기를 풀어 공평하게 분배하기 시작했다.

이 자식들 마음대로 나누게 그냥 두었다가는 싸움이 일어날 것이고 종국엔 먹거리들이 쏟아져 반은 버리게 될 것이 확실하기 때문이었다.

난생처음으로 도둑질하지 않은 음식을 배불리 먹은 녀석들은 남은 음식들을 챙겨 들고 자기 집으로, 아니면 자기 은신처로 사라졌다.

또래 녀석들이 떠나고 난 후 나도 터덜터덜 집으로 돌아왔다.

이젠 수확을 할 때의 그 짜릿한 전율은 더 이상 느끼지 못할 것이다.

큰공자가 주는 돈으로 예전이나 다름없이 녀석들의 점심은 해결해 줄 수 있겠지만 그렇게 맹숭하게 돈으로 사는 것과 짜릿한 쾌감을 맛보며 수확하는 일은 천지 차이다.

지독한 고통을 안겨주며 그 즐거움을 빼앗아간 큰공자가 원망스러웠지만 또래 녀석들 전부가 자손 대대로 도둑놈으로 살고 그건 정말 더러운 일이라는 큰공자의 말에 반박할 말을 찾을 수 없을 것 같았다.

그날부터 난 큰 즐거움 하나를 빼앗겼고 그 사실에 더욱 힘이 빠져 집에까지 오는 데 세 번도 더 쉬었다.

쉬면서 몇 번을 거듭해서 생각해 보았지만 큰공자의 오장육부를 샅샅이 헤집는 그 눈길을 피해 계속할 자신은 눈곱만큼도 없었다.

내 주의력을 감쪽같이 허물고, 열 번도 넘는 내 수확 장면을 정확히 포착하고, 또 그 수확물들이 어디에서 난 것인지 단 한 조각도 틀리지 않고 맞춰내는 그 악마적인 기억력!

내 눈빛만 보고도 내가 어떤 인간인지 순식간에 파악하는 통찰력!

내 오장육부를 샅샅이 헤집는 듯한 그 무서운 눈빛!

더 넓은 세상 밖에는 큰공자 같은 인간들이 얼마나 많을지 모르겠지만 큰공자는 내가 아는 한 가장 무서운 인간이었다.

그런데 그런 큰공자의 자질을 알아보지 못하는 사람이 바로 가주 설사덕이었다.

그것이 내가 우리 가주를 아둔한 사람이라고 생각하는 세 번째 이유이다.


그리고 마지막으로 네 번째 이유는 현재 설가의 안주인과 관련된 이야기다.

앞에서도 얘기했듯이 전처 자식과 현처 자식을 대하는 가주의 태도는 너무나 다르다. 그것은 현처 추산미의 역할이 크다.

큰공자 설수범은 언제나 어두운 표정에 날카로운 눈빛을 하고 있다. 날 때부터 그랬는지 성장 과정에서 그렇게 되었는지 알 수는 없지만 부족한 것 없을 것 같은 대가댁 큰공자의 표정으로는 무척 어울리지 않는 것이다.

뭐, 불만 가득한 천재들의 전형적인 모습이라고 할 수도 있겠지만 언젠가 한번 목격한 할머니를 대할 때의 그 밝고 환한 표정으로 봐서는 성장 과정에서 자연스레 그렇게 변한 것 같다.

아마 큰공자의 표정을 그렇게 만든 가장 큰 원인을 제공한 사람은 안주인 추산미일 것이다.

추산미는 감숙추가(推家)의 큰딸이다.

안주인 추산미의 친정인 감숙추가는 이십여 년 전부터 급격히 세도가 불어난 집안이다. 그 원인은 추산미의 부친이 용조권(龍爪拳)을 대성하여 가주 설사덕과 함께 중원 백대고수의 반열에 오르면서부터이다.

그 이전까지는 별 내세울 것이 없는 작은 가문이었는데 추산미의 부친 추필영(推筆瑛)이 많은 비무와 협행으로 백대고수의 반열에 오르며 그 가세가 급격히 불어나기 시작했다.

그러나 단숨에 명문대가로 발돋움하기 위해서는 아마도 감숙제일인 감숙설가의 재력이 필요했을 것이다. 그래서 추산미는 홀아비가 된 가주 설사덕에게 꼬리를 쳤고—이건 어디까지나 옆방 황씨 할아버지의 표현이다—가주 설사덕이 넘어간 것이라 했다.

추산미가 새 안주인으로 들어앉은 후 제일 먼저 한 일은 모든 식구들의 환심을 사는 작업이었다.

집안 여자들에게는 장신구나 지분(脂粉) 등을 선물하고 남자들에게는 눈웃음으로 한 사람 한 사람 소리없이 공략하여 일 년도 채 지나기 전에 집안의 거의 모든 사람들이 자신의 편이 되었고 그중 반 정도는 수족처럼 되었다.

그 대열에서 이탈했거나 대열에 끼지 않은 사람이 바로 옆방 황 노인과 가주의 어머니이자 큰공자의 할머니이신 노마님, 그리고 큰공자였다.

그리고 나는 그 대열에 끼지도, 이탈하지도 않았다.

그냥 구경꾼 정도라고 해두자.

단지 추산미가 나 역시 자기 편이라 알고 있게끔 행동하고 있지만 결코 추산미의 편은 아니다. 그렇다고 이탈자들의 편도 아니다. 그러기에 그냥 구경꾼이라 하는 것이 이해가 편할 것이다.

하지만 표면상으로는 난 적당히 추산미의 대열에 편승하고 있다.

그 대열에 동참하면 막대한 이익이 따르는데, 아니, 최소한 이탈했을 때의 그 막심한 손실을 입지 않는데 내가 왜 굳이 대열에 합류하지 않은 표시를 내겠는가? 그건 정말 멍청한 짓이다.

그런 구경꾼의 위치에서 감숙설가에서 일어나는 일을 가만히 바라보면 정말 흥미진진하다.

어린 나이 때는 몰랐는데 열 살이 넘어가자 안주인 추산미의 행동이 하나하나 눈에 잡히기 시작했다.

왜 그런 눈웃음을 쳤는지, 또 이런 행동 뒤에는 어떤 행동이 뒤따르는지…….

어쩌다 아랫사람이 실수를 했을 때 그 자리에서는 아주 너그러운 부인처럼 안색 하나 변하지 않고 웃음으로 넘어가지만 며칠 뒤, 아니면 몇 달 뒤에라도 반드시 교묘한 방법으로 그 대가를 치르게 한다. 하지만 그 방법이 너무도 교묘해서 정작 본인들은 그 일을 앞서 자신이 저지른 실수와 연관시키지 못한다.

하지만 내가 아는 한 한 치의 오차도 없이 그 일들은 연관되어 있었다.

소름 끼치는 여자였다!

물론 큰공자만큼 무섭지는 않지만…….

그러나 어린 내가 보기에도 그렇게 훤히 보이는 추산미의 행동이 큰공자의 눈에 안 보일 리 만무했을 것이다.

추산미 역시 큰공자의 이목만은 속일 수 없다는 것을 느꼈을 것이다.

그런 면에서 여자들은 감각 기관이 하나 더 있는 것 같았다.

그러나 그것을 알았다 하더라도 추산미는 직접적으로 큰공자에게 위해를 가할 수는 없었다.

병중이긴 하지만 아직까지는 제일 어른이신 시어머니가 살아 있고 어찌 됐든 큰공자는 감숙설가의 장남이었기 때문이다.

결국 추산미는 큰공자를 상대함에 있어서 설가의 최대 권력자인 가주 설사덕과 큰공자 사이를 교묘히 이간질시키는 방법을 택했고 아둔한 가주는 완전히 넘어간 것 같았다.

나날이 큰공자 설수범을 쳐다보는 가주의 눈빛이 차가워져 갔고 차남인 설상일을 쳐다보는 눈빛은 그만큼 따뜻해져 갔다.

처음에는 창자가 끊기는 고통을 느끼게 하며 내 즐거움을 빼앗아 간 큰공자가 당하는 것이 춤을 추고 싶도록 고소했다. 정말 십 년, 아니, 팔 년 묵은 체증이 쑤욱 내려가는 것 같았다.

그런데 즐거운 구경거리도 자꾸 보면 싫증이 나는 것일까? 언제부터인가 그 재미도 심드렁해지더니 좀 더 지나서는 차츰 짜증이 나기 시작했다.

싸움이란 것이 원래 엎치락뒤치락 백중세를 이루어야 재미가 더하는 법이다. 그런데 추산미와 큰공자의 싸움은 일방적인 공격과 일방적인 수비의 대결이었다.

갖은 방법으로 추산미가 공격을 했고 큰공자는 설가에서 자신의 존재가 위태로울 정도의 공격에는 무서운 능력으로 완벽하게 대처했지만 그 외에는 추산미의 공격에 무방비 상태로 자신을 노출시켰다.

몇 번은 역공을 취하여 추산미를 파멸시킬 수도 있었지만 웬일인지 큰공자는 그 기회를 무시했다.

큰공자가 그 기회를 못 보고 지나칠 리는 절대로 없었다.

내 귀신같은 수확 솜씨를 꿰뚫어 보고 오장육부를 모조리 헤집는 듯한 눈을 가진 큰공자가 그것을 못 보고 지나친다는 것은 옆집 개가 풀을 뜯어먹고 새벽에 지붕 꼭대기에서 '꼬끼오' 할 일이다.

난 그걸 보고 도저히 이해가 가지 않았다. 아니, 도저히 마음에 들지가 않았다.

한쪽이 어느 정도 일방적으로 공격을 당했으면 기회가 왔을 때 이번에는 다른 쪽이 공격을 하고 해야 보는 사람이 재미가 있는 법인데 언제나 추산미의 일방적이 공격이 계속되고 큰공자의 일방적인 수비가 계속되니 내가 짜증이 나지 않고 배기겠는가?

그래서 한번은 이 지리하고 재미없는 싸움의 방관자보다는 조력자가 되어 싸움의 판도를 재미있는 쪽으로 바꾸어놓은 적도 있었다.


그날 나는 감을 따 먹으러 감나무 꼭대기로 올라갔었다.

나무 위에서 잘 익은 홍시 하나를 빨고 있는데 설가의 둘째 딸, 그러니까 추산미의 소생인 설상희가 아주 은밀하게 움직이는 모습이 보였다.

추산미가 낳은 소생이라 그런지 설상희는 자기 어머니를 닮아서 가증스럽기 짝이 없었다.

그런 계집애가 은밀히 움직이며 뭔가를 들고 큰공자의 방으로 쥐새끼처럼 숨어들었다가 잠시 후 빈손으로 빠져나갔다.

그 동작이 얼마나 잽싸고 은밀하던지 누구도 눈치 채지 못할 정도였다. 하기야 그 시간이 큰공자 처소에 있어서 제일 한적한 시간이었고 눈치 챌 사람 자체가 없는 시간이었다.

난 직감적으로 추산미가 큰공자를 상대로 뭔가를 꾸미고 있다는 것을 느꼈다.

그리고 이번에는 왠지 그 강도가 심상찮을 것 같았다.

천천히 나무에서 내려온 나는 설상희보다 더 잽싸고 은밀한 동작으로 큰공자의 방에 숨어들어 천천히 방 안의 전체적인 모습을 살폈다.

일곱 살 무렵부터 수확을 하면서 단련된 감각이 어김없이 되살아났고 큰공자의 옷장 문짝 하나가 눈에 거슬렸다.

큰공자의 성격과는 많이 다른 모습으로 닫혀 있었고, 또 방 안의 다른 여러 가지 물품들과도 많이 다른 모습을 하고 있었다.

옷장 깊숙이 손을 넣어보았더니 어김없이 설상희가 들고 들어왔던 봉투 하나가 손에 잡혔다. 그것은 무슨 땅문서 같았다.

이런 극단적인 방법을 쓰는 것을 보니 추산미는 친정 추씨 집안과 뭔가 큰일을 벌이는 모양이다.

난 봉투를 들고 잠시 망설였다.

이것을 도로 넣어두면 큰공자는 돌이킬 수 없는 구렁텅이 속으로 빠질 것이다.

도로 집어넣고 몇년 전 죽을 정도로 걷어채인 복수를 할까 하는 생각도 들었지만 그러면 재미있는 싸움이 금방 끝날 것 같다는 생각에 포기했다.

난 얼른 그 봉투를 품속에 넣고 나오려다 뭔가 뇌리를 스치는 것이 있어 큰공자의 서탁에 있던 한지를 접어 설상희가 가져온 봉투만하게 만들어서 땅문서 대신 넣어놓고는 소리없이 밖으로 나왔다.

오랜 세월이 지난 후에 이 일이 백일하에 밝혀진다면 큰공자를 흠모한 어느 하인 녀석 하나가 큰공자를 구했다고 하겠지만 그건 천만의 말씀이다. 내가 왜 내 창자가 끊어질 정도의 고통을 안겨준 큰공자를 돕겠는가?

그것은 오직 내 신념을 지키기 위해서이다.

싸움은 붙이고 흥정은 말리라는 내 신념에 의거하면 이 봉투를 그대로 놓아두는 것은 싸움을 붙이는 것이 아니라 완전히 끝을 내는 것이다. 그렇게 되면 큰공자는 싸움터를 떠나야 하고 싸움꾼이 사라진 빈 싸움터에서는 내 신념을 가꿀 수가 없다.

내 신념은 대개 그런 종류이다.

흥정이 깨어지는 것이 재미있고 싸움을 붙이는 것이 재미있다.

큰공자의 돈으로 먹거리를 사는 것보다 수확하는 즐거움이 훨씬 컸고, 뭘 만드는 것보다는 잘 만들어진 것을 깨부수는 것이 훨씬 짜릿했다.

이야기 속에서도 광명정대한 협객들보다는 엄청난 파괴력을 가진 마인들이 훨씬 마음에 들었다.

때때로 그들이 유부에서 솟아나와 세상을 어지럽히는 것이 너무나 아찔한 재미를 주었다.

그런 신념을 지키기 위한 일환으로 큰공자 방에 숨겨진 땅문서를 빼낸 것이지 결코 큰공자의 그 과묵함이 맘에 들어서도, 그 정의로움에 감탄해서도, 그 뛰어남을 흠모해서도, 또 몇 년 동안 단 한 번도 잊지 않고 대문 옆 느티나무 뿌리 구덩이 속에 전낭을 넣어준 것이 고마워서도 아니다.

그런 것은 절대로, 절대로 아니다!

맹세코!

그리고 며칠 후, 아니나 다를까 가주 설사덕이 땅문서가 없어졌다고 펄펄 뛰었고 추산미가 교묘히 옆에서 거들며 그 의심을 큰공자에게로 쏠리게 했다.

그리고 설상희가 빨랫감을 정리하다가 큰오빠의 방 장롱 속에서 비슷한 것을 보았다고 아주 조심스럽게 말했다.

큭큭! 그 순간 큰공자의 얼굴을 보았어야 했는데…….

이런 극단적인 방법을 쓸 줄 몰랐다는 당황의 표정과 이제껏 너무 안일하게 대처해 헤어나지 못할 수렁 속에 빠졌다는 자괴감 가득한 표정…….

십삼 년 묵은 체증이, 아니, 팔 년 묵은 체증은 예전에 한 번 내려갔으니 남은 오 년 묵은 체증이 쑤욱 내려가는 순간이었다.

당장 가주 설사덕의 명령이 떨어지자 하인들이 큰공자의 방에서 내가 접어놓은 한지 뭉치를 가져왔다.

가주가 하인의 손에서 그 한지를 뺏어 들고 펼쳐 보았을 때 이번에는 추산미와 설상희의 표정이 일품이었다. 큭큭!

"이, 이게 무엇이더냐?"

가주가 큰공자에게 질문을 던지자 영문을 모르겠다는 듯한 큰공자의 표정이 조금씩 바뀌어갔다.

"옷장에 습기가 차서는 좋을 게 없지요."

큰공자가 간단히 답하자 제 엄마를 닮아서 가증스럽기 짝이 없는 설상희가 얼굴이 빨개져서는 뭔가 말을 하려는 찰나 추산미가 얼른 설상희를 잡아당겨 입을 봉했다. 어설픈 대응으로는 자신들의 행위가 드러날 위험이 있었기 때문이다.

그 후로도 한참 동안 집안이 소란스러웠지만 내가 보관하고 있는 땅문서는 누구도 찾아내지 못했고 또 누구도 그 땅문서를 내가 가지고 있을 것이라고는 상상도 하지 못했다.

우리 가주(家主)가 아둔한 사람이라는 네 가지 이유

안주인 추산미를 비롯한 모든 사람들에게 난 말 잘 듣는 어린 하인으로밖에 보이지 않았기 때문이다.

내 정체를 아는 사람은 세상에서 유일하게 큰공자 한 사람뿐이었다.

내 활약으로 큰공자의 일방적인 패배는 늦추어졌지만 큰공자가 역공을 취하지 않고 지금처럼 수비로만 대처하는 이상 더 큰 함정이 기다릴 것은 자명한 일이었다.

도대체 큰공자가 이번 같은 위험을 감수하면서도 당하기만 하는 이유를 알 수가 없었다.

그럴 능력이 없어서라면 모르겠지만 마음만 먹는다면 추산미 정도야 하루아침 해장거리도 되지 않을 텐데…….

아마도 가문의 명예를 지키느니, 조상의 이름을 지키기 위해서라든지… 등등 나로서는 도저히 이해가 안 되는 그런 이유 때문인 것 같았다.

그런다고 죽은 조상이 살아 돌아오는 것도 아닌데 명문가의 장남 자리라는 것이 그런 것도 생각해야 하는 모양이다.

그러고 보면 아무 걸리는 것 없는 내 처지가 큰공자보다 훨씬 낫다는 생각이 절로 들었다.

어쨌든 그런 숨 막히는 싸움이 일어나는지도 모르고, 또 자기 집의 모든 것을 노리는 추산미의 가증스러움을 전혀 눈치 채지 못하고 눈웃음에 반해서 추산미 앞에서는 마냥 즐거워하는 우리 가주는 정말 아둔한 사람이다.

그것이 내가 우리 가주를 아둔한 사람이라고 여기는 네 번째 이유이다.

◆ 제2장

큰아가씨 앵수연(櫻秀姸)

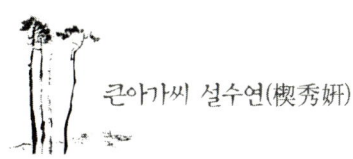

큰아가씨 설수연(楔秀姸)

이런 아둔한 가주와 가증스런 안주인, 그리고 무서운 큰공자가 있는 감숙설가에서 난 잔뼈가 굵었고 지금은 어엿한 열세 살이 되었다.

내 나이 열세 살의 가을이 깊어갈 무렵 현재 감숙설가의 제일 어른이신 노부인마님께서 운명하셨다.

그때 큰공자의 모습은 차마 봐주기 힘들 정도로 비탄에 잠겼다.

어른들 중 큰공자의 유일한 원군이셨고 정신적 버팀목이셨던 할머님의 별세는 큰공자에게 가슴이 온통 무너지는 상실감을 안겨준 것 같았다.

여우 같은 며느리에게 알게 모르게 핍박당하며 별채 한곳으로 물러나 자나 깨나 큰공자의 앞날을 걱정하다 뜬눈으로 세상을 떠난 노부인의 장례가 치러지고도 한동안 큰공자는 실성한 사람처럼 멍하니 하늘만 쳐다보고 무슨 일에든 의욕없이 지냈다.

난 그때 무척 신경을 곤두세웠다.

큰공자가 실의에 빠진 그때 추산미의 공격이 시작된다면 아무리 큰공자라 하더라도 속수무책일 것이다. 그렇다면 지켜보는 관중으로서 나는 너무 재미없어질 것이다.

그래서 모든 식구들, 특히 여자 하인들의 잔심부름과 잡일을 도맡아 해주면서 집안 돌아가는 사정을 살폈지만 가증스런 추산미도 마지막 양심은 남아 있는지, 아니면 저번 공작의 실패로 잔뜩 움츠린 것인지 별다른 낌새를 채지 못하였다.

그렇게 우울했던 가을이 지나가고 겨울이 오자 큰공자의 행동에서 서서히 변화가 느껴졌다. 뭔가를 하나씩 준비하고 하나씩 정리해 나갔다. 아무도 느끼지 못할 정도로 은밀히 움직였지만 나에게는 그것이 확연히 느껴졌다.

그리고 어느 날 그 준비와 정리가 끝났음을 알았고 나 역시 한 가지 준비를 했다.

한겨울 새벽 바람은 너무 차갑다.

난 내가 입을 수 있는 옷은 모두 꺼내 입었지만 발끝, 손끝, 코끝 등 신체 말단 부위에서 느껴지는 추위는 어쩔 수가 없었다.

근 반 시진을 추위 속에서 기다렸을 때 예상대로 한 명의 인영이 담을 사뿐히 넘어 내가 기대고 선 대문 밖 느티나무 옆으로 걸어왔다.

나를 본 큰공자의 신형이 흠칫 멈추었다.

"역시 떠나시는군요."

내가 빙긋 미소를 물고 말하자 굳어 있던 큰공자의 표정이 여러 차례 복잡하게 변했다.

"역시 떠난다……? 네 녀석은 내가 떠날 것을 알고 있었다는 말투로구나?"

"그러니까 이곳에서 기다린 것이 아니겠습니까?"

빈틈없는 내 공격에 큰공자는 답할 말이 없는 것 같았다.

"집 떠나면 제일 필요한 것이 돈인데 이것이 필요하지 않을까요?"

난 품속에서 설상희가 큰공자의 옷장 속에 감추고 큰공자를 함정에 빠뜨리려 했던 땅문서를 내밀었다.

"역시 네놈 짓이었군!"

봉투 속의 내용물을 확인한 큰공자가 천천히 고개를 끄덕였다.

"역시 네놈 짓이라……? 짐작하고 계셨다는 말투시군요."

난 여전히 빙글거리려 했지만 추위에 얼어붙은 얼굴이 말을 들어주지 않았다.

"그런 짓을 할 놈은 네놈뿐이지. 어쨌든 큰 신세를 졌구나."

큰공자가 쓸쓸한 표정으로 말했다. 추산미의 소생이긴 했지만 같은 아버지의 피를 받은 형제에게 배신당한 아픔이 표정 속에 나타났다.

"왜 반격을 하지 않았죠? 결정적인 기회가 세 번은 있었는데 말입니다."

내가 다시 질문을 던지자 큰공자는 한숨을 길게 쉬었다.

"네 녀석은 내가 할머니 살아생전에 감숙설가를 쑥밭으로 만들고 온 세상 사람들에게 감숙제일가를 웃음거리로 만들 줄 알았더냐?"

내 짐작과 비슷한 대답이 큰공자의 입에서 흘러나왔다.

감숙제일가!

그 제일이라는 것이 그렇게 중요한 것인가?

가문이라는 것이 없는 나에게는 정말 이해가 가지 않는 일이었다.

큰아가씨 설수연(楔秀姸) 43

남들 기억에 제일 가문으로 남아 있기 위해 자신을 구렁텅이로 빠뜨리려는 추악한 음모도 덮어두어야 하고 당한 만큼 복수하고 싶은 충동도 주먹을 부르르 떨며 참아야 하는 것을 보니 명문대가의 큰공자 자리는 정말 할 게 못 된다는 생각이 들었다.

"이젠 노마님께서도 돌아가셨으니 마음껏 복수할 수도 있으실 텐데 왜 떠나십니까?"

내 목소리에 나도 모르게 억울함이 묻어 나오는 걸 느끼고 난 깜짝 놀랐다. 하긴 뭐 큰공자가 당하기만 하고 반격을 하지 않아 내 구경하는 재미가 반감되니 억울할 일이기도 하다고 생각하며 다시 냉정을 찾았다.

"할머님의 유언이 계셨다."

큰공자가 하늘을 쳐다보며 슬픔과 분노가 교차하는 음성으로 말했다.

역시 예상대로였다.

내가 저잣거리에서 수확하는 것을 보고 사정없이 배를 걷어차며 응징하던 그 추상같은 성격이 마냥 당하고만 있었던 것은 노마님의 간곡한 부탁이 있었기 때문일 것이다.

자신의 아들과 손자가 혈육상잔을 일으키고 새 며느리가 전처 아들에게 파멸당하는 패륜적인 결과를 바라지 않았던 노마님께서 그동안 큰공자에게 애원하며 말리셨던 것이다.

그러고 보니 몇 번 본 노마님의 모습이 떠오른다.

새며느리 추산미가 완전히 가문을 장악하고 별채로 내몰린 뒤로부터는 별채에서 한 발짝도 나오시지 않았지만 어릴 적 내 눈을 보며 감탄하시던 모습이 기억 속에 선하다.

"다시 돌아오지 않을 생각이십니까?"

큰공자의 감정이 가라앉을 때쯤 내가 물었다.

"웬 미친 소리냐, 이 녀석아?"

큰공자가 고함을 질렀다.

"난 이 가문의 장남이다. 그리고 다음 대의 감숙제일가의 주인이고. 그것은 영원히 변치 않는다. 내가 살아생전은 물론이고 죽어서 땅속에 묻히더라도 말이다."

큰공자의 몸에서 뿜어져 나오는 열기가 주위를 뜨겁게 달구었고 내 몸을 감싸고 있던 추위마저도 순식간에 녹아버리는 것 같았다.

"네 녀석도 짐작하겠지만 지금 감숙추가에서 무언가 일을 꾸미고 있다. 언젠가 그 일이 벌어지게 되면 온 감숙은 물론이고 중원에까지 여파가 미칠 수 있는 일이다. 그땐 감숙설가는 흔적도 없이 사라질 수도 있다."

큰공자의 눈빛이 맹수처럼 빛났다.

"감숙추가와 감숙설가를 모두 상대할 힘을 얻은 후엔 반드시 돌아온다."

큰공자가 주먹을 불끈 쥐었다.

"감숙설가까지 상대해야 합니까?"

내가 의문을 제기했다.

"그때쯤이면 자의든 타의든 감숙설가도 감숙추가와 운명을 같이하고 있을 것이다."

"결국 무림백대고수 두 명을 한꺼번에 상대하겠다는 이야기군요. 힘에 부치지 않을까요?"

난 입술을 비틀며 미소를 지었다.

"요사스런 놈, 재미있어 죽겠다는 표정이구나."

"암요! 세상에서 제일 재미있는 게 남 싸움하는 것과 강 건너 불 구경하는 것이죠. 큭큭."

내가 소리를 내어 웃다가 얼른 웃음을 멈추었다. 큰공자의 눈빛이 나를 향해 찔러오고 있었다.

내 배를 걷어찰 때의 바로 그 눈빛이었다.

"요악스런 놈! 넌 왠지 사마(邪魔)의 길로 빠져들 가능성이 높은 놈이다."

큰공자가 눈빛을 거둬들이며 말했다.

난 아무 말도 않고 큰공자를 쳐다보았지만 큰공자는 내 표정에서 긍정의 반응을 읽은 모양이었다.

"그렇게 되었다간 넌 내 칼에 죽는다!"

큰공자가 허리에 찬 칼을 바라보았다.

"으스스하군요. 사마의 인물은 모두 죽어야 하는 것입니까?"

내가 큰공자의 눈을 똑바로 쳐다보았다.

"꼭 그런 것은 아니다. 현 무림십대고수 중 제일인은 사중협(邪中俠)이고 제이위 역시 정마협(正魔俠)이다. 그러나 그런 사람들은 천 년에 한 번 나올까 말까 하는 사람들이다. 대다수 사마의 길을 걷는 사람들은 무공 수련 과정에서 마성에 젖어 온갖 악행과 음행을 일삼다가 무림공적이 되어 비참한 최후를 맞게 된다. 사중협과 정마협 두 사람 외에는 십대고수 모두가 정파의 인물들인 것만 봐도 알 수 있지 않느냐?"

큰공자가 굳게 입을 다물었다. 그것은 자신이 믿는 바를 철저히 지키며 살아가는 신념덩어리 인간들에게서 나타나는 공통적인 표정이다.

"아주 없지 않다는 것이 중요하지요."

나도 지지 않고 입술을 굳게 다물었다.

"생각보다 멍청한 녀석이구나, 네 녀석은."

큰공자가 불쌍하다는 듯 내 얼굴을 쳐다보았다.
"전 사(邪) 속에 숨겨진 신비막측한 힘과 마(魔) 속에 감추어진 극강무쌍한 힘을 동경합니다."
내 말에 충격을 받은 듯 큰공자의 신형이 잠시 흠칫 흔들리는 것 같았다.
"그럼 네 녀석은 정(正) 속에는 아무것도 없다고 생각하는 것이냐?"
큰공자의 음성에 노기가 묻어 있었다.
"정 속에도 큰 힘이 있겠지요. 그런데 내 눈에는 허영찬란함과 고리타분함이 먼저 보이는 걸 어떡합니까."
내가 다시 빙긋 미소 지었다.
"이 녀석, 내 앞에서 다시 그런 표정 짓지 말거라."
마침내 큰공자가 화를 내며 금방이라도 칼을 뽑을 듯한 표정이 되었다.
난 얼른 느티나무 뒤로 몸을 숨겼다.
"네 녀석이 동경하는 사마(邪魔) 속의 고수인 정마협과 사중협은 내 알기로 누구보다 광명정대한 천성을 지니고 태어난 사람들이다. 그러기에 사마를 뛰어넘고 초인이 된 것이다. 그러나 네놈은 요악스럽기 짝이 없는 천성을 타고난 녀석이다. 정(正)의 길이 아니고는 결코 대성할 수 없다. 그러니 내 말을 명심하거라."
큰공자가 단호하게 말했다.
"그건 꼭 내가 배를 저어가는 이 강물이 아니고는 절대로 바다에 이를 수 없다는 말처럼 들리는군요."
내가 지지 않고 대들었다.
"요악스럽기 짝이 없는 놈이다, 네녀석은."

큰공자가 혀를 찼다.
"연속해서 몇 번씩이나 핵심을 찌르시는군요."
"말로써는 네 녀석을 이길 수 없겠구나, 이젠."
큰공자가 머리를 흔들며 시선을 거두었다.
난 그 시선 속에서 '싹수가 노란 놈' 하는 비웃음을 느꼈다.
그건 얘기 책 속에 나오는 소위 정파 나부랭이들의 허영 그 자체였다.
오기가 불쑥 치밀어 올랐다.
"말로만 이러는 것은 아닙니다!"
내 목소리에서 반항의 냄새를 맡았는지 머리를 돌리고 더 이상 상대할 가치가 없다는 듯하던 큰공자의 시선이 다시 모아져 왔다.
"그래? 그럼 네 녀석이 정파의 무공을 그렇게 업신여기는 이유를 들어보자."
"우선 이 가문의 절기인 백학검법에서 제일 먼저 그것을 찾을 수 있지요."
내 말에 큰공자가 무슨 소라냐는 듯이 쳐다보았다.
"다섯 번째 검식, 그러니까 후 이식(二式)이겠군요. 후 이식 열두 번째 검초에 잘 나타나죠. 그 검초는 수비를 위해 퇴로를 밟는 것인데 제대로 하려면 힘을 더 빼고 엉덩이를 약간 뒤로 더 낮추어야 완벽해지지요. 그런데 그런 제대로 된 초식을 펼치려면 약간은 엉거주춤한 자세가 되어 허영찬란함과는 거리가 멀게 되죠. 아마도 그 때문에 엉거주춤한 자세를 포기하고 힘을 빼지 않아 치명적인 약점 한곳을 내재한 검법이 되고 말았지요."
"네놈… 네놈이 벌써 그것을 알고 있었더냐?"
큰공자의 목소리가 심하게 떨려 나왔다.

"큰공자님도 알고 계셨군요?"

내가 짐짓 놀란 표정을 짓자 큰공자의 눈빛이 온통 중심을 잃은 듯하다가 한참 동안이나 깊은 생각에 잠겼다.

"무슨 생각을 하십니까? 내 눈썰미가 틀렸다며 우길 건덕지를 찾으려는 것은 설마 아니겠지요?"

내 말에 큰공자가 천천히 고개를 들어 올렸다.

"지금 이 자리에서 네 녀석을 죽여야 할지 살려두어야 할지 판단이 서지 않아서 그런다."

큰공자의 눈빛이 차가워졌다.

"이크크! 감숙제일가의 대공자님이 무공도 모르는 어린 하인 놈이 무서워 애초에 싹을 자르려고 하시다니요. 그게 말이 됩니까?"

내가 손사래를 치며 뒤로 물러섰다.

"휴우~ 이것도 운명이겠지."

큰공자가 하늘을 쳐다보고 다시 나를 쳐다보았다.

"그래, 네놈 마음대로 사(邪)가 되든 마(魔)가 되든 마음껏 크거라. 어쩌면 네 녀석이 있어 세상이 훨씬 재미있어질 것 같은 예감이 드는구나."

"탁월한 선택이십니다."

내가 다시 느긋한 표정을 지으며 큰공자를 쳐다보았다.

"그런데… 저……."

"말해 보거라."

"그런데 수연 아씨는 어쩌실 겁니까?"

내가 어렵게 말을 꺼냈다.

"그 아이는 나와 달리 새어머니와 맞서지 않으니 큰일은 없을 것이다."

말은 그렇게 했지만 큰공자의 표정에는 일말의 염려가 남아 있었다.
"너무 무책임한 말이 아닙니까?"
내가 약간 흥분하여 받아치자 큰공자의 눈빛이 다시 찔러왔다.
"수연이를 마음에 두고 있었더냐?"
"으엑! 그게 무슨 천부당만부당하신 말씀이십니까?"
난 질겁을 하며 손을 내저었지만 왠지 얼굴이 화끈거려 오기 시작했다.
"한 번만… 나에게 그랬듯이 딱 한 번만 그 녀석을 도와주어라."
큰공자의 음성에 힘이 빠져 있었다.
"생각해 보지요."
내가 짤막하게 답했다.
그리고 우리는 한동안 말이 없었다.
"……."
"……."
"날 형이라고 한 번만 불러줄 수 있겠느냐?"
한동안 말없이 서 있던 큰공자가 불쑥 한마디 했고 난 너무 놀라 심장이 튀어나올 뻔했다.
하잘것없는 하인 놈에게 큰공자라는 사람이 형이라 부르라고 해서 너무 감격한 내 가슴이 정신없이 쿵쾅거렸냐고?
천만의 말씀!
지금까지 알게 모르게 큰공자에게 신경 쓰느라고 얼마나 피곤했는데 의형제니 하는 관계가 되면 또 얼마나 더 피곤하겠는가?
난 아직도 가슴이 진정되지 않았다. 그러나 얼른 답했다.
"싫습니다."

"왜냐?"

큰공자가 그럴 줄 알았다는 표정으로 물었다.

"지금 내가 큰공자님을 형이라 불렀다간 언젠가 큰공자님이 잘못되기라도 하면 어쩔 수 없이 복수도 해줘야 하고 또 묘비도 만들어주어야 하는데 난 그런 번거로운 일은 딱 질색이거든요. 난 혈연이니 인연이니 하는 것들에 얽매이는 건 싫습니다. 아무것도 걸릴 것 없는 고아라는 사실이 얼마나 즐거운 것인지 큰공자님은 모르실 겁니다."

내가 다시 미소를 지었다.

"요악스럽기 짝이 없는 놈."

큰공자가 다시 핵심을 찔렀다. 그리고 내게서 건네받은 땅문서를 다시 내게로 던져 주고는 두말없이 등을 돌렸다.

뭔가 한마디쯤 더 할 줄 알았는데 그렇게 칼로 무우 자르듯 돌아서는 큰공자를 보며 난 멍하니 서 있었고 큰공자는 새벽의 어스름 속으로 사라져 갔다.

갑자기 추위가 몰려왔다.

지금까지도 추웠지만 갑자기 몇 배는 더 추워지는 것 같았다.

이상한 날씨다.

순식간에 그렇게 추위가 밀려오다니?

난 더 이상 그곳에 서 있을 수 없어 내가 은밀히 드나들던 개구멍으로 향했다.

"에이, 망할!"

개구멍으로 가던 내 발길이 일순 방향을 바꿔 설가의 대문으로 향했고 한마디 욕지거리와 함께 내 발은 온 힘을 다해 설가의 대문을 걷어찼다.

탁!

젖 먹던 힘까지 짜내어 걷어찼지만 육중한 설가의 대문은 꿈쩍도 하지 않았고 반대로 내 발에는 지독한 통증이 몰려왔다.

꽁꽁 언 발이 육중한 대문에 전속력으로 돌진하여 충돌했으니 그 충격이 오죽하랴?

너무 아파 비명도 나오지 않았다.

엉금엉금 기어서 겨우 내 방까지 왔지만 그 일로 인해 근 열흘을 절뚝거리며 다녀야 했다.

왜 그런 짓을 했는지 지금 생각해도 도무지 이해가 되지 않았다.

추위 때문에 순간적으로 정신착란 현상이 일어난 것이 틀림없다.

그날부터 난 갑자기 몇 배로 더 추워지기도 하고 정신착란을 일으키게도 하는 새벽 추위를 두려워하게 되었다.


그렇게 큰공자가 떠나고 나서부터는 두 다리 쭉 뻗고 잘 수 있을 줄 알았는데 그게 또 그렇지 않았다.

큰공자가 떠나던 날 새벽 나에게 했던 부탁 한 가지가 언제나 내 머리 속에 남아 나를 괴롭혔다.

하여간 큰공자란 사람은 나와는 전생에 철천지원수지간이었음에 틀림없다.

아무것도 걸릴 것 없이 새처럼 자유롭게 살아가고픈 나에게 이런 구속을 안겨주다니…….

결국 난 뇌리 속에 박혀 있던 길다란 가시 한 개에 굴복하고 말았다.

그날부터 큰공자 대신 수연 아씨의 주변을 살피며 바빠지기 시작했다.

그런데 이건 큰공자를 보살피던 일과는 비교도 되지 않게 힘들었다.

큰공자야 같은 남자니까 어느 누구에게 넌지시 근황을 물어도 아무런 문제가 없었지만, 수연 아씨는 달랐다.

수연 아씨가 비록 나보다 세 살이나 더 많고 다른 사람들 눈에 난 아직도 코흘리개 어린애로밖에 보이지 않았지만 어쨌든 난 남자이고 수연 아씨는 여자였다. 자칫하면 몰매를 맞고 쫓겨날 수도 있는 문제였다.

쫓겨나는 것이야 두려울 게 없었다.

수확하는 솜씨도 조금도 녹슬지 않았고 또 노른자위 땅문서까지 있지 않은가?

그것만 잘 처분해도 당장 큰 부자의 반열에 들 수 있다.

추산미가 큰공자를 확실히 파멸시키기 위해 감숙설가가 소유한 땅 중에서 제일 노른자위를 골랐기 때문이다.

물론 그것을 처분하려면 여러 어른들을 앞에 세우고 난 뒤에서 조종해야 하겠지만 그런 일은 단 일 각만 차분히 생각해 보면 완벽한 계획이 세워지는 쉬운 일이다.

그러기에 쫓겨나는 것은 겁나지 않는다. 그런데 몰매를 맞는다는 것은 끔찍한 일이다.

온몸 구석구석에까지 무차별적으로 가해지는 그 둔중한 느낌들…….

그리고 그 뒤에 따르는 창자가 조이는 듯한 통증…….

여덟 살 적 큰공자에게 배를 걷어차인 이후 나는 인간의 육체적 고통이 정신에까지 얼마나 큰 영향을 주는지 똑똑히 알게 되었다.

그때는 너무 어려서 그 고통을 감내하고 살았지만 지금은 그렇지 않다.

누가 나에게 그때 같은 고통을 또다시 안겨주는 사람이 있다면 난 아마도 철저히 복수할 것이다. 내 몸속에 도사리고 있는 복수심이란 놈이 발광을 하고 뛰어나올 것이다. 그러기에 자칫 어설프게 수연 아씨의 주위를 기웃거리다 몰매를 맞게 된다면 난 복수의 화신이 되어 감숙설가를 몰살시킬지도 모른다.

방법이야 많다.

세상에 악독하기로 소문난 몇 가지 독을 설가의 식수에 풀어버린다면 하루아침에 설가는 태반이 죽어 나갈 것이다. 또 다른 방법으로는 내가 기억하고 있는 백학검법의 검로를 세세히 그려서 온 무림에 퍼뜨린다면 감숙설가는 적지 않은 타격을 받을 것이다. 그 외에도 많은 방법이 있을 수 있다.

그런데 실제로 그런 일이 벌어진다면 아무도 날 의심하지 않겠지만 단 한 사람, 큰공자는 제일 먼저 나를 의심하고 지옥 끝까지라도 쫓아올 것이다.

싫다, 싫어!

그건 정말 끔찍한 일이다.

때문에 절대로 몰매를 맞는 일은 벌어지지 않아야 한다. 적어도 내가 큰공자를 누를 수 있는 힘을 가지기 전까지는.


난 긴 겨울 동안 아주 은밀하고 조심스럽게 수연 아씨 주변의 움직임들을 살폈다. 찬모들 주변을 기웃거리며 정보를 수집, 분석하고 특히 행랑 아범인 조씨 아저씨에게 접근하여 감숙설가를 드나드는 사람들의 행태를 살폈다.

긴 겨울 동안은 별 낌새가 느껴지지 않았다.

큰공자의 말대로 수연 아가씨는 새어머니 추산미와 맞서지 않았기 때문에 크게 위협으로 느끼지 않은 모양이다. 그러나 추산미의 성격으로 봐서는 말썽의 소지는 처음부터 없애려 할 것이고 분명히 뭔가 일을 꾸밀 것이다. 큰공자 역시 그걸 예상했기에 그 추상같은 성격에도 불구하고 나에게 한 번만 도와주라고 부탁을 했다고 본다.

유난히 추웠던 겨울이 지나가고 봄이 왔다.

어느덧 내 나이도 열네 살이 되었고, 키가 부쩍부쩍 자라기 시작했다.

보는 사람들마다 이놈 이거 설가의 영양가 높은 음식은 혼자 다 먹는 거 아니냐며 머리를 쥐어박기도 하고 괜스레 엉덩이를 걷어차기도 하였다.

그런 말을 들을 때마다 난 기분이 좋았다.

어서 어른이 되어야 힘을 가질 수 있다. 그리고 힘이 있어야 마음껏 세상을 날아다닐 수 있는 것이다.

그렇게 기분 좋게 커가던 어느 날, 행랑 아범인 조씨 아저씨가 무심코 하는 이야기 속에서 내 직감을 자극하는 말을 듣고 난 순간적으로 뇌리 속에 번개가 한 개 지나가는 듯한 느낌을 받았다.

조씨 아저씨가 무심코 한 말 중에 감숙의 야율세가(耶律世家)에서 큰아가씨에게 혼담이 들어왔다는 것이다.

그리고 보니 수연 아씨의 나이도 어느덧 열일곱이 되었고 충분히 이곳저곳 명문가에서 매파가 올 수도 있는 일이다. 이전에도 혼약을 맺자고 몇몇 세도가에서 진지하게 얘기를 꺼낸 적도 있었기에 그리 이상한 일도 아니었지만 유독 이번의 혼담은 전신의 감각이 모두 일어서는 듯한 느낌을 받았다.

왜일까?

난 스스로에게 자문해 보았다.

언제부터인가 문제에 부딪칠 때마다 난 스스로에게 자문하는 버릇이 생겼다.

밖으로 보이는 피상적인 세상보다 내 안에 감추어진 내면의 세계…….

언젠가 읽은 책에서 그것은 무의식의 세계라고 써 있었다.

난 내 안에 감추어진 그 무의식의 세계가 훨씬 넓고 무한하다는 것을 어렴풋이 느끼고 있었다. 그리고 그 넓은 세상은 모든 것이 서로 연결되어 있는 듯한 느낌 또한 강하게 받았다. 그렇지 않다면 왜 내가 하필 큰공자 같은 호적수가 있는 이 감숙설가에 버려졌겠는가? 그리고 하필 내가 수확하던 그날 큰공자가 날 목격했겠는가? 또 설상희가 큰공자 방으로 숨어들던 날 왜 하필 내가 감나무 위에 있었을까?

이런 모든 일들은 보이지 않는 누군가가 교묘한 솜씨로 조종하고 있다는 생각이 자주 들었다.

좀 더 크면 그 보이지 않는 연결 고리에 대해서 깊이 연구를 해보아야겠다. 그놈만 제대로 볼 수 있다면 세상이 훨씬 편해질 것 같다.

그렇게 난 자신에게 스스로 물어보았고 확실한 답은 떠오르지 않지만 이번 혼담은 계속 마음에 걸렸다.

우선 피상적으로 마음에 걸리는 이유가 몇 가지 떠올랐다.

해가 바뀌긴 했지만 노마님의 장례가 끝난 지 기간으로는 일 년이 한참 못 미치는데 뭐가 그리 급하다고 혼담이 오가는지 이상했다.

물론 노마님이야 부모가 아니고 또 해도 바뀌었으니 굳이 강행한다면 그럴 수도 있는 일이었지만 뭔가 석연치 않다.

그리고 감숙제일가인 설가에 비해 야율세가는 그 세력이 많이 떨어진다. 이전에 그보다 더 큰 가문과의 정혼 얘기도 있었는데 모두 마다하고 야율세가를 택했다는 것은 더욱 이상한 일이다.
 그런 피상적인 의문이야 차근차근 알아보면 되는 것이다. 문제는 가슴 복판을 짓누르며 무의식 속에 똬리를 틀고 있는 이 답답한 의문이다.
 왠지 모를 불안감과도 같이 계속해서 나를 괴롭히는 이놈을 잡아내야 큰공자의 부탁을 확실히 들어줄 수 있을 것인데 정말 문제이다.
 머리가 복잡할 때는 완전히 잊고 다른 것에 몰두하는 것이 제일이다.
 난 밖으로 나갔다.
 수확할 때부터 끈끈한 인연을 맺어둔 녀석들이 나를 반겼다.
 느티나무 밑에 전낭을 넣어주던 큰공자가 가버린 것도 모르고 녀석들은 눈빛을 반짝거리며 내 손을 쳐다보았다.
 아직까지야 큰공자가 마지막으로 주고 간 전낭도 그대로 남아 있었고 몇 년 동안을 계속해서 넣어주는 전낭을 모두 헐어 주는 대로 전부 음식을 사는 그런 바보 짓은 하지 않았다.
 전낭마다 일정한 금액을 떼어서 모아두었고 그것은 아무리 날고 기는 큰공자라도 어찌할 수 없었을 것이다.
 물론 날 천하에 다시없는 요악스런 놈으로 평가하는 큰공자였기에 그 정도는 충분히 짐작하였겠지만 그런 것까지 상관할 사람은 결코 아니었다. 나 역시 일정 금액을 차곡차곡 챙겨두었지만 결코 어느 정도 이상의 수준을 넘지 않았다.
 비록 어느 정도 수준을 넘었다 치더라도 큰공자야 어쩔 수 없었겠지만 그렇게 되면 나 자신 쪽에서 먼저 문제가 생긴다.
 내 스스로 정한 그 '어느 정도'의 수준을 넘어버리면 그것은 내 육체에까지 영향을 미친다.

그 넘어선 '어느 정도' 때문에 큰공자와 마주했을 때 나도 모르게 시선이 주눅 들 것이고 행동이 부자연스러워질 것이다.

빠름과 늦음의 차이는 있지만 인간은 무의식 중에 상대의 그런 분위기를 느낀다. 그러기에 그런 더러운 자세로 큰공자 앞에 서느니 '어느 정도'를 넘지 않는 게 훨씬 이익이다. 내가 왜 그런 이익을 차버리겠는가?

난 그날도 변함없이 먹거리들을 나누어 주었고 녀석들은 허겁지겁 배를 채웠다.

조만간 다른 수입원을 찾아보아야 할 것 같다.

수확을 다시 시작한다?

그것도 좋은 방법이긴 한데 그러면 언젠가 큰공자와 대결하는 날이 왔을 때 아까 말한 그 더러운 자세로 마주 서야 한다. 그건 싸워보나마나 지고 들어가는 것이다.

'수확'은 이미 '어느 정도'를 넘어선 휴지 조각이 되어버린 것이다.

빌어먹을!

순식간에 먹거리를 먹어치운 녀석들이 아쉬운 듯 내 손을 바라보다가 놀이를 시작했다. 나 역시 놀이에 끼어 재미있게 놀았다.

아무리 요악스런 놈이었지만 또래와의 놀이는 항상 재미있었다.

언제나처럼 성을 만들고 편을 나누어 서로의 성을 정복하기 위해 힘을 쓰며 놀이에 열중했다. 이미 체격에서도 이젠 녀석들이 내 상대가 되지 않았고 두 놈이 쉽게 내 손에 잡혔다.

"에이! 초장부터 인질이 되었네."

한 녀석이 투덜거리며 인질의 자리에 주저앉았다.

"인질(人質)?"

그 말을 듣는 순간 온몸에 전율이 일어났다.
"그래 인질이다! 바로 그거야!"
놀이를 하다 말고 내가 미친 듯이 고함을 지르자 또래 녀석들이 놀란 눈으로 나를 바라보았지만 그건 아무 문제가 아니었다.
드디어 가슴 한복판을 짓누르며 괴롭히던 놈이 튀어나왔다.
인질이었다!
큰공자를 우리 안에서 확실히 처치하지 못하고 우리 밖으로 놓쳐 버린 추산미는 큰공자가 맹수가 되어 돌아오는 것이 두려울 것이고 자연히 큰공자의 공격을 막을 수 있는 패가 하나 필요할 것이다.
그 패 중에서 가장 확실한 것은 수연 아가씨가 될 것이다.
수연 아가씨의 명줄을 쥐게 된다면 큰공자의 공격은 확실히 막을 수 있을 것이다.
물론 얼토당토않은 비약일 수도 있다. 그러나 그동안 가슴속에 똬리를 틀고 있던 거북함이 사라졌다. 최소한 그것만으로도 난 앞으로 명쾌하게 움직일 수 있을 것이다. 그러면 최고조의 능력을 발휘할 수 있다.
이제부터 피상적으로 떠오른 의문점들을 해결하다 보면 무의식 속에 똬리를 틀고 있다 튀어나온 생각과 연결 고리를 찾을 수 있을 것이다.
만에 하나 지금의 내 추측이 허무맹랑한 망상으로 귀결된다면 그것으로 애초에 수연 아씨에게는 위험이 없는 것이니 다행한 일이다. 하지만 단 한 번도 이런 느낌이 틀린 적이 없었다.
좌우간 오늘 밤은 만사를 제쳐 두고 두 다리 쭉 뻗고 잘 수 있을 것 같다. 물론 내일부터는 정신없이 바빠지겠지만······.

오랜만에 깊은 잠을 잤다.

온몸이 개운했고 정신도 맑았다.

이제부터 슬슬 움직일 차례다.

어제 저잣거리에서 사 온 노리개 몇 개와 머리 장신구 몇 개를 준비했다.

찬모들과 여자 하인들에겐 이런 것이 제일 잘 통하는 만능 열쇠이다.

"수연 아가씨가 혼사를 올리나요?"

찬모들 곁을 기웃거리며 질문을 던졌다.

"이 녀석이 별꼴이야. 수연 아가씨가 결혼을 하든 안 하든 네가 무슨 상관이냐? 조그만 녀석이."

젊은 찬모 하나가 쌍심지를 돋우었다.

"잔치가 있으면 의당 음식이 따를 것이고 그럼 며칠은 잘 얻어먹을 수 있을 거 아닙니까?"

내가 군침을 다시며 말하자 젊은 찬모가 한심하다는 듯 눈을 흘겼다.

"이 녀석아, 그렇게 먹을 것만 밝히니 머리에 든 건 없이 멍해 보이고 키만 크는 것 아니야?"

젊은 찬모가 뾰족하게 고함을 지르자 제일 나이 많은 찬모가 빙그레 미소를 지으며 나를 쳐다보았다.

"하인 놈 처지에 몸만 튼튼하면 그만이지 머리에 든 게 많아 무얼 하려고? 자, 여기 부침개 하나 줄 테니 어서 먹고 나가거라."

예전 같았으면 헤벌쭉 바보스런 웃음을 지으며 나갔겠지만 오늘은 확실한 목적이 있었다.

"이것들 좀 보세요."

내가 준비한 노리개들을 주머니에서 꺼내놓자 찬모들의 눈이 휘둥그레졌다.

"우와!"

"에그머니나!"

"너, 너 도대체 이런 것들이 어디서 난 거냐?"

찬모들의 눈이 반짝이다 못해 이글거렸다.

"헤헤! 그동안 아주머니들에게 얻어먹은 음식이 고마와서 틈틈이 모은 심부름 값으로 샀지요."

내가 하나하나씩 나누어 주었다.

그것들은 제각기 가지고 싶어하는 것들이었고 사기 전에 충분히 알아두었던 것이다.

한동안 찬모들의 얼굴에 분홍색 열기가 사그라들 줄을 몰랐다.

그 열기는 젊은 찬모나 나이 든 찬모나 조금도 차이가 없이 똑같았다.

신기한 일이었다.

그렇다면 나이는 뭣 하러 잊지 않고 세는 것일까?

"이거 정말 우리 주는 것이냐?"

한참 후에 찬모들이 이구동성으로 말했다.

"물론이죠. 그동안 오는 게 있었으니 당연히 가는 것도 있어야지요."

난 다시 최대한 멍한 표정으로 헤벌쭉 웃었다.

"대신 오늘은 내가 먹고 싶은 음식 몇 개 골라 먹고 갈게요."

내 말이 끝나기도 전에 모두들 상전 모시듯 나를 음식 앞으로 끌어들였다.

난 천천히 한 개씩 주워 먹으며 아주 조심스럽게, 그리고 어떤 눈치도 채지 못하게 수연 아씨와 혼담이 오가는 야율사한(耶律司漢)이란 사람, 그리고 야율세가와 언제부터 어떻게 혼담이 오가게 되었는지 등등을 물어보았다.

일단 한번 이성이 마비된 찬모들은 경쟁이라도 하듯 내 질문에 묻지 않은 것까지 답해주었고 먹기 싫다는 것까지 귀한 음식이라며 억지로 입에 넣어주었다.

최대한 많은 것을 알아내기 위하여 그날은 최대한 많은 시간을 찬모들과 같이 있었고 그만큼 많은 음식들을 먹을 수밖에 없었다.

결국 그날 오후부터 이틀 동안 설사에 시달렸지만 많은 것을 알 수 있었다.

찬모들에게서 얻은 단편적인 정보들을 바탕으로 이젠 좋은 아저씨와 황씨 할아버지, 행랑 아저씨인 조씨 아저씨 등을 통해 살을 붙여 나가야 한다.

그러다 보면 어느 순간부터는 윤곽이 잡혀 나갈 것이다.

야율세가에 대해서 최대한 세세히 알아보아야 하고 야율사한이란 사람에 대해서도, 그리고 추산미와 야율세가의 숨겨진 관계들을 알아보아야 한다.

생각은 쉬웠지만 열네 살의 어린애로서 그런 것들을 알아내는 것이 그리 호락호락하지만은 않았다. 무엇보다 내가 활동할 수 있는 범위가 감숙설가 내, 그리고 밖으로는 저잣거리 정도밖에 되지 않는다는 것이 많은 애로를 안겨주었다.

그런 와중에 내 마음을 더 급하게 하는 일이 생겼다. 수연 아씨의 혼사 날짜가 잡힌 것이다.

날짜를 꼽아보니 세 달이 채 남지 않았다. 추산미가 서둘러 일을 추진하고 있는 모양이었다.

난 더 더욱 마음이 급해지기 시작했다. 늦어도 한 달 안에 장막에 가려진 사실들을 밝혀내야만 나머지 시간들은 대처하는 데 쓸 수 있을 것이다.

이제까지는 최대한 조심스럽고 은밀하게 움직이던 나는 위험 부담이 컸지만 좀 더 발 빠르고 적극적으로 움직이기 시작했다.

그렇게 며칠을 부지런히 움직였지만 소득은 별로 없었다.

날개가 다 자라지 못해 날 수 없는 새의 몸부림처럼 내 노력은 의미가 없었다.

태어나서 처음으로 막다른 골목에 서 있다는 느낌을 받았다.

갈망(渴望)!

그것은 갈망이었다.

날개에 대한 한없는 갈망이었다.

한없이 크고 강한 날개로 더없이 넓은 세상을 훨훨 날아보고 싶다는 갈망이었다.

구석구석 다 돌아다니려면 하루가 걸릴 정도로 넓은 감숙제일가인 감숙설가가 어느 순간 더없이 좁아 보였다.

마음만 먹으면 찬모들을 구슬러 얼마든지 먹을 것을 구할 수 있었고 잘만 살펴보면 하루도 쉬지 않고 재미있는 일이 무수히 일어나는 감숙설가의 모든 일이 시들해져 버렸다.

더 이상 감숙설가에서는 구미당기는 먹거리도, 귀를 쫑긋 세우게 하는 재미난 얘깃거리도 없어져 버렸다.

이상했다.

어떻게 모든 것이 하루아침에 달라져 보이는 것일까?

막다른 골목에 막혀서 미쳐 버린 것일까?

온몸에 힘이 탁 풀리고 누군가와 쓰러질 때까지 싸우고 싶은 충동이 일었다. 닥치는 대로 부숴 버리고 고함을 지르고 싶은 충동이 목구멍까지 차 올랐다.

큰공자가 말한 요악스런 내 천성이 가슴 밑바닥에서 들끓고 있는 것 같았다.

갑자기 일어난 내부의 변화에 나 자신도 놀라며 방으로 들어와 하루 종일 방구석에 틀어박혀 있었다.

모든 것이 시들했고 만사가 귀찮았다.

그러한 내부의 격동은 다음날도 수그러들지 않았고 몸이 아프다는 핑계를 대고 아무것도 먹지 않고 하루를 더 방구석에 처박혀 있었다.

저녁때 옆방 황씨 할아버지가 만두 몇 개를 싸가지고 들어왔다.

내가 배고프지 않다고 도리질을 하자 빙그레 웃으며 날 물끄러미 쳐다보았다.

비록 큰공자처럼 오장육부를 샅샅이 헤집는 눈빛은 아니었지만 오랜 연륜에서 오는 무시하지 못할 눈빛이었다. 난 이 영감님이 지금 왜 이러는 것인가 하고 생각하며 뚱하게 마주 보았다. 그렇게 잠시 내 눈을 바라보던 황씨 할아버지가 다시 한 번 미소를 지었다.

"큰아가씨가 시집가는 것이 그리 섭섭하더냐?"

황씨 할아버지가 은근한 목소리로 물었다.

'이게 무슨 봉창 두드리는 소린가?'

난 대답도 하지 못하고 황씨 할아버지의 얼굴만 뚫어지게 쳐다보았다.

"네 나이 때는 다 그런 것이지."

황씨 할아버지가 모두 알고 있다는 듯 고개를 끄덕거렸다.

'이런 엉뚱한 노인네가 어디다 갖다 붙이는 거야!'

난 어이가 없어 말이 나오지 않았다.

하~ 하고 헛바람을 내쉰 후 입을 열었다.
"무슨 헛소리십니까, 할아버지?"
내가 볼멘소리를 지르자 황씨 할아버지가 다시 미소를 지으며 나를 쳐다보았다.
"왜 그러느냐? 너무 정곡을 찔러서 아픈 것이냐?"
'미치겠군!'
난 어이가 없다는 표정으로 다시 멍하니 할아버지를 쳐다보았다.
"요즘 네놈 행동을 보고 또 네 얼굴을 보면 그렇게 써 있구나."
황씨 할아버지의 말에 난 얼른 내 얼굴을 쓰다듬어 보았다.
특별히 이상한 점을 느낄 수가 없었다. 그런데 노인의 눈에는 그렇게 보인단 말인가?
그러고 보니 다급한 마음에 위험 부담을 느꼈지만 조금 서둘러 움직인 며칠간이었다.
그걸 이 노인은 알아차렸나 보다.
하지만 내가 아가씨가 시집가는 게 서운해서 이런다는 오해는 받고 싶지 않았다. 그래서 다시 소리를 질렀다.
"무슨 얼토당토않은 말씀이십니까?"
내 말에 할아버지가 다시 빙그레 미소 지었다.
"그럼 왜 요새 그렇게 큰아가씨와 그 신랑 될 사람의 주변에 그리 관심이 많은 것이냐?"
급하게 먹는 음식이 탈 난다고 역시 급하게 서두른 며칠간의 내 행동이 노인의 눈에 잡혔나 보다.
일이 이상하게 꼬여간다 싶었다.
"말도 안 되는 소리 마십시오, 할아버지. 누구 비명횡사시킬 일 있습니까?"

난 펄쩍 뛰며 손을 흔들었다.

"네놈 나이에는 그 말도 안 되는 일들에 한없는 동경이 생기고 그래서 밤잠을 설치고 식욕마저 잃는 것이야. 설사 자신은 그것을 느끼지 못하더라도 그건 누구나 커가면서 한 번은 겪게 되는 일이지."

할아버지가 자신도 모르게 한숨을 지었다.

그것은 '나 역시도 네놈만할 때 다 겪었던 일이야'라고 말하는 것 같았다.

"가슴에 손을 얹고 생각해 보거라. 네 녀석이 이러는 것이 큰아가씨 때문인지 그렇지 않은지. 그걸 빨리 알아차리고 치료를 하면 문제가 없지만 그대로 방치하며 헤어 나오지 못할 병으로 도지게 된다."

"나참! 그런 게 아니래도 그러시네요, 정말!"

다시 한 번 꽥 하고 고함을 질렀지만 자꾸 그러는 것은 오히려 긍정으로 인식될 것 같았다.

황씨 할아버지의 눈에 그렇게 비쳤다면 다른 누군가의 눈에도 그렇게 비치지 말라는 법은 없었다.

그건 위험한 일이다.

난 잠시 말을 멈추고 그동안의 내 행동을 되짚어보았다.

크게 문제될 건 없었지만 큰공자와 같은 눈을 지닌 사람이나 황씨 할아버지처럼 오랜 연륜을 가진 사람들이 보면 낌새가 느껴질 만한 부분들이 많았다.

조심해야 할 일이다.

그런데 지금 이 순간까지의 행동들을 계속해서 되짚어보다가 나도 모르게 깜짝 놀라고 말았다.

어제와 오늘 만사가 귀찮아지고 입맛마저 없어져 하루 종일 방구석에 틀어박혀 있는 내 행동은 나로서도 설명하기 힘든 점이 많았다.
하던 일이 풀리지 않아 내 인생 최초로 자신의 한계를 느껴서?
그런 점이 전혀 없지는 않았지만 그건 그렇게 처절한 한계는 아니었다.
지금 내가 처한 상황이 한정되어 불가항력적으로 한계를 느낀 것이지만 그것은 마치 키가 자라지 않아 아직은 가만히 서서는 장롱 위의 물건을 잡지 못하는 것과 마찬가지로 내 성장에 심각한 타격을 줄 수도 있는 세 끼의 식사까지 거르고 방구석에 틀어박혀 있을 만한 일은 아니었다.
시간이 지나 키가 커지면 자연히 닿을 수 있을 것이고 날개가 다 자라 창공을 훨훨 날 수가 있으면 그런 한계는 자연히 사라질 것이다.
그런데 온몸에 힘이 다 빠져나간 듯한 행동이라니?
황씨 아저씨 말대로 정말 큰아가씨의 혼인 결정이 내 힘을 뺀 것이고 그 혼인에 얽힌 흑막을 풀지 못해 이렇게 처절한 좌절감을 느낀단 말인가?
만약 다른 일에서도 이번처럼 난관에 부딪쳤다면 그렇게 진한 좌절감에 몸부림칠 것인가?
아니다!
지금 이 순간 막혀서 안 풀리는 일은 포기하지 않고 가슴속 깊은 곳에 새겨두고 있으면 조만간 어떤 계기와 함께 일시에 풀려진다.
그렇게 느긋이 기다리면 될 일인데 어제와 오늘처럼 행동하는 것은 정말 황 노인 말대로 나도 모르게 큰아가씨에게 연정을 품었단 말인가?
안 될 일이다!
절대로 안 될 일이다!

여자란 마물에 홀려 내 원대한 계획에 정열을 낭비한다는 것은 있을 수 없는 일이다.

나는 머리를 세차게 흔들었다.

그런 내 행동을 바라보며 할아버지가 말했다.

"세 살 업둥이 녀석이 어느새 짝을 그릴 나이가 되었구나. 세상 참 빠르구나."

말을 끝낸 할아버지의 눈이 쓸쓸하게 문밖으로 향했다.

역시!

할아버지의 그런 눈빛을 보고 난 이제껏 할아버지에게 품고 있던 한 가지 생각을 확신하였다.

"돌아가신 노마님과는 어떤 사이셨나요?"

내 단도직입적인 질문에 창밖을 향하던 황씨 할아버지의 시선이 벼락치듯 나에게로 돌아왔다.

"이, 이놈! 무슨 소리냐?"

황씨 할아버지의 목소리가 심하게 떨리고 있었다.

난 그런 황씨 할아버지의 변화를 지켜보며 그동안 할아버지의 행동에서 느낀 생각들을 정리하며 한 가지 결론을 만들어 나갔다.

"무슨 소리냐고 하지 않았느냐, 이놈아!"

할아버지가 벌겋게 달아오른 목소리로 다시 다그쳤다.

"할아버지, 목소리가 너무 크신 것 아니십니까? 연세도 많으신 분이 정말 정정하시군요."

내가 조용한 목소리로 말하자 할아버지가 너무 흥분한 자신을 느꼈는지 얼른 주위를 살피고는 한숨을 내쉬었다.

"오늘 할아버지 방에서 자도 될까요?"

난 느물거리는 웃음을 배어 물고 은근한 목소리로 말했다.
그동안 황씨 할아버지의 행동에서 내 나름대로 추측하고 있던 사실들을 방금 할아버지가 보여준 반응에서 거의 확신을 갖게 되었다. 내 추측과 사실이 얼마나 부합될지는 모르겠지만 확신을 얻었다는 것이 중요하다.
이 집안에서 지낸 시간으로 따진다면 황씨 할아버지는 나보다 몇 배는 더 될 것이다. 그 세월 속에는 내가 알지 못하는 많은 일들이 있을 것이고 비밀도 많을 것이다. 그것을 다 알게 된다면 이제껏 어린애라는 한계 때문에 벽에 부딪쳤던 문제들이 의외로 쉽게 풀릴 수도 있다. 아마도 오늘 밤은 꼬박 새워야 할 것이다.
"이놈, 대체 넌……?"
황씨 할아버지는 어이가 없다는 듯한 표정으로 말을 잇지 못했다.
세 살 때부터 주욱 같이 살았고 그동안 나에 관한 것이라면 사타구니에 있는 사마귀까지도 다 안다고 생각했는데 그런 놈에게 뒤통수를 맞는 느낌이었을 것이다.
나를 바라보는 할아버지의 눈에 아직도 자신이 뭘 잘못 들은 것은 아닌가 하는 의구심이 가득했다.
하기야 내 키가 최근 들어 아무리 쑥쑥 자라고 며칠간의 행동을 보고 짝을 그릴 나이가 되었구나 생각하더라도 할아버지 눈에 난 언제나 세살 때의 그 모습이었을 것이다. 설사 그 정도까지는 아니더라도 그간의 내 행동을 보면 시도 때도 없이 찬모들 꽁무니나 따라다니며 먹을 것이나 밝히고 속없이 이놈저놈 심부름이나 도맡아 해주는 싹수가 노란 놈으로 보였을 것이다.
그런 놈이 이 세상에서 아무도 모르리라 생각했던 가슴 제일 밑바닥의 비밀을 들추어내니 이건 분명히 뭘 잘못 들었다고 생각할 수밖에 없을 것이다.

"다시 한 번 말해 보거라. 아까 뭐라고 하였느냐?"

흥분을 가라앉힌 황씨 할아버지가 내 눈을 응시하며 나직이 말했다.

"좋운 아저씨에게 오늘은 할아버지 방에서 잔다고 말하고 갈 테니까 먼저 가 계십시오, 할아버지."

내 말에 고개를 끄덕거린 할아버지가 황망한 시선을 감추지 못한 채 처소로 돌아갔다.

잠시 후, 좋운 아저씨가 들어오자 나는 옛날이야기를 듣는다는 핑계를 대고 할아버지 방으로 갔다.

"다시 말해 보거라. 아까 무어라고 했느냐?"

들어서자마자 할아버지가 똑같은 질문을 던졌다.

"질문이 잘못되었네요, 할아버지. 할아버지는 분명 잘못 들은 것이 아닙니다. 그러니 이젠 왜 그런 질문을 하게 되었냐고 물으셔야지요."

내가 날카롭게 지적하자 할아버지의 눈빛이 가라앉기 시작했다.

그것은 나란 놈이 이제껏 자신이 알고 있던 놈이 아니라는 걸 서서히 인정하는 눈빛이었다.

"대체 넌 누구냐?"

할아버지가 상상을 초월하는 질문을 했고, 이번에는 내가 일순 멍해지며 할아버지를 쳐다보았다. 이 집에 버려진 세 살 때부터 같이 살아온 식구에게 '넌 누구냐'라니?

"그게 무슨 말씀이십니까, 할아버지? 내가 누구라니요. 그건 할아버지께서 더 잘 아실 것 아닙니까? 난 이 집 하인 놈이 아니던가요?"

난 터져 나오는 웃음을 참으며 간신히 대답했지만 할아버지의 눈빛은 조금도 웃음이 담겨 있지 않았다.

"이제껏 난 네 녀석을 까맣게 모르고 있었던 것 같구나. 그건 아마 모든 사람이 다 그럴 것이다. 모두 다……."

할아버지의 목소리가 허탈하게 울려 퍼졌다.

"그래, 그렇다면 내 질문이 잘못되었지. 다시 하마. 그래, 어떻게 그런 질문을 하게 되었느냐?"

할아버지가 이젠 더 이상 놀랄 것도 없다는 표정으로 날 쳐다보았다.

"제가 사는 이 설가에는 겉으로 드러나지는 않았지만 지금까지 아주 흥미진진한 싸움이 있어왔지요. 뭐, 지금도 그 싸움이 끝난 것은 아니지만……."

난 지금까지 추산미와 큰공자 사이의 치열했던 싸움들을 내가 파악하고 있는 대로 설명해 나갔다. 최대한 간략하게 핵심적인 것들만 얘기하는 데도 그 이야기는 한 시진이나 계속되었고 그동안 할아버지의 표정은 수없이 변했다.

대부분 '네 녀석이 어떻게 그것까지 알고 있었느냐' 하는 식의 표정이었고 때때로는 자신도 몰랐던 사실을 나를 통해 알게 되고는 '그럴 수가?' 하고 탄식을 터뜨렸다.

마지막으로 난 설상희 그 앙큼한 계집애가 큰공자를 올가미에 가두려 땅문서를 큰공자 옷장 속에 숨기던 얘기와 그것을 내가 빼내어 감추었다는 얘기까지 하자 놀라기에도 지쳤는지 할아버지는 벽에 머리를 기댄 채 눈을 감고 있었다.

나 역시 긴 얘기를 끝내고 나자 꽤 힘이 들었다.

한 시진 동안 난 최대한 숨김없이 내 모든 것을 할아버지에게 보여

주었다.

서로를 믿고 안 믿고는 상대적이라 생각한다.

내가 뭔가를 감추면 상대도 그만큼 감추고 나를 대한다.

그것을 본능적으로 알아차리는 것이 인간이다.

내 모든 것을 할아버지에게 드러낸 이상 할아버지도 그럴 것이다.

"설가의 모든 식솔들이 추산미… 아니, 안주인 마님에게 포섭당해 안주인님의……."

"그냥 추산미라고 해라!"

황씨 할아버지가 내 말을 끊고 차갑게 말했다.

"말 중간에 끊지 마십시오, 할아버지. 전 머리가 나빠서 중간에 끊기면 아예 전부 잊어버리기 쉽습니다."

내가 투정을 부렸다.

"네 녀석 머리가 나쁘다면 난 아예 닭이겠구나."

"좌우간 다시 한 번 말머리를 자르면 좋은 아저씨에게로 가버리겠습니다."

난 지금껏 긴장됐던 분위기도 누그러뜨릴 겸 가벼운 농담을 던지고는 하던 말을 계속했다.

"그러니까 추산미에게 모든 설가의 사람들이 포섭되고 설가가 추산미의 손으로 들어갔는데 딱 세 사람만이 추산미의 반대파이더군요. 큰 공자님, 노마님, 그리고 할아버지."

"무얼 보고 그런 결론을 내렸느냐?"

"글쎄요… 딱히 꼬집으라고 하면 뭐라고 말할 수 없죠. 그 정도로 꼬집을 수 있을 것 같았으면 할아버지는 벌써 추산미 손에 쫓겨났겠지요."

내 말에 할아버지가 흠칫 몸을 굳혔다.

"그래도 무슨 이유가 있을 것 아니냐?"

"가만있어도 떠오르더군요. 특히 잠들기 직전에 잠시 눈을 감고 하루의 일들을 떠올려 보죠. 그럼 그날의 모든 움직임들이 머리 속에서 빠르게 흘러가지요. 그 흐름들 속에서 할아버지와 노마님, 그리고 큰공자님의 흐름은 항상 역류하더군요. 큰공자님과 노마님이야 그렇다 치더라도 할아버지의 역류는 도저히 이해가 안 되더군요. 그래서 이번에는 할아버지의 행동만 하나하나 집중적으로 떠올려 보게 되었지요. 왜 저 영감님은 홀로 역류하고 있을까 생각하면서 말입니다."

내가 잠시 마른침을 삼켰다.

할아버지도 나를 따라 마른침을 삼켰다.

아무 말 않고 열심히 듣기만 하는데도 침이 마르는 모양이다.

"처음 한동안은 도저히 그 이유를 못 찾겠더군요. 그러다 어느 날인가부터 할아버지의 흐름의 방향은 항상 노마님으로 귀결된다는 걸 알았습니다."

거기까지 말하고 난 할아버지의 반응을 살폈다.

할아버지가 '말짱 개소리다, 이놈아!' 하고 말한다면 나 역시 더 이상 지껄일 건덕지가 없어지는 것이다.

"무섭기 짝이 없는 놈이다, 네놈은……."

할아버지가 내 눈을 빤히 응시하며 말했다.

"어떻게 이제껏 그렇게 감쪽같이 모두를 속이며 살아온 것이냐? 하기야 네놈에게 그런 것은 식은 죽 먹기겠지? 정말 놀라운 일이야."

할아버지가 혼잣소리인 듯 벽을 쳐다보며 중얼거렸다. 그리고 침묵이 이어졌다.

"그런데 이렇게 스스로 자신을 드러내며 나에게 접근한 이유가 무엇이냐?"
 너무 갑작스런 사실을 받아들일 시간이 필요했든지, 아니면 자신도 미처 모르고 있었던 몇 가지 사실들을 나를 통해 처음 알고는 그것들을 머리 속에서 정리할 시간이 필요했든지 잠시 말없이 생각을 정리하던 할아버지가 다시 질문을 던졌다.
 "이젠 내 질문에 답해주셔야지요. 그래야 공평하지 않은가요?"
 "요악스런 놈!"
 난 깜짝 놀라며 이마를 더듬어보았다.
 어떻게 큰공자와 똑같은 말을 할아버지도 할 수가 있단 말인가. 정말 이마에 써 있기라도 한 것인가?
 몇 번을 더 더듬어보았지만 아무런 이상한 점을 발견할 수가 없었다.
 "나에게 있어 노마님은 누이동생이자 누나이자 어머니였다."
 난 퍼뜩 이해가 가지 않았다.
 차라리 할아버지 외사촌의 고종 사촌 형님의 어머니의 외아들이라는 촌수는 할아버지와 어떤 관계인지 얼른 답이 나오겠지만 방금 말한 관계는 도저히 감이 잡히지 않았다.
 "그런 촌수(寸數)도 있는가요?"
 내가 멍한 표정으로 할아버지를 쳐다보았다.
 "아장아장 걸어다닐 때는 내가 업어 키운 동생이었고, 조금 철이 드니 어느새 누나처럼 내 모든 것을 챙겨주었고, 그렇게 두어 해 더 지나니 때때로 어머니 같기도 하더군. 물론 어머니란 존재는 얼굴도 본 적 없지만."
 "그럼 서로 사랑하는 사이셨군요?"
 "말하는 중간에 끊지 마라, 이놈아! 어린 놈이 무얼 안다고……."

할아버지가 아련히 과거의 추억을 떠올리며 눈물이라도 흐르는 것을 미리 막으려는지 괜스레 역정을 버럭 냈다.
"알았습니다, 알았으니 계속하세요."
난 얼른 할아버지를 달랬다. 노인과 어린애는 똑같다 하지 않던가? 토라져서 더 이상 말을 않는다면 나만 손해인 것이다.
"사랑이라……?"
할아버지가 탄식처럼 중얼거렸다.
"사랑이라고 하기보다는 한없는 인간애라고 하는 것이 좋겠구나. 자신을 업어 키운 하인에게 보내는 한없는 인간애……. 지금 생각하니 그런 것 같구나."
"그럼 할아버지는 노마님 친가의 하인이셨군요?"
난 뜻밖의 사실에 의아해했다.
그런 사실이라면 모두들 미리 알고 있어야 하기 때문이다. 추산미 역시 몇 명의 하인을 친가에서 데려왔고 그것은 모두가 다 아는 사실이었다. 그런데 할아버지가 노마님 친가에서 같이 온 하인이라는 건 생전 처음 듣는 얘기였다.
"노마님이 이 집으로 시집올 때쯤에는 난 더 이상 하인이 아니었지. 노마님은 집안 어른들께 부탁해서 나에게 한밑천 주어 새 삶을 살도록 해주었으니까……."
할아버지의 눈에 결국 물기가 어렸다.
"그럼 어떻게 다시 이곳 하인이 되신 겁니까?"
짐작이 가는 일이었지만 난 모른 척 물어보았다.
"내 누이동생이자 누나이자 어머니인 사람과 떨어져서는 살 수가 없었다. 한 삼 년 새 삶을 살아가라고 준 돈으로 온 세상을 떠돌다가 이

집 일꾼으로 다시 들어왔지. 그것만이 내 살길이었으니까."

할아버지가 긴 한숨을 내쉬었다.

단 몇 마디 짧은 말로 설명했지만 그 속에는 몇 날 밤을 새워도 다 하지 못할 기구한 사연이 많을 것이라는 것을 어린 심정으로도 느낄 수 있었다. 그래서 난 아무 말도 않고 방바닥만 쳐다보고 있었다.

"후회는 않는다. 그러나 누군가 그렇게 살아가고자 하는 놈이 있다면 몽둥이를 들고 쫓아다니며 말릴 것이다."

할아버지의 목소리가 강경하게 흘러나왔다.

"말뜻은 잘 알겠는데 절 째려보시긴 왜 째려보시는 겁니까?"

나도 지지 않고 할아버지를 째려보았다.

우리 두 노소는 한동안 그렇게 눈싸움을 하였다.

"이젠 네놈이 말할 차례다. 정체를 드러내며 나에게 접근한 이유가 무엇이냐?"

"입은 비뚤어져도 말은 똑바로 하라고 했습니다. 제가 언제 접근했습니까? 할아버지께서 만두 싸가지고 먼저 제 방으로 오신 거 아닙니까?"

"말장난하지 마라, 이놈아! 얼마 지나지 않으면 날이 밝을 것이다. 그전에 네놈 목적이 무엇인지 들어보자. 큰아씨에 대해서 알고 싶은 것이라도 있는 것이냐? 그런 일이라면 애초에 단념하거라."

할아버지가 단호하게 등을 돌렸다.

"제가 할아버지 같은 바보로 보이십니까? 전 약아 빠져서 여자에게 홀려 인생을 망치는 짓은 하지 않습니다. 세상천지 걸리적거리는 게 여잔데 한 여자에게서 못 헤어나고……."

"닥쳐라, 이놈아!"

할아버지가 주먹을 들어 올리자 난 얼른 구석으로 자리를 옮겼다.

"야율세가에 대해서 좀 아시는 게 있습니까?"
"이놈이 그래도…… 그걸 네놈이 알아서 어쩌겠다는 것이냐? 나처럼 네놈도 그 집 하인으로 가겠다는 것이냐?"
"뭐 눈에는 뭐만 보인다더니 말이 안 통하네요."
순간 뒤통수에 별이 번쩍했고 둔탁한 통증이 몰려왔다.
"요악스런 놈!"
할아버지가 결국 토라져 버렸다.
난 다시 그동안 내가 생각했던 큰공자와 추산미의 대결 구도와 큰공자를 놓친 추산미가 큰아씨를 인질로 삼을 것 같다는 얘기까지 소상히 설명했다.
그동안 할아버지의 표정이 여러 번 바뀌다 수긍하지 못하겠다는 표정을 지었다.
"너무 억지스런 추측이 아니냐?"
"나도 그렇게 되었으면 좋겠습니다. 그런데 그렇게 편하게 생각하기엔 석연치 않은 점들이 너무 많습니다."
"무엇이냐, 그게?"
"휴~ 말을 많이 하니 배가 고픈데 뭐 먹을 거 좀 없습니까?"
내가 능글맞은 표정을 짓자 할아버지가 어이없어하며 탁자 속에서 곶감 몇 개를 꺼내놓았다.
"역시 울어야 먹을 것이 생긴다니까!"
난 게걸스럽게 곶감을 먹어치우고는 다시 얘기했다.
"감숙제일가인 설가에서 이제껏 더 큰 집안의 혼담도 물리쳤는데 야율세가와 갑자기 혼약을 정한 것부터 이상하지요. 그리고 노마님께서 돌아가신 지 해는 넘겼지만 달 수로는 여섯 달이 채 지나지 않았는데 서둘러 혼인을 하는 이유도 납득이 안 가고, 또…….."

내가 몇 가지 의심스런 부분들을 조목조목 지적하자 할아버지의 눈빛이 긴장으로 빛나기 시작했다.

"어린 놈이 어찌 그런 생각까지 했느냐? 네놈은 정말……."

"감탄은 그만 하시고 아는 것이 있으시면 말씀해 주십시오. 이 집안에서 유일하게 큰공자님 편이셨던 노마님과 같은 편이시니 내가 모를 뭔가를 알고 계실 것 아니겠습니까? 내 알기론 노마님께서 정말 중요한 부탁 몇 가지는 할아버지께 시키신 걸로 생각되는데요. 그 때문에 큰공자가 함정에 빠지지 않은 때도 있었지요. 물론 제일 큰 함정은 내가 막아버렸지만."

난 의기양양한 표정을 지었다.

"소름이 끼칠 정도구나, 이놈!"

할아버지가 오싹한 표정을 지었다.

그때쯤 날이 밝아오고 밖에서 다른 일꾼 아저씨들의 목소리도 들려왔다.

"오늘은 이만 하자. 네놈 말을 듣고 보니 나도 짚이는 데가 많다. 며칠 다녀올 곳을 만들어서 내가 알아보도록 하마. 그때 네놈을 다시 부르겠다."

"조심하십시오. 추산미가 눈치 채면 할아버지는 소리없이 사라질 것입니다."

"네놈 걱정이나 하거라. 이젠 그만 나가보아라. 나도 그만 마구간으로 가보아야겠다."

난 다른 사람들이 얼쩡거리지 않을 때를 보아 할아버지의 방을 나왔다.

좀 염려스럽긴 했지만 노마님의 친가 하인이라는 사실을 이제껏 아무에게도 들키지 않고 살아온 사람이라면 그 정도는 충분히 해낼 것이라고 믿었다.

졸음이 쏟아져 왔다.
마구간에서 말을 돌보는 황씨 할아버지는 밤새 아무 일도 없었는 듯 묵묵히 일하고 있었지만 난 아침을 들고 난 후부터 쏟아지는 잠에 어찌할 바를 몰랐다.
아무리 요악스럽다는 말을 들어도 아직 어리긴 어린 모양이었다.
애들 성장에는 잠이 보약이라 했는데 어젯밤 설친 잠으로 내 성장에 얼마나 큰 장애가 왔을까 생각하니 속이 쓰려왔다.
봄 햇살이 본격적으로 내리쬐기 시작하자 난 도저히 참지 못하고 뒷마당으로 슬그머니 숨어들었다. 그리고 말 먹이를 하기 위해 쌓아놓은 건초 더미 속으로 몸을 숨겼다.
바람 한 점 없는 따뜻한 봄볕은 정말 감미로웠다.
건초 더미 속에 몸을 파묻자마자 난 그만 깊은 잠에 빠져들었다.
그리고 즉시 꿈나라에 도착했다.
꿈속에서 난 열심히 백학검법으로 중원고수들과 싸움을 벌이고 있었다.
내로라하는 고수들도 내 백학검법에 맥을 추지 못하고 나가떨어졌고 난 코웃음을 쳤다.
한참을 그렇게 싸우다 어느 순간 젊은 검객의 모습이 눈에 들어왔다. 그 젊은 검객은 내 칼을 번번이 피하며 잘도 버텼다.
치렁한 머리카락에 가린 얼굴과 그 머리카락 사이로 쏟아져 나오는 무서운 눈빛은 내 간담을 서늘하게 했다.

그렇지만 내가 누군데!

백학검법의 미세한 오류까지 잡아내고 완벽하게 익힌 감숙설가의…… 하인이구나…….

어쨌든 감숙설가의 상승 백학검법을 익혔으니 네놈이 아무리 강해도 겁날 것이 없다.

나는 호기롭게 백학검법을 펼쳐 나갔다.

백학검법 전 삼식을 다 펼쳤는데도 그 검객은 꿋꿋이 막아내었다.

난 다시 후 삼식을 펼쳐 나갔다.

표홀하고 변화무쌍한 백학검법이 내 칼끝에서 완벽하게 펼쳐졌다.

그런데 다섯 번째 초식, 그러니까 후 이식 종반부에 와서 어찌 된 일인지 내 검은 가주가 잘못 펼쳤던 그 자세 그대로 움직이고 있었다.

순간 마주한 사내의 얼굴에 웃음이 번졌다.

"헉!"

난 비명을 지르고 말았다.

머리카락에 가려진 얼굴이 드러난 사내는 다름 아닌 큰공자였다.

"멍청한 놈!"

큰공자의 검이 백학검법의 허점을 정확히 찾아내고 내 머리 위로 무섭게 떨어져 내렸다.

딱―

머리통이 온통 빠개질 듯이 아팠다.

그러나 하룻밤을 꼬박 새운 내 몸은 아직도 꿈속을 방황하고 있었다.

큰공자가 큰 소리로 웃으며 멀어져 가자 머리에 칼을 맞은 충격으로 몽롱한 의식 속에서 어렴풋이 누군가 다시 내 눈에 들어왔다. 눈을 한 번 껌벅이자 그 모습이 확실히 내 망막에 잡혔다.
그 모습은 추산미의 소생인 작은공자 설상일이었다.
딱—
설상일이 들고 있던 몽둥이로 다시 한 번 내 머리통을 후려쳤다.
지독한 통증이 다시 머리에 전해져 왔다.
"깔깔깔!"
설상희의 웃음소리가 울려 퍼졌다.
"이 못된 놈! 하인 놈 주제에 일은 않고 어디서 낮잠이냐!"
다시 한 번 몽둥이가 하늘로 치켜 들렸을 때 난 얼른 몸을 일으켰다.
"깔깔깔! 저 자식 눈동자가 완전히 풀렸어. 꼭 썩은 고기 눈 같아."
설상희가 참지 못하겠다는 듯 배를 잡았다.
큰공자 방으로 숨어들어 옷장 속에 땅문서를 숨겨놓던 가증스런 계집!
그 계집애가 나를 보고 배를 잡고 비웃고 있었다.
그때 사방을 두리번거리며 큰공자 방으로 쥐새끼처럼 숨어들던 그 요사스런 모습이 떠올라 나도 모르게 입가에 비웃음이 번졌다.
'이크!'
난 내심 비명을 질렀다.
하인 놈 주제에 주인집 자식들 앞에서 이런 표정을 짓는다는 것은 자살 행위이다.
나는 얼른 설상일의 눈치를 살폈다.
설상일의 눈빛이 뱀처럼 차가워지고 있었다.
'젠장!'

이 자식이 내 입가에 어렸던 비웃음의 흔적을 읽고 만 것이다.

"너, 이리로 따라와!"

설상일이 낮게 으르렁거리며 앞장을 서자 주춤주춤 내가 그 뒤를 따랐다.

퍽!

"어서 가지 못해, 이 멍청한 자식아!"

혹시 내가 도망이라도 칠까 봐 설상희가 내 뒤를 따르며 발길질을 했다.

뭔지 모를 뜨거운 것이 가슴 밑바닥에서 치고 올라왔다.

가증스럽고 요악스럽기 짝이 없는 계집!

가만? 그런데 요악스럽다는 말은 나에게 붙여진 대명사이니까 취소하기로 하자.

가증스럽고 요사스럽다고 해야겠다.

그 가증스럽고 요사스럽기 짝이 없는 계집에게 짐승 취급당하는 내 처지가 난생처음으로 한탄스럽다는 느낌이 들었다.

퍽!

"어서 가지 못해, 이 개, 돼지만도 못한 자식아!"

설상희가 다시 한 번 내 엉덩이를 걷어찼다.

부숴 버리고 싶었다.

설상희도, 설상일도, 이곳 감숙설가도…

그리고 모든 세상도…….

잠을 자지 못해서 신경이 날카로워진 때문일까?

아니면 내 자신 속에 잠자고 있던 악마적인 분노가 출구를 찾아 기어나오고 있는 것일까?

이제껏 느껴보지 못했던 지독한 파괴 본능이 아랫배 깊은 곳에서 꿈틀거리는 것 같았다.

그 뒤로도 몇 번인가 더 설상희에게 걷어차이며 난 뒷마당에서도 한참 구석진 대나무 숲 앞에 당도했다.

먼저 온 설상일이 웃옷 하나를 벗어젖힌 채 몽둥이를 들고 기다리고 있었다.

뱀 같은 눈에서 흘러나오는 눈빛이 나를 죽여 버리겠다는 듯 이글거렸다.

그런데 내 심정이 이상하리만치 편안했다.

이글거리고 있는 설상일의 눈빛 앞에서도 눈곱만큼도 두렵다는 생각이 들지 않았다. 너무도 편안하고 차분한 내 모습이 다시 눈에 거슬렸는지 설상일이 이빨을 앙다물었다.

"상희, 넌 누가 오는지 망을 보아라."

설상희가 마치 먹이를 앞에 둔 삵쾡이의 눈처럼 광기를 발하며 주위를 두리번거렸다.

퍽!

설상일이 들고 있던 몽둥이가 옆구리를 쳐왔다.

순간적으로 숨이 끊겼다.

비명마저도 흘러나오지 않았다.

혈도니 급소니 하는 것은 알지 못했지만 분명히 그곳은 급소였을 것이다.

엉덩이나 어깨, 허벅지 같은 곳은 타격을 당하면 지독한 통증은 느끼지만 이렇듯 숨이 끊겨오지는 않는다.

나도 모르게 상체를 구부리며 고통스런 표정을 지었다.

퍽—

이번에는 반대쪽 옆구리에 몽둥이가 날아들었다.

겨우 한 모금 트이던 숨이 다시 끊어졌다.

다리에 힘이 풀려왔지만 왠지 쓰러지고 싶지 않았다.

가증스런 추산미의 소생인 이놈들 따위 앞에서 쓰러지고 싶지는 않았다.

콰악—

이번에는 몽둥이 끝이 척추 정중앙을 내리찍었다.

등줄기로부터 뜨거운 쇠꼬챙이가 온몸을 후비는 듯한 느낌이 들었다.

난 결국 바닥에 쓰러졌다.

퍽—

발끝이 명치에 박혀들었다.

다시 숨이 막혀왔다.

설상일의 몽둥이 찜질이 시작되고 나서부터 지금까지 단 세 호흡밖에 쉬지 못했다.

퍽— 퍽—

내가 쓰러지고 나자 설상일의 몽둥이와 발길은 마구잡이로 내 몸을 가격했다.

아픔이 컸지만 이제 숨이 끊어지지는 않았다.

온몸 구석구석이 감각이 없어져 갔다.

이렇게 의식을 놓아버리면 아픔도 못 느낄 것이다.

난 어서 정신이 내 육체를 빠져나가기만 기다리고 있었다.

"그만두지 못하겠느냐!"

날카로운 목소리 하나가 가물가물 들려왔다.
"뭐 하는 짓들이냐, 너희들!"
범접하지 못할 기운이 서린 노기 가득한 여자의 목소리였다.
'추산미일까?'
아니다! 그 여자의 목소리는 저렇지 않다.
 그 여자는 저렇게 직선적으로 감정을 드러내며 소리 지르지 않는다. 그 여자의 목소리에는 언제, 어떤 상황에서도 자신의 흉심을 감춘 음습함이 스며 있었다.
 그렇다면?
"누, 누나?"
"언니……."
 큰아가씨였던가?
 온몸의 힘이 빠져나갔다.
 가슴 가득했던 파괴의 감정이 귀신 곡할 듯이 사라지고 까닭 모를 서러움이 가득 차 올랐다.
 불가사의한 일이다.
 온 세상을 다 부숴 버리고 불을 질러 버려도 사그라들 것 같지 않았던 처절한 분노가 도저히 믿을 수 없을 정도로 순식간에 사라져 버렸다.
 귀신의 조화라도 이럴 순 없을 것이다.
 온몸 구석구석에서 통증이 밀려왔다.
 가슴 가득한 파괴의 감정이 사라지자 온몸의 힘이 빠지며 이제껏 느껴지지 않았던 지독한 아픔이 밀려왔다.
 순간 난 앞으로 내 인생 최대의 적수는 큰공자가 아니라 큰아가씨일 것이라는 생각을 떨칠 수가 없었다.

온 세상을 부숴 버릴 만큼 무섭게 타오르던 내 가슴속의 분노를 그렇게 쉽게 무산시켜 버릴 존재라면 큰공자보다 열 배는 더 무서운 존재이다.

수확을 하다 큰공자에게 들키고 큰공자 발길에 걷어차여 뱃가죽이 끊어질 듯한 고통 속에서 뒹굴어도 이렇듯 무력감은 느껴지지 않았다. 아무리 큰공자의 눈빛이 내 폐부를 샅샅이 훑듯이 무서워도 가장 근본적인 반발심 하나만은 가슴 밑바닥에서 꺼지지 않고 살아 있었는데 큰아가씨의 출현은 날 너무나 무기력하게 만들었다.

정말 한심한 일이다.

"이 녀석, 너 무슨 짓을 한 것이냐?"

추상같은 목소리가 등 뒤에서 울려왔다.

"누나, 글쎄, 이 자식이 일은 하지 않고 건초 더미 속에서 낮잠을 퍼질러 자고 있잖아. 그래서……."

"그런다고 사람을 이 지경으로 만든단 말이냐?"

큰아가씨의 노기가 더욱 커졌다.

"언니, 그게 아니라 이 자식이 자고 있길래 작은오빠가 깨웠더니 막 신경질을 내며 작은오빠에게 달려들잖아. 아마 한 대 때리기까지 했었지? 그렇지, 작은오빠?"

"으, 으응, 그래. 귀찮다고 밀치면서 내 가슴을 쳤어."

"그만 하지 못하겠느냐!"

거짓말이 통하지 않자 설상희가 얼른 입을 다물고 꽁지를 말았다.

제 어미보다 더 가증스런 계집이었다.

"아버지께 일러 경을 치게 만들기 전에 어서 가서 황씨 할아범을 불러오너라."

"하인 놈 하나 버릇 좀 고쳐 준 걸 가지고 뭘 그렇게 화를 내는 거야, 누나는 괜히……."

"어서 가지 못하느냐!"

설상일이 궁시렁거리자 큰아가씨가 다시 고함을 질렀고 추산미의 소생들은 찔끔거리며 멀어져 갔다.

"괜찮느냐?"

큰아가씨의 걱정스런 목소리가 나직이 들려왔다.

이를 악물었다.

신음 소리를 내지 않으려고 주먹을 꽉 쥐고 이빨이 부서져라 악물었다.

"많이 고통스런 모양이구나?"

다시 큰아가씨의 목소리가 귓속을 파고들자 처절한 내 몸부림도 헛되고 말았다.

나도 모르게 귓가로 눈물이 흘러내렸다.

이런 빌어먹을!

나 자신이 한없이 싫어졌다.

큰공자가 떠나던 날 느티나무 앞에서 큰공자에게 당당히 맞서며 몇 번이나 큰공자의 머리를 설레설레 흔들게 했던 나였다. 그리고 어젯밤 황씨 할아버지도 내 앞에서는 오싹한 표정을 지으며 겁먹은 눈빛을 몇 번이나 내비쳤다.

그때마다 난 느긋한 자만심이 가슴에 차 오르는 걸 느꼈다.

그런데 지금은?

눈물을 흘리며 쥐새끼보다 더 초라해지고 있다.

대체 이건 무슨 조화 속인가?

좀 전까지 온 가슴을 터질 듯이 가득 채우던 분노를 끌어올리려 노력했다. 그 격한 분노의 감정이 다시 끓어오른다면 최소한 지금같이 쥐새끼처럼 초라해지지는 않을 것 같았다.

그런데 아무리 용을 써도 허사였다. 그럴수록 오히려 설움만 복받쳐 왔다.

"끄으윽—"

결국 울음인지 신음성인지 모를 소리마저 내뱉고 말았다.

"잠시만 기다리거라. 황씨 할아범이 오고 나면 치료를 해주겠다. 아니다, 차라리 고통을 못 느끼게 해주마."

큰아가씨가 내 목 어디엔가 손을 댄 것 같았다. 몽둥이 찜질을 당한 몸이라 확실히 느끼지는 못했지만 목 언저리 어디쯤에 압박감이 느껴지고 나서 나도 모르게 잠에 빠져들었다.

◆ 제3장

태음토납경(太陰吐納經)

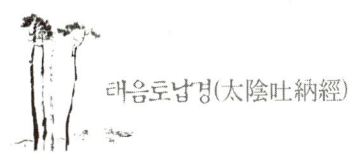
태음토납경(太陰吐納經)

"깨어났느냐?"

어둠 속에서 황씨 할아버지의 목소리가 들렸다.

난 잠시 상황을 파악하느라 고개를 두리번거렸지만 아무것도 보이지 않았다.

"여기는……?"

"내 방이다."

"어떻게 된 겁니까?"

"그건 내가 할 말이 아니더냐, 이 녀석아?"

할아버지의 목소리가 걱정에 젖어 있었다.

"큰아가씨께 네 녀석이 추근거리기라도 한 것이냐?"

이건 또 무슨 소린가?

그리고 보니 황씨 할아버지가 도착했을 때는 나와 큰아가씨만 있었을 것이다.

"제가 그렇게 멍청한 놈으로 보이십니까?"

"그래, 아닌 줄 알았다."

할아버지가 안도의 한숨을 쉬었다.

"그런데 어떻게 된 일이냐? 추산미에게 네놈 정체가 드러나기라도 한 것이냐?"

"제 정체를 스스로 알아낸 사람은 큰공자님 한 사람뿐입니다. 추산미 따위는 할아버지께서 가르쳐 주신다 해도 알아채지 못할 겁니다."

"그랬더냐? 그러고도 남을 사람이었지, 큰공자는……."

"할아버지도 큰공자를 좋아하셨던 모양이군요?"

"너도 그랬더냐?"

"무슨……?"

젠장! 삭신이 쑤시다 보니 말이 헛나왔다.

"말실수를 좀 했군요. 정정하지요. 할아버지께서는 큰공자님을 좋아하셨던 모양이군요?"

내가 정정해서 질문하자 할아버지는 아무 말도 없었다.

"어떻게 된 일이냐? 오늘 낮에 일은?"

"할아버지 때문이지요."

"나 때문이라니?"

"그게 말이죠, 하룻밤을 꼬박 새우고 나니 잠이 와서 견딜 수가 있어야지요. 그래서 뒷마당 건초 더미 속에서 늘어지게 자고 있는데 설상일이 나타나서 내 머리통을 후려쳤지요. 잠이 덜 깬 눈으로 쳐다본 것이 째려본 듯한 모양입니다. 그래서 그렇게 된 것이죠."

한참 동안 할아버지는 아무 말도 없었다.

표정을 보지 않아 무슨 생각을 하는지 확실히 짐작할 수는 없었지만 분명히 '악독한 놈… 그걸 가지고…' 그렇게 생각하고 있을 것이다.

"그렇다면 다행이구나."

뜻밖의 소리에 난 헛바람을 들이켰다.

"다, 다행이라니요, 할아버지? 할아버지 눈에는 이게 다행으로 보이십니까?"

난 기가 막혀 더 이상 말을 이을 수가 없었다.

"세상 알기를 우습게 아는 네놈 같은 녀석은 종종 그렇게 혼이 나야 정신을 차리는 법이다."

어젯밤 나에게 주눅 들어했던 사실에 복수를 하는 모양이다.

난 한숨만 한번 쉬고 더 이상 대꾸하지 않았다.

"난 네놈이 섣불리 모든 걸 큰아가씨에게 알리다 그 지경이 된 줄 알았다."

"멍청이 눈에는 멍청이만 보이죠."

딱—

정확히 아침에 몽둥이로 맞은 그 자리에 통증이 밀려왔다.

"크으윽—"

비명을 지르며 몸을 움직이려 하자 온몸을 찌르는 듯한 통증이 몰려왔다.

난 호흡이 끊기는 듯한 신음을 토해냈다.

"가만히 있거라. 갈비뼈 한 대가 심하게 상했는지 퉁퉁 부어올랐다. 그리고 온몸 구석구석에 피멍이 들었다. 당분간은 꼼짝 말고 누워 있어야 할 것이다. 그나마 큰아가씨가 혈을 다스려 골병은 들지 않을 것이다."

할아버지가 내 어깨를 잡아 반듯하게 눕히며 말했다.

그렇게 누워서 한참이나 더 꼼짝 않고 있으니 숨 쉬기가 좀 편했다. 그래도 크게 심호흡을 하면 갈비뼈가 아파와 입이 딱 벌어질 정도였다.

"며칠간은 숨도 크게 쉬지 말거라."

할아버지가 화섭자로 불을 켜 유등을 밝혔다.

"큰아가씨가 혈을 다스렸다고 했는데 그게 무슨 말인가요?"

그리고 보니 큰아가씨의 손이 내 목덜미에 닿는 것을 느끼며 잠 속으로 빠져든 것 같았다. 그래서 더 이상 고통을 느끼지 않은 것이다.

"큰아가씨 부름을 받고 네 녀석이 쓰러진 곳으로 갔을 때 큰아가씨가 혼절한 네놈 몸 곳곳을 손가락으로 누르고 있었다. 그것은 무공을 익힌 사람들이 혈을 점한다는 것으로 진기의 흐름을 원활하게 해주고 또 그 반대로 크게 손상된 곳에는 일시적으로 진기의 흐름을 봉하여 더 큰 손상을 막는 것이다. 네놈이 몽둥이 찜질을 당해 시퍼렇게 피멍이 든 곳에는 혈관들이 터졌을 것이고 그 터진 혈관에서 흘러나온 피가 주위로 퍼지고 시간이 지남에 따라 엉기게 된다. 그러면 그 부분은 죽은 살이 되고 심하면 썩어 들어갈 수도 있겠지. 그런 곳을 다른 사람이 인위적으로 진기를 유통시켜 주면 그 엉긴 피가 빠져나가게 되고 시간이 지나가면 회복이 되는 것이다. 그렇게 되면 골병은 들지 않겠지."

할아버지가 아주 쉽게 설명해 주었다. 나 역시 어렴풋이 그런 것은 알고 있었지만 할아버지의 설명을 듣고 나니 더욱 확연히 이해가 되었다.

"무공을 익히셨나요, 할아버지?"

"하인으로 평생을 살아온 내가 무슨 무공을 익혔겠느냐? 그냥 몇 년

온 세상을 떠돌던 시절 귀동냥이나 한 것뿐이다."

"그런 것치고는 너무 소상히 알고 계신 것 아닌가요?"

"언젠가 인연이 닿은 노인네에게서 진기를 다스리는 정도는 배울 뻔했는데 그 짓도 쉽지가 않아 때려치웠다. 하인 놈은 하인으로 살아가는 것이 제격이다."

할아버지가 자조적인 목소리로 말을 마쳤다.

"휴~ 크으윽!"

할아버지의 말에 나도 모르게 긴 한숨을 쉬다 갈비뼈가 으스러질 듯한 통증을 느끼며 다시 숨이 끊기는 신음을 토했다.

"이놈아, 당분간은 숨도 크게 쉬지 말라고 하지 않았더냐. 자, 내가 가르쳐 주는 대로 천천히 숨을 쉬어보거라. 그러면 한결 편해질 것이다."

할아버지가 내 신음이 멈추기를 기다렸다가 천천히 숨 쉬는 법을 가르쳐 주었다.

할아버지가 가르쳐 주는 대로 천천히 빨아들였다가 잠시 멈추고 다시 천천히 내뱉었다. 몇 번을 그렇게 하고 나니 정말로 편안한 느낌이 들었다. 특히 가슴을 부풀리며 호흡하는 대신 아랫배를 부풀리며 호흡을 하니 통증도 느껴지지 않고 심호흡을 할 수가 있었다.

"신기하군요, 할아버지. 이것은 할아버지께서 개발한 호흡법입니까?"

내가 한결 편해진 목소리로 질문을 하자 할아버지도 적이 안심이 된다는 표정으로 나를 바라보았다.

"옛날에 이곳저곳을 떠돌던 시절 산속에서 잠자리를 찾다 괴상한 몰골을 한 노인네를 만났다. 깡마르고 자존심이 강해 보이는 노인네라

표시는 내지 않았지만 배가 고파 보였다. 마침 가지고 있던 보퉁이에 건포 몇 조각과 술 한 병이 있어 몇 번 사양하는 것을 무시하고 술과 건포를 대접했다. 그리고 피곤한 몸을 뉘어 잠이 들었는데 아침에 일어나 보니 노인은 보이지 않고 낡은 책자 한 권만 내 옆에 놓여 있었다. 그 책자의 첫 장에 있는 호흡법이 방금 한 것이다. 그건 쉬워서 따라할 수 있었는데 다음 장부터는 무슨 말인지 알 수도 없었고 귀찮아서 때려치우고 말았다."

"글을 몰랐던 게 아닌가요, 할아버지?"

내가 정곡을 찌르자 할아버지의 눈빛이 차가워져 난 얼른 머리를 감싸 쥐었다.

"험! 험! 어쨌든 첫 장은 그럭저럭 익혔다. 때때로 몸이 피곤할 때나 감기 몸살 기운이 있을 때는 그 호흡을 따라 하면 거짓말같이 감기가 떨어졌고 피로가 사라졌다. 네놈도 오늘부터 틈틈이 가르쳐 준 대로 숨을 쉬어보아라. 그러면 몸이 훨씬 개운해질 것이다."

"그렇게 해보죠, 할아버지."

대답을 하고 나서 나는 다시 가르쳐 준 대로 호흡해 보았다.

몇 번 그렇게 하자 쑤시던 부분들이 많이 편안해짐을 느꼈다.

그때부터 난 할아버지가 말한 그 괴상한 몰골의 노인과 그 노인이 준 책자에 호기심이 생겼다.

"할아버지, 그런데 그 노인 성함이 무엇인지 모르나요?"

"이 녀석아, 오다가다 하룻밤 노숙 자리에서 만난 사람 이름을 내가 어떻게 안단 말이냐. 설사 들었다 하더라도 지금은 까마득히 까먹었을 것이야. 그 노인을 만난 사실도 까맣게 잊고 있었는데 네놈 때문에 불현듯 기억이 나는구나."

할아버지가 뜬구름 잡는 얘긴 그만 하라는 듯 고함을 질렀다.
"그럼 그 책자는 어떻게 하셨나요?"
내가 다시 호기심이 일어 질문을 하였다.
"그게… 가지고 다니다 잃어버렸던가? 아니지! 저기 옷 보따리 속에 처박아두었나? 그 보따리는 전에 버린 것도 같은데……."
할아버지가 혼자 궁시렁거리다 낡은 궤짝 속을 뒤졌다.
"잃어버린 모양이다. 뭐, 별 소용도 없고 또 하도 낡아서 있어봤자 쓸모도 없을 것이야."
난 김이 새는 느낌을 받았지만 이내 잊어버리고 다른 얘기들을 나누었다.
무엇보다 큰아가씨가 혼절한 나를 보살폈다는 사실이 가슴을 쿵쾅거리게 했다. 구체적으로 물어보고 싶었지만 그러면 할아버지가 당장 쓸데없는 쪽으로 사람을 의심할 것 같아 뜸을 들였다.
"옳지, 생각났다!"
할아버지가 갑자기 현재의 대화에 어울릴 수 없는 전혀 이질적인 탄성을 질렀다.
나는 영문을 몰라 할아버지를 멍하니 쳐다보았다.
"그래, 저기에 두었지!"
할아버지가 일어나서 장롱 속을 뒤지며 작은 옷 보따리 하나를 끄집어내었다.
"이것은 노마님이 젊은 시절 내게 지어준 옷이었다. 어느 날 밤 살짝 건네주고 간 후 난 수백 번도 더 펼쳐 보기만 하고 한 번도 입어보지는 못한 옷이다. 이곳에 같이 넣어둔 것 같았는데 하도 오래되어서 잊고 있었구나."

할아버지가 보따리를 조심스럽게 풀었다.

정말 정성스럽게 바느질된 옷이 고이 간직되어 있었다.

친누이가 불쌍한 오빠를 챙기듯이 멋스러움보다는 편하고 따뜻하고 실용적으로 만들어진, 한눈에도 정성이 가득 든 옷이었다.

난 그 옷을 보는 순간 어젯밤 할아버지가 했던 말이 떠올랐다.

노마님이 자신에게 준 마음은 한없는 인간애라는 그 말이 옷 속에 그대로 담겨 있었다.

그 옷은 많은 말을 하고 있었다.

어린 내 눈에도 그것이 확연히 느껴졌다.

연정을 품은 여인이 남정네에게 주는 옷이라면 결코 저렇게 만들지는 않았을 것이다. 그런 옷에는 화려함과 멋스러움이 먼저 나타날 것이다.

그런데 이 옷은 그런 것들은 조금도 느낄 수 없었다.

입기에 최대한 편하고 최대한 따뜻하게, 여자로서는 처리하기 부끄러운 부분의 바느질까지도 정말 꼼꼼하고 실용적으로(?) 되어 있었다. 그 옷은 마치 어머니가 아들에게 만들어주는 그런 옷이었다.

난 한동안 할 말을 잃고 그 옷들을 쳐다보았고 할아버지도 감회에 젖은 얼굴로 그 옷을 바라보았다.

"이젠 그만 보고 넣어두자꾸나."

할아버지가 다시 보따리를 싸자 나 역시 고개를 끄덕거렸다.

"가만, 그런데 이걸 무엇 하러 꺼낸 것이냐?"

옷에 정신이 팔려 둘 다 진짜 목적을 잊어버렸다.

"아참, 괴상한 몰골을 한 노인네가 남긴 책을 꺼내려 했던 게 아니던가요?"

내가 일깨워 주자 할아버지가 황망히 고개를 끄덕거렸다.
"그래, 그렇지! 이래서 늙으면 죽어야 한다는 것이지."
"그럼 난 늙지도 않았는데 죽어야 하겠군요. 큭큭."
나 역시도 할아버지와 같이 깜박한 사실에 웃음이 나왔다.
"크으윽……."
갈비뼈가 다시 끊어질 듯 아파왔다.
"네 녀석이 정말 어젯밤 그놈이 맞는 것이냐?"
할아버지의 눈이 나를 보며 멍청한 놈 하고 소리치고 있었다.
"그래, 이것이구나!"
할아버지가 다시 보자기를 풀고 바닥에 깔아놓은 책을 끄집어 들었다.
"곰팡이 슬지 말라고 바닥에 깔고 싸둔 것이다. 그 때문에 용케도 지금껏 가지고 있었구나."
하지만 할아버지가 건네준 책에서 곰팡내가 물씬 풍겨 나왔다.
무슨 책인지 보고 싶었지만 몸을 일으켜 세울 수가 없었고 누워서 두 손에 들고 펼쳐 보기엔 책이 너무 낡고 축축했다.
"아랫목에 며칠 놔두는 게 좋겠습니다. 습기가 마르고 또 내 몸이 추스려지면 읽어보고 제가 할아버지께 가르쳐 드리지요."
"일 없다, 이놈아! 다 늙어서 하늘을 날고 일진광풍을 일으킬 일이 있느냐? 난 그저 죽을 때까지 감기나 안 걸리고 살면 더 바랄 것도 없다. 그 책을 두고 떠난 늙은이 몰골을 보니 땅속에서 한 달 만에 파낸 강시보다 나을 게 없었으니 썩 신통할 것도 없을 것이다. 그리고 하도 오래돼서 밤에 그 노친네 귀신이나 안 나오면 다행이다."
그 말을 들으니 나도 왠지 꺼림칙해 얼른 아랫목에 그 책을 내려놓았다.

　할아버지 방에서 꼼짝 않고 누워 이틀을 더 보내고 나서야 겨우 몸을 움직일 수 있었다.
　갈비뼈의 통증은 여전하였지만 다른 곳의 타박상들은 말끔히 나은 것 같았다. 할아버지가 처음 예상했던 보름간의 요양보다는 몇 배나 빠른 회복을 보인 것이다.
　이틀 동안 난 온몸 구석구석이 쑤셔올 때마다 할아버지가 가르쳐 준 대로 호흡을 하였고 그렇게 열 번쯤 하고 나면 신기하게도 고통이 사라지며 편안한 잠 속으로 빠져들곤 하였다.
　굼벵이도 구르는 재주가 있다더니 할아버지도 그런 호흡을 알고 있는 재주가 있었다. 엄밀히 따져 보면 그건 할아버지의 재주가 아니라 낡은 책자 속의 재주였다.
　누구의 재주였든 간에 그 호흡법으로 온몸 구석구석 쑤셔오는 고통에서 해방되었고, 또 갈비뼈에서 느껴져 오는 숨이 끊어질 듯한 통증도 가슴이 아니라 아랫배로 호흡하면서 놀랄 정도로 빨리 가라앉는 것을 느낄 수 있었다.
　생각할수록 신기했고 아랫목에 놓아둔 낡은 책자에 관심이 가기 시작했다.
　어차피 모두들 내가 한 보름 정도는 운신하지 못할 것이라 알고 있으니 난 그 보름간을 철저히 이용하리라 마음먹었다. 할아버지에게까지 속이는 것은 좀 미안했지만 괜히 순진한 영감님마저 공범이 되게 하기 싫어 계속 심하게 아픈 척했다.
　할아버지가 나간 후 난 아랫목에 있는 책을 집어 들었다.

이틀 동안 따뜻한 아랫목에서 건조되어 처음의 그 곰팡내나는 습기는 말끔히 사라져 있었다.

호기심 가득한 눈으로 첫 장을 넘겼다.

짐작대로 첫 장은 몇 자 되지 않은 간단한 설명과 함께 아주 자세하게 호흡의 진행 순서가 그림으로 그려져 있었다.

그것은 할아버지가 가르쳐 준 그대로였다.

자세한 그림이 나와 있었기에 글자를 제대로 알지 못하는 할아버지도 쉽게 따라 할 수 있었을 것이다.

다음 장을 넘겨보니 역시 짐작대로 그림은 없고 앞장의 상세한 그림을 토대로 복잡한 내용이 빼곡히 쓰여져 있었다. 할아버지가 더 이상 배우지 못할 충분한 이유가 있는 책이었다.

하늘과 땅이 있고 그 가운데 사람이 있어 사람은 하늘과 땅의 기운으로 태어나고 살아가는 것이니 그 기운에 순응하여 자신을 동화시킨다면 삼라만상이 자신 속에 있고 자신이 삼라만상 속에 있는 천인합일의 경지에 도달하며……. 

대강 그런 뜻으로 시작하는 책의 둘째 장은 할아버지뿐만 아니라 나까지도 실망시키기에 충분했다.

첫 장의 상세하고도 유익한 그림과는 달리 둘째 장은 황당무계하고 어지러웠다.

나는 대체 이 책의 제목이 무엇인지 궁금하여 겉장을 살펴보았지만 낡을 대로 낡아 그나마 남아 있는 글자로 내가 추측이라도 가능한 글자는 태(太) 자와 음(陰) 자 정도였다. 그 두 글자도 정확히 태 자와 음 자인지는 확실치 않았다. 다만 남아 있는 글자가 그 글자 모양에 제일

가까웠을 뿐이다. 그 외 글자는 도저히 짐작조차 하지 못할 정도로 훼손되어 있었다. 그래서 그 책 제목을 그냥 내가 편한 대로 지어 부르기로 하였다.

무림인들이 하는 호흡을 토납법(吐納法)이라 한다고 언뜻 들은 기억이 났다. 그래서 남아 있던 두 글자에 토납이란 글자를 넣어 이리저리 맞추어보았다.

태음토납경, 음태토납경, 토납음태경, 토납태음경 등의 네 가지 이름을 종이에 써보니 모두 그럴듯하였다. 궁리 끝에 네 장의 종이를 뒤집어서 눈을 감고 이리저리 섞었다. 그리고 하나를 집어 올렸다.

'태음토납경'이라 적힌 종이가 들려졌다. 그래서 난 그 낡은 책의 제목을 태음토납경(太陰吐納經)이라 지었다. 그리고 앞으로 그렇게 부르기로 결정했다.

이름은 그럴싸하게 지었는데 둘째 장부터 시작되는 내용이 영 마음에 들지 않았다. 사람이란 부모가 낳는 것인데 어찌 하늘과 땅이 낳는단 말인가? 또 삼라만상이 어떻게 사람 몸속에 있고 사람이 삼라만상 속에 있을 수 있단 말인가?

몇 장을 더 넘겨도 비슷한 내용이어서 그냥 아궁이 속에 던져 버릴까 싶었지만 내가 지어준 이름이 아까워서 그렇게 하지 못하곤 계속해서 읽고 있었다.

그렇게 귀신 씨나락 까먹는 소리들이 좀 더 계속되다 한 부분의 내용을 마친 여백에 책을 지은 사람 자신의 이야기가 써 있었다.

난 얼른 책을 끌어당겨 유심히 읽기 시작했다.

*너무나 허약하게 태어났기에 강함을 추구하기 위해 모든 것을 바쳤다…….*

그렇게 시작한 글은 한순간도 눈을 떼지 못할 만큼 흥미진진하였다. 자신의 이름을 끝까지 밝히지 않은 그 사람은 너무나 허약한 체질로 태어나 강해지기 위해 온갖 고초를 겪으며 강함을 향해 한 걸음 한 걸음 다가서는 그 처절한 이야기가 내 관심을 온통 빼앗았다.

…그리하여 내 강함의 가장 근본이 되는 호흡법 한 가지를 남기니 강함을 원하는 자 끈기있는 수련을 통하여 태산을 뽑아 올려라.

저자의 이야기는 그렇게 끝을 맺고 그 뒤로부터는 전 장과 마찬가지로 뜻 모를 이야기만 어지럽게 써 있었다.
나는 어쩐지 이 낡은 서책이 마음에 들었다. 뭔가 황당한 듯하면서도 처절한 집념 같은 것이 엿보였다.
책을 지은 사람이 보통 사람보다 훨씬 허약하게 태어났기에 보통 사람이 익히는 그런 일반적인 토납법이 아닐 것이라는 생각도 들었다. 난 그런 것에 언제나 마음이 끌렸다. 평범하고 고리타분한 정(正)보다는 신비스럽고 강맹무쌍한 마(魔)나 사(邪) 쪽에 더 마음이 끌렸다.
큰공자 말대로 요악스런 천성을 타고난 때문일까?
이 책 역시 내용을 파악하지는 못했지만 어쩐지 그런 쪽에 더 가까울 것 같다는 느낌이 들었다.
황씨 할아버지가 만났다는 그 깡마르고 괴이한 몰골을 한 노인네의 모습을 떠올려 보았다. 직접 만나보지는 않았지만 몇 가지 단서로도 그 노인이 어떤 사람인지 짐작이 갔다.

배가 많이 고파 보였지만 절대로 약한 모습을 보이지 않던 그 자존심!

원하지 않았지만 억지로 술 한 병과 육포 한 조각을 대접받은 후엔 자신의 모든 것이라 할 수 있는 이 책을 그 대가로 내놓고 떠난 그 노인의 행적에서 난 전율스런 인간미를 느꼈다.

만인이 보는 앞에서는 정인군자처럼 행동하지만 남이 보지 않을 때는 온갖 추잡한 짓을 일삼는 정파 사람들······.

그들에 비하면 그 노인네는 얼마나 매력적인 사람인가!

자기가 진 빚은 목숨을 반으로 쪼개서라도 갚으려고 하는 사람들······.

문득 큰공자의 얼굴이 떠올랐다.

큰공자도 산속에서 누군가를 만나 신세를 지면 그렇게 행동할 것이다.


"형이라고 한 번만 불러줄 수 있겠느냐?"


큰공자가 내게 했던 마지막 한마디가 귓전을 때렸다.

"빌어먹을!"

그런 느닷없는 말로 날 옭아매려 한다고 넘어갈 내가 아니다. 행여 그런 말에 마음이 약해져 내가 동경해 마지않는 사마의 길로 꿋꿋이 걸어가지 못하고 자칫 고리타분하고 허영찬란한 정파의 길로 빠지게 된다면 내 인생은 그날로 좆 치게 될 것이다.

"안 되지. 절대로 그래서는 안 되지!"

난 세차게 머리를 흔들며 마음을 다잡았다. 그리고 계속해서 책을 넘겼다.

처음에는 너무도 낡아 도깨비라도 나올 것이라는 할아버지의 말을 듣고 꺼림칙했던 마음이 깨끗이 사라졌다. 그 순간부터 난 그 낡은 책 속으로 빨려들었다. 이해도 안 되는 내용을 몇 번이나 읽고 나자 저녁이 되었다.

그날 저녁 황씨 할아버지가 며칠 집을 비울 구실을 만들어 짐을 챙겼다. 이틀 전 나하고 의논한 큰아가씨와 혼담이 정해진 야율세가에 대해서 알아볼 모양이었다.

노마님을 별채 한 구석방으로 내몰고 만년을 회한 속에서 살게 한 추산미에 대한 할아버지의 분노는 내가 예상한 것보다 훨씬 큰 것 같았다.

오직 노마님 한 사람을 바라보며 평생을 해바라기처럼 살아온 할아버지는 노마님께서 돌아가신 지금 삶의 의욕마저 잃은 듯했다가 마지막 남은 여생을 노마님을 몰아낸 추산미에 대한 복수에 쏟아 부으려는 듯 굳은 결심의 흔적이 얼굴에 나타났다.

"할아버지, 안면에 너무 힘이 들어가 있는 것 아닌가요?"

내가 비스듬히 누워서 빙글거리며 할아버지를 쳐다보았다.

"그렇게 보이느냐?"

"네, 꼭 전쟁터에 가는 사람 같군요."

"전쟁이지! 전쟁이고말고. 내 목숨을 걸었으니까……."

할아버지가 나직이 중얼거렸다. 그것은 마치 맹수의 으르렁거림처럼 섬뜩한 느낌을 주었다.

할아버지가 짐을 다 챙겨 몸을 일으켰다.

"내일 아침에 떠나는 것이 아니던가요?"

"하루가 급하다. 네놈 때문에 날려 버린 이틀도 아까워 죽겠다. 나 없는 동안 경거망동하지 말고 이 방에서 푹 쉬거라. 네놈이 한 보름은 꼼짝 못한다는 걸 모두들 알고 있으니 맘 편히 쉬어도 될 것이야."

나 역시 한 보름 동안 태음토납경을 파고들 생각이었으므로 아무 말 하지 않고 방을 나서는 할아버지를 배웅했다.

방에 들어오자마자 나는 낡은 책장을 다시 들추기 시작했다.

그러나 워낙 그쪽 방면으로는 기초가 없는 상태인 나로서는 황씨 할아버지와 마찬가지로 첫 번째 장 외에는 모든 내용이 생소했다.

임맥(任脈), 독맥(督脈)이란 말에서부터 백회(百會), 후정(後頂), 강간(强間), 뇌호(腦戶)… 전중(膻中), 중정(中庭), 구미(鳩尾), 거궐(巨闕)… 등등 온통 처음 듣는 말뿐이었다.

그런 것들에 대한 사전 지식부터 쌓는 것이 우선이었다. 그렇지 않고는 나에게 이 책은 아무런 소용이 없었다.

행랑 아저씨인 조씨 아저씨가 무공을 좀 익혔다고 하니 그 정도는 알 수 있을 것이다. 한 보름 후에 밖으로 나돌아다닐 수 있게 되면 그것부터 제일 먼저 해결해야겠다. 그때까지는 제일 앞 장의 호흡법이나 충실히 연습해 보는 것이 내가 할 수 있는 일이었다. 단 몇 번 해보았지만 그 효과는 놀랄 만큼 확연히 나타났으니 보름 동안이면 제법 성과가 있을 것이다.

난 책을 덮어두고 제일 앞 장에 있던 호흡법대로 숨을 쉬기 시작했다.

그림에 그려진 대로 코로 빨아들인 공기를 아랫배에 집어넣고 그것을 첫 장에 그려진 온몸 구석구석으로 밀어 보낸다는 생각을 하며 호흡을 하고 나니 아랫배에 제법 따뜻한 기운이 느껴지고 마음이 편안해져 왔다. 역시 예사로운 책은 아닌 것 같았다.

난 다시 한 번 그 호흡을 시작했다. 그런데 억지로 결가부좌의 자세로 꼬아 앉은 다리가 저려왔다.

하인 놈 주제에 팔자 편하게 가부좌를 틀고 앉을 기회가 없었기에 그렇게 꼬아 앉은 다리에 피가 통하지 않는지 쑤시고 아파왔다.

난 결국 저려오는 다리의 통증을 이기지 못하고 결가부좌를 풀어 다리를 쭉 뻗었다.

역시 고수의 길은 먼 것인가 보다.

한참 동안 다리를 주무른 나는 다시 태음토납경 앞 장의 그림대로 결가부좌을 틀었다. 그리고 호흡에 매달렸다.

한 번······.

두 번······.

세 번째 호흡에서 다시 양다리가 쑤셔왔다. 난 이를 악물고 참았다. 무공에 있어 가장 기본이 이런 토납법이란 것 정도는 알고 있었다. 그런데 가장 기본적이 이런 호흡마저 제대로 익히지 못한다면 어찌 고수가 될 것이며 어찌 내가 동경하는 사마(邪魔)의 길로 꿋꿋이 걸어갈 것인가?

하지만, 하지만··· 다리가 너무 저린다.

고수! 사마정협도 좋지만 당장 다리가 마비되어 죽을 것 같다.

다섯 번의 호흡 끝에 난 다시 굴복하고 말았다. 피가 통하지 않은 다리가 끊어질 듯 저려왔다.

결가부좌를 풀고 다리를 펴려 하였지만 꼬였던 다리가 이젠 쉽게 펴지지도 않았다.

입을 딱딱 벌리며 겨우 다리를 펴고는 열심히 주물렀다.

고수의 길이란 정말 힘들다.

그래도 이번에는 다섯 번으로 좀 전의 두 번에 비하면 배로 늘어난 것이다. 이렇게 차츰 늘려 나가다 보면 어느 순간에는 아무런 지장이 없을 정도가 될 것이다.

오늘은 그만 자자.

그나마 몇 번 호흡을 하고 나니 하루 종일 걸어다닌 것처럼 잠이 쏟아져 왔다. 그러나 그런 혹사 뒤의 피곤함과는 거리가 먼 아주 안락한 잠이 쏟아져 왔고 난 스르르 눈을 감았다.


정말 깊은 잠을 잔 것 같다.

태어나서 이렇게 개운하게 잠이 깬 것은 처음이다. 아직도 군데군데 만져 보면 둔중한 통증이 느껴졌지만 건드리지 않으면 아무런 아픔도 느껴지지 않을 정도로 몸이 가뿐했다.

"일어났느냐?"

좋은 아저씨였다.

이제까지 같은 방에서 같이 자고 생활하였지만 내가 밤새도록 끙끙 앓으면 아저씨가 잠을 설친다는 핑계로 난 이 방에서 자기를 고집했다.

"아플수록 끼니는 챙겨 먹어야 하느니라. 우리 같은 하인 놈들은 몸이 재산인 것이야."

좋은 아저씨가 밥상을 들고 와 나를 일으켰다.

못 이기는 척 일어나 천천히 밥을 먹고 다시 드러누웠다.

"아무 생각 말고 푹 쉬거라."

좋은 아저씨가 밥상을 들고 나간 뒤 나는 천천히 일어나 앉았다.

그리고 결가부좌를 틀고 어젯밤 하던 호흡을 하기 시작했다.

한 번……

두 번······.

······.

여섯 번······.

여섯 번까지 하고 나니 다리가 다시 저려왔다.

난 이를 악물었다.

절세고수의 운명을 타고난 한 인간이 결가부좌를 틀지 못하여 애초에 주저앉고 말았다면 지나가는 개가 웃을 일이다.

일곱 번······.

여덟 번······.

도저히 참기 어려운 고통이 밀려왔다.

설상일에게 몽둥이 찜질을 당하던 고통 못지않았다. 거기까지 생각이 미치던 나는 그 몽둥이 찜질의 후유증을 이 호흡법이 가시게 해주었다는 생각이 들었다. 그렇다면 지금 다리의 고통도 호흡으로 극복할 수 있지 않을까 하는 생각이 들었다.

충분히 가능성있는 생각이었다.

나는 천천히 대기를 빨아들인 후 피가 통하지 않아 쑤셔오는 통증이 느껴지는 곳으로 그 대기를 밀어 넣는다는 상상을 하였다. 그러자 다리의 통증이 더욱 가중되어 왔다.

"으윽!"

힘줄이 끊어질 것 같았다. 그래도 이렇게 주저앉을 수는 없었다. 뒷마당 한쪽 구석에서 설상일에게 몽둥이 찜질 당하던 때의 기억을 떠올렸다. 그 분하고 비참하던 기억을 떠올리며 억지로 다리의 고통을 참고 통증이 오는 곳에 계속 의식을 집중시켰다.

인간이란 간사한 동물이다.

몽둥이 찜질을 당하던 그때는 온 세상을 폭발시킬 듯한 분노가 가슴을 가득 채웠고, 그 어떤 것으로도 그 분노를 누그러뜨릴 수 없을 것 같았는데 지금은 오히려 다리에 전해져 오는 통증이 훨씬 더 우선했다.

정말 어이가 없었다.

난 그때의 그 분노를 끌어올리려고 애를 썼다.

허사였다. 아무리 그때의 분노와 파괴적 감정을 끌어올려보아도 지금 이 순간의 아픔이 더 컸다.

다시 포기하고 결가부좌를 풀려는 순간 한 얼굴이 떠올랐다.

큰아가씨의 얼굴이었다.

등을 구부리고 쥐새끼처럼 쓰러져 있는 나를 안쓰럽게 쳐다보며 내 혈도를 다스려 주던 큰아가씨의 모습이 떠오르자 아랫배 저 밑바닥에서 무서운 열기가 치솟아올랐다. 그 뜨거운 열기는 내 의식이 이끄는 대로 끌려와 지독한 통증이 일고 있는 양다리로 흘러들었다.

뚜둑!

어긋난 뼈마디가 순간적으로 제자리를 잡는 듯한 느낌이 들었다.

그리고는 거짓말같이 통증이 사그라들었다. 마치 시원한 물줄기가 불에 데인 다리를 씻어주는 것 같았다.

그것으로 태음토납경 공부의 최초 장애물이 제거되었다.

편안한 기분이 들자 긴 한숨을 쉬었다. 온몸 구석구석으로 대기가 스며드는 청량감을 느꼈다.

이렇게 무수한 세월 호흡을 계속한다면 대자연의 기운이 온몸에 스며들고 나아가 삼라만상이 내 몸속에, 그리고 내 몸이 삼라만상 속으로 스며드는, 허무맹랑하게 여겨졌던 태음토납경 속의 구결이 전혀 불가능한 일은 아닐 것이라는 생각이 들었다.

전율을 일으킬 만한 기쁨 한 덩어리가 온몸을 훑고 지나갔다. 다리의 통증이 사라진 나는 편안한 마음으로 태음토납경 첫 장의 호흡을 계속하여 갔다.

한 번······.

두 번······.

······.

열······.

······.

스물······.

이젠 그 숫자를 세는 것은 의미가 없었다.

숫자를 잊었다!

호흡도 잊었다!

서서히 자신마저 잊어갔다!

······.

······.

어느 순간 문득 눈을 떴다.

방문이 훤해오고 있었다.

'이게 어찌 된 일인가?'

난 깜짝 놀라고 말았다. 몇 번을 계속했는지 몰랐지만 호흡 속에 빠져든다는 느낌이 있고 난 후 얼마 지나지 않은 것 같았는데 아침이었다. 저녁부터 지금까지 그렇게 호흡에 빠져 있었단 말인가?

"이러다 이거 어느 순간 우화등선하는 건 아닐까?"

갑자기 겁이 덜컥 났다.

선계가 아무리 좋다기로서니 아직 세상도 다 살아보지 못하고 신선이 되는 것은 바라지 않는다. 나도 모르게 팔을 쭉 뻗으며 기지개를 켜다 깜짝 놀랐다.

양쪽 갈비뼈에 지독한 통증이 밀려올 것이라 생각했는데 약간의 결림 외에는 아무것도 느껴지지 않았다. 난 다시 한 번 깜짝 놀랐다.

처음에는 깜박 잊고 몸을 놀려 통증이 밀려올 것 같아 놀랐고, 다음으로는 당연히 찾아와야 할 통증이 밀려오지 않는 데서 오는 놀라움이었다.

"설마?"

천천히 상체를 옆으로 돌려보았다.

느낌이 없었다.

다시 반대쪽으로…….

역시 통증의 느낌은 없었다.

결가부좌를 풀고 일어나 등을 벽에 슬쩍 부딪쳐 보았다.

아프지가 않았다.

하룻밤 새 거의 나은 것이다.

온몸 구석구석을 손가락으로 눌러보았다.

몽둥이 찜질을 당한 자리에 둔중하게 전해져 오던 통증이 말끔이 사라졌다. 겉옷을 들춰 이제껏 시퍼렇게 멍이 들었던 곳들을 살펴보았다.

단 한 곳도 피멍은 남아 있지 않았다.

놀라운 일이었다.

이래서 무공을 익힌 사람들이 피를 토하는 상처를 입고도 몇 시진 요양으로 상처를 회복하는 것이 가능한 모양이었다.

어느덧 해가 완전히 떴고 바깥에서 사람 소리가 들려왔다. 아직 열

홀 이상은 더 놀고 먹을 수 있는 기회를 빼앗기고 싶진 않았다. 얼른 자리에 드러누워 다 죽어가는 표정으로 바꾸었다.
"일어났으면 밥 먹거라."
종운 아저씨가 밥상을 들고 들어왔다. 난 순간적으로 미안한 생각이 들었다. 멀쩡한 어린 놈은 누워서 밥상을 받고 허리가 휘어져 가는 어른은 그놈에게 밥상을 갖다 바치고…….
하지만 난 어쩔 수 없이 아파야 할 몸이었고 그 기간 동안 아무 방해도 받지 않고 호흡에 매달리고 싶었다.

종운 아저씨가 밥상을 들고 나간 후 다시 태음토납경의 첫 번째 장에 있는 호흡을 시작했다. 청량한 대자연의 기운이 온몸으로 스며들자 몸이 날듯이 가벼웠다.
서서히 호흡을 잊었다.
그러나 어젯밤처럼 자신을 잊어버리는 상태까지는 도달하지 못했다. 아무래도 바깥의 크고 작은 소음들이 그런 상태까지 이르는 것을 방해하는 모양이었다. 그렇지만 상관없었다. 그런 상태만으로도 온몸에 스며드는 청량함은 이루 말할 수 없는 지경이었다. 그리고 밤이 되었을 때 하는 수행에서는 어김없이 무아의 상태로 빠져들어 앉은 채로 아침을 맞았다.
그렇게 닷새가 지났다.
그 닷새 동안 밥 먹고 뒷간 가는 시간만 빼면 언제나 결가부좌를 틀고 호흡에 빠져들었다.
그 닷새째 날도 그렇게 호흡 공부에 매달려 있었다.
문득 방문 앞에서 인기척이 느껴져 난 얼른 자리로 들어가 누웠다.

"운엽이 안에 있느냐?"

제일 나이 든 찬모 아주머니 목소리였다.

"네, 들어오세요."

난 최대한 기운없는 목소리로 답했다.

문이 열리고 아줌마가 들어오는 소리가 들렸다.

"여긴 어쩐 일이……."

돌아누우며 아줌마를 쳐다보다 난 그만 심장이 멎는 줄 알았다. 방 안으로 들어온 사람은 아줌마 혼자만이 아니었다.

아줌마를 대동하고 큰아가씨도 같이 온 것이다.

"아, 아니, 큰아가씨! 여기까지 어쩐 일로?"

"그냥 그렇게 누워 있거라."

내가 허둥거리며 일어나려 하자 큰아가씨가 손을 저어 제지했다.

"몸은 좀 어떠냐?"

"괜… 찮습니다. 이젠 많이 나았습니다."

난 더듬거리며 답했다.

"어디 팔을 이리 좀 내보거라."

저번처럼 혈도를 다스리든지, 아니면 내 몸의 상태를 보려는 모양이었다.

"아닙니다, 아가씨! 어떻게 그럴 수가요……."

난 황송해 몸 둘 바를 모르겠다는 듯 과장된 몸짓을 하며 펄쩍 뛰었다. 큰아가씨의 능력이라면 내 몸이 이젠 말짱하다는 것을 알 수 있을 것 같았다.

"괜찮다. 네 녀석이 내상을 입지나 않았는지 보려는 것이다."

"아닙니다요, 아가씨! 전 이제 말짱합니다. 아가씨께서 이 방에 왔다는 사실만으로도 전 또다시 몽둥이 찜질을 당할지 모릅니다. 그런데 어찌……."

내가 한사코 거절하자 아가씨도 내 혈을 살피는 일은 단념했다.

"그래, 이젠 괜찮다니 안심이다. 어쨌든 그날 일은 내가 대신 사과하마. 상일이 그 녀석, 성격이 불 같아서 그런 것이니 너무 맘에 두지 말거라. 그리고 여기 약을 좀 지어왔다. 상처 곳곳에 바르고 이 알약들은 세 끼 식사 후 다섯 알씩 먹도록 하여라."

아가씨가 잔잔한 눈빛으로 날 쳐다보았다.

한없는 인간애!

황씨 할아버지가 말한 '한없는 인간애' 란 말이 이젠 완벽히 이해가 갔다.

아가씨의 눈빛이 그러했다.

그 어떤 적개심도, 그 어떤 원한도 단번에 녹일 수 있는 그런 눈빛이었다. 황씨 할아버지가 그런 눈빛에 얽매여 평생을 끌려 다닌 사실이 그렇게 황당한 일이 아니었다는 생각이 들었다.

천천히 고개를 돌렸다.

난 결코 황씨 할아버지처럼 멍청한 인간이 되고 싶지 않았다.

그 눈빛에 휘말려 평생을 허비하는 일은 하고 싶지 않았다. 그런 눈빛을 내 것으로 소유하는 일은 있을지언정 결코 휘말리지는 않을 것이다.

난 돌아누워서 입술을 악물었다. 절세고수의 길이 결코 쉬운 일이 아니라는 것이 또 한 번 뼈저리게 느껴졌다.

"호호! 사내 녀석이 그만한 일로 울기는……."

찬모 아주머니가 킥킥거렸다.

그렇게 보이는 것도 무리가 아닐 것이다. 난 그렇게 누운 자세로 이제껏 하던 호흡을 다시 하기 시작했다. 가슴 가득한 격동이 서서히 가라앉았다.
"호호! 이젠 아예 어깨까지 들썩이며 우는구나."
아주머니가 배를 산으로 끌고 가고 있었다.
"그만 가볼 테니 약 잊지 말고 찾아 먹고 지난 일은 잊어버리거라."
큰아가씨가 방을 나섰다.
'후후, 살려 드리지요. 큰아가씨의 정성을 생각해서 설상일과 설상희의 생명은 붙여놓겠습니다. 생명만큼은······.'
난 긴 한숨을 뱉어냈다.

열흘이 지났다.
그 열흘 동안 난 뒷간에 가는 일만 빼고는 방 안에서 한 발짝도 움직이지 않고 호흡에 매달렸다. 날아갈 듯 몸이 가벼웠고 모든 감각이 최고의 기능을 발휘하는 것을 느꼈다. 그러나 그 이상의 현상은 일어나지 않았다.
이젠 다음 단계로 넘어갈 때였다.
그것은 몸이 먼저 알았다.
태음토납경 첫 장의 호흡 공부는 다음을 위한 준비 단계 정도였다. 다음 단계를 완벽하게 수행하기 위해서 몸 구석구석의 긴장을 풀고 근육을 이완시키는, 마치 어떤 물건들을 가득 채우기 위하여 어지러진 방을 깨끗이 치워 빈방을 만드는 그런 공부인 것 같았다. 그것을 내 몸이 느끼고 있었다. 더 이상 다른 느낌이 일어나지 않을 때쯤에서부터 내 몸은 더 큰 무엇인가를 강렬히 원하고 있었다.

열흘 만에 난 처소를 떠나 행랑 아저씨인 조씨 아저씨에게로 갔다. 아저씨가 반색을 하며 나를 반겼다. 그리고 걱정스런 눈빛으로 내 몸 구석구석을 훑었다.

"그래, 이젠 다 나은 것이냐?"

"대충 다 나았습니다. 갑갑하기도 하고 해서 아저씨 소시적 무용담도 좀 들을 겸 왔습니다."

조씨 아저씨의 입꼬리가 귀밑으로 올라갔다.

나와 친하게 지내는 하인들 중 유일하게 무공의 맛을 조금 본 조씨 아저씨는 틈만 나면 자신이 누비고 다녔던 강호의 얘기를 했고 그것이 아저씨의 제일 큰 낙이었지만 조씨 아저씨의 그 허풍 가득한 얘기를 듣는 것은 다른 사람들에게는 그만큼의 고행이었다.

"그러니까 말이지, 하루는 내가 절강성을 유람할 때였지……."

조씨 아저씨의 얘기가 줄기차게 흘러나왔고 난 끈기있게 내가 찾는 것이 나올 때까지 기다리고 있었다.

"그렇게 한 번 그 광무천자(狂武天子)라는 사람의 장풍을 맞고 나니 기혈이 뒤틀리더라구. 난 얼른 진기를 돌려 뒤틀린 혈을 보살폈지."

드디어 내가 원하던 것이 나왔다.

"콜록!"

나는 기침을 몇 번 심하게 하며 아저씨의 말을 자연스럽게 끊었다.

"왜 그러느냐? 상처가 도지는 것이냐?"

난 긍정도, 부정도 않고 그렇게 좀 있다가 조씨 아저씨에게 질문을 던졌다.

"그런데 그 혈이란 것이 무엇인가요?"

"아니, 아직 혈도란 것도 모른단 말이냐?"

조씨 아저씨가 다시 떠들 건덕지를 잡았다는 듯이 침을 삼켰다. 그리고 말을 쏟아내었다.
"혈도란 것은 말 그대로 피의 길이다. 그 길을 따라 진기도 흐른단다."
조씨 아저씨의 설명이 이어지자 난 아무것도 모르는 척 조씨 아저씨의 말 중에서 내가 필요로 하는 것을 머리 속에 차곡차곡 채워 넣었다.
"그런데 그 혈도란 것을 다스리면 병이 낫기도 한다면서요?"
이따금씩 장단을 맞추며 조씨 아저씨의 신바람을 돋우었다.
"이르다 뿐이겠느냐! 몽둥이로 한 대 맞아 내상을 입어 피를 토하더라도 하루쯤 운기조식을 하면 말끔히 낫는 것이 혈도를 다스리는 효과란다."
"굉장하군요!"
그렇게 주거니받거니 하면서 난 태음토납경 속에 있던 혈도의 위치와 그 혈에 관련된 몸의 곳곳의 기관 등에 대해서 어느 정도 알 수가 있었다.
조씨 아저씨가 자신이 말하는 실력에 반 정도만 되었어도 내가 원하는 것은 모두 알 수가 있었을 것인데 아저씨의 실력은 자신이 말하는 실력의 반의 반도 되지 못하는 것 같았다.
아쉬움이 남았지만 그런 것은 시간문제였다. 지금 습득한 것들만으로도 난 한동안 깊이깊이 연구할 건덕지를 찾은 것이고 나머지야 차차 알 수가 있을 것이다.
조씨 아저씨에게서 알아낸 혈도의 위치와 그 혈들의 역할을 대략적으로나마 머리 속에 정리가 되자 태음토납경의 다음 장 말들이 조금씩 이해가 가기 시작했고, 난 다시 태음토납경 속으로 빠져들었다.

"망할 영감쟁이."

그날 저녁 난 욕지거리와 함께 태음토납경을 방바닥에 집어 던졌다.
정말 괴팍한 노인네였다.
깡마르고 괴이한 인상의 노인네가 나를 보고 웃고 있었다.
―캬캬캬! 내가 뭐가 아쉬워 내 평생의 절학을 그리 쉽게 네놈에게 넘겨준단 말이냐?
노인네의 목소리가 생생히 들려오는 것 같았다.
처음 한 장은 황씨 할아버지도 익힐 수 있을 정도로 쉽게 그림까지 덧붙여 설명되어 있어서 혈도의 '혈' 자도 모르는 나 역시 미친 듯이 빠져들 수 있었다.
그런데 다음 장들은 너무 의미심장하여 긴장했고, 결국 조씨 아저씨에게 사전 지식까지 익혀가며 달려들었는데 차근차근 그 의미를 풀어보니 괴팍하기 짝이 없는 방법으로 의미를 감추어놓았다.

백회에서 천돌혈(天突穴)이 나비 날개를 타고 거궐혈(巨闕穴)에 노닐다 벌집에 앉아 중완혈(中脘穴)을 쏘아 떨어뜨리면 장강대수로에서 흑룡이 승천한다……. 그 힘을 고스란히 단전에 모아라. 그러면 그대는 내 절학의 제일 처음 관문에 발을 들인 것이니 그것만으로도 능히 맨손으로 바위를 깨뜨릴 수 있을 것이다.

처음에는 내가 각각의 글자를 다르게 해석한 줄 알았다.
너무 의미심장한 속뜻을 알지 못하고 겉에 나타난 뜻만 본 줄 알았다. 하지만 아무리 뒤집어 생각하고 또 각 글자들의 온갖 다른 쓰임새를 다 동원해 보아도 결국 그런 말이었다.

너무나 황당하여 그 한 구절을 가지고 한나절을 씨름했다. 아무리 씨름을 하여도 알 수 없는 구절이었고 결국은 처음으로 돌아가 겉으로 드러난 뜻 그대로 읽어보았다.

수백 번을 다시 읽고 난 후 난 결론을 내렸다.

그 노인네는 자신의 절학을 그런 은유와 비유로 오의를 감추어놓은 것이다. 심혈을 바쳐 완성한 토납법을 쉽게 누군가에게 전하는 것이 아까워서일까, 아니면 어리석은 세상을 조소하고 싶어서 그런 것일까?

어쨌든 괴팍하기 짝이 없는 노인네라는 생각과 뒤통수를 한 대 얻어맞은 기분이 들어 어이없는 웃음이 절로 나왔다.

책을 베개 삼아 벌렁 드러누웠다. 한참을 그렇게 눈을 감고 누워 있으니 황씨 할아버지가 설명한, 이 책을 놓고 간 깡마르고 괴상한 몰골을 한 노인네의 모습이 떠올랐다.

배가 고파 보였지만 내색하지 않는 자존심과 남에게 신세 지기 싫어 몇 번을 거절하다 할 수 없이 대접을 받고는 수백 배, 수천 배로 빚을 갚고 떠나는 그 뒷모습에서 난 조금도 세상을 조소하거나 너무 쉽게 넘겨주기 아까워 저런 식으로 의미를 숨기는 모습을 연상할 수가 없었다.

**너무나 허약하게 태어났기에 강함을 추구하며 모든 것을 바쳤다.**

이 책 어느 부분엔가 남겨놓은 문장이 머리 속에 떠올랐다.
"너무나 허약하게 태어나서······."
그 말을 되풀이하다 난 벌떡 일어났다.
너무나 허약하게 태어난 그 노인네는 정상적인 방법보다 자신의 비정상적인 허약 체질에 맞는 비정상적인 방법을 강구했을 것이고 그런 것을 정상적인 사람이 깊은 성찰 없이 덜컥 접근한다면 큰 낭패를 볼 수도 있음을 경계하여 저렇게 선문답 같은 구절로 남겨놓았을지도 모른다.

왠지 그런 생각이 강하게 들었다.

터무니없게 여겨지던 구절들의 진정한 의미를 깊이 새긴다면 그 토납법을 익힐 수 있을지도 모른다.

확신!

그 확신이 온몸에 불을 지핀 듯 열기를 퍼지게 했다.

이젠 자신과의 싸움만이 남았다. 뭔가 해볼 만하다는 전율이 가슴 한복판을 쓸었다.

내 심장 속의 붉은 피가 들끓고 있었다.

다음날도 한 구절의 뜻을 풀어내기 위하여 하루 종일 골머리를 싸맸지만 아무리 머리를 싸매도 도저히 의미가 연결되지 않았다.

하지만 이번에는 책을 바닥에 팽개치거나 하지는 않았다. 내 짐작이 맞다면 충분히 고심하지 않은 상태에서 너무 쉽게 그 의미를 해석하여 그대로 호흡한다는 것은 자칫 위험한 결과를 맞이할 수 있을 것 같았다. 그러기에 오히려 의미가 너무 쉽게 풀리는 것을 경계해야 할 지경이었다.

책을 뚫어질 듯 바라보며 구절 속에 숨겨진 뜻을 찾다가 그 구절 자체를 온통 머리 속에 가득 차도록 수백 번이고 수천 번이고 되뇌어 보았다. 그러다 보면 어느 순간 그 뜻은 자신도 모르게 떠오르고 말 것이다.

몇 달 전 또래들과 놀이를 하다가 '인질'이란 단어가 갑자기 떠올랐듯이 그렇게 떠오를 것이다.

난 느긋이 팔베개를 하고 드러누웠다.

이틀만 더 지나면 보름째다. 그때는 다시 일상으로 돌아가야 하고 그러면 지금처럼 토납경을 깊이 파고들 수 없을 것이다. 머리 속에서 가물가물 구절 속의 나비와 꿀벌이 춤을 추고 장강대수로의 흑룡이 용트림을 하였다.

**백회에서 천돌혈(天突穴)이 나비 날개를 타고 거궐혈(巨闕穴)에 노닐다 벌집에 앉아 중완혈(中脘穴)을 쏘아 떨어뜨리면…….**

그런 움직임들이 머리 속에 아련히 떠오르며 말로 표현할 수 없는 무언가 느낌이 일었고 조금만, 조금만 더 고심한다며 손끝에 닿을 수 있을 것 같았다.

"팔자가 늘어졌구나, 이 녀석!"

깜짝 놀라 후닥닥 몸을 일으켰다.

"할아버지!"

열흘도 넘게 나가 계셨던 황씨 할아버지가 돌아온 것이다. 태음토납경 속의 한 구절에 빠져들어 누가 들어온 것도 몰랐던 모양이다.

와락 반가움이 밀려왔다.

"쯧쯧! 몸 아프다는 핑계로 허구한 날 낮잠이나 퍼질러 잔 모양이구나. 안색이 아주 도화색이다."

"그렇게 보이십니까, 할아버지?"

난 대수롭지 않은 듯 대답했지만 속으로 은근히 기분이 좋아졌다.

그동안 내 내부에 어떤 일이 있었는지 할아버지는 알지 못할 것이다. 굳이 설명해 주려고 해도 알 수 없을 것이고, 기쁨은 나누면 두 배라 했지만 내 경험으로는 혼자 깊이 간직하면 네 배가 되었다.

난 기쁨을 깊이 간직하여 네 배로 불릴 생각이다.

"그래, 이제 몸은 움직일 만한 것이냐?"

"뭐, 그럭저럭… 힘든 일만 안 시킨다면 문제없습니다!"

일찌감치 완쾌되었고 몽둥이 찜질 당하기 전보다 몇 배는 더 원기왕성하였지만 굳이 밝혀서 힘든 일까지 도맡을 생각은 없었다.

"할아버지 일은……?"

난 목소리를 낮추어 조용히 물었다.

"우선 여장부터 풀고 밤에 얘기하자."

여장 푸는 것을 도와주며 할아버지의 기색을 살폈다. 언뜻언뜻 할아버지의 얼굴에서 무거운 기색을 읽었다. 아마도 알아낸 사실이 생각보다 심각한 모양이었다. 그렇다면 앞으로 난 더 바빠질지도 모를 일이다. 묘한 흥분감과 함께 가슴 한구석에서는 오히려 그것을 간절히 바라는 듯한 느낌이 일었다.

왜일까?

남의 행복을 배 아파하는 요악한 본성이 내 몸속에 도사리고 있어서일까? 그래서 서서히 설가를 덮쳐 오는 암운에 가슴 가득한 희열을 느끼고 있는 것일까?

난 그런 감정이 큰공자나 황씨 할아버지의 지적대로 나란 놈 자체가 요악하기 짝이 없는 놈이어서 감숙설가의 패망을 애타게 기다리고 있다고 치부했다. 하지만 아무리 그렇게 자신을 세뇌시키려 해도 속일 수는 없었다.

그것은 큰아가씨 때문인 것 같았다.

감숙설가를 향해 서서히 덮쳐 오는 암운이 즐거워서가 아니라 그 암운이 두터울수록 내가 큰아가씨를 위해 해야 할 일이 확실히 생기고 큰아가씨가 인질이 되는 것을 막을 책임이 확실히 내게 할당된다는 사실이 온 가슴을 뛰게 만들고 있는 것이다.

애써 외면하고 있던 사실을 정확히 끄집어내고 보니 불안감이 천천히 덮쳐 왔다.

여자란 마물에 홀려 사마의 길을 꿋꿋이 걸어가려는 내 결심이 애초부터 흔들린 것 같았다.

설상일에게 몽둥이 찜질을 당하면서 육체적으로는 지독한 통증을 느꼈지만 그 통증의 강도와 비례하게 온몸을 전율케 하는 열기가 있었다. 그것은 지독한 분노, 온 세상을 파괴시켜 버리겠다는 엄청난 파괴욕······.

그것은 무서운 힘이었다.

그 힘이 그대로 유지된다면 난 사마의 길을 눈곱만큼도 흔들림 없이 꿋꿋이 걸을 수 있을 것 같았다. 그 분노의 열기는 통증마저도 깡그리 잊게 해줄 만큼 큰 것이었다.

그런데 큰아가씨가 나타났고 큰아가씨의 목소리와 눈빛을 대하는 순간 그 전율스러울 정도의 강한 열기가 눈 녹듯 녹아 흔적도 없이 사라져 버렸다. 그때부터는 지독한 통증이 고스란히 느껴졌고 나약하기 짝이 없는 어린애로 꺼이꺼이 울고 말았다.

그때 난 느꼈다.

앞으로 내 인생 최대의 적은 큰공자 설수범이 아니라 큰아가씨 설수연이 될 것이라고······.

지금도 그때 느낀 불안감이 고스란히 찾아왔다.

자칫 크나큰 위험 속으로 나 자신을 던져 넣을 수 있는 일이 생겨났는데도 오히려 가슴 벅찬 감흥을 느낀다는 것은 평소의 나와 비교해 보면 손바닥의 앞면과 뒷면 같은 차이가 있었다.

그것이 모두 여자라는 마물에 홀린 결과라는 것을 머리는 일찌감치 깨닫고 있었지만 가슴 밑바닥에서 뿜어져 나오는 탁한 피가 그 사실들을 덮어버린 모양이다. 그리고 지금에서야 깨닫게 해주었다.

그것은 태음토납경의 힘인 것 같았다.

나 자신을 비우고 몇 번을 잊어버리고 하다 보니 그동안 혼탁하고 잡스런 열기 가득한 핏줄 속에서 교묘하게 숨어 있던 사실 한 가지가 명확히 드러난 것이다.

"젠장! 결국 홀리고 말았단 말인가?"

"이놈이 웬 봉창 두드리는 소리냐?"

저녁을 먹고 온 황씨 할아버지가 한참 동안 생각에 잠겼다 헛소리를 지껄이는 나를 뚱한 표정으로 쳐다보았다.

"휴, 아닙니다. 근 보름 동안 방 안에만 갇혀 뒹굴다 보니 외로워서 혼자 중얼거리는 습관이 생긴 모양입니다."

내가 별일 아니라는 듯 손을 털며 할아버지에게로 다가앉았다.

"언젠가 노마님께서 내게 이런 말을 한 적이 있었다."

밖에 나갔다 온 결과를 이야기하는 할아버지의 첫마디였다.

"새로 들어온 며늘애는 우리 집안에 대해서 너무 많은 것을 알고 있다고 했다. 그것은 자신이 시집갈 집안에 대해서 사전에 알고 있어야 할 수준 이상의 것이었고 알아서는 안 될 것까지 소름 끼치도록 정확히 알고 있다고 했다."

할아버지가 다시 노마님을 회상하듯 얼굴에 정한이 가득했다.
"그땐 무심코 흘려들었다. 노마님 역시 지나가는 말 정도로 한 것이었고 또 대가문의 제일 어른과 하인 신분에 더 이상의 자세하고 긴 얘기는 나눌 수가 없는 일이었기에……."
"그때 좀 새겨들으시고 이번처럼 조사를 해보시지 그랬어요?"
내가 안타까운 목소리로 말했다.
"그랬으면 또 어떻게 되었을지도 모르는 일이지. 그때 네놈 말대로 노마님의 말을 새겨듣고 설치고 다녔더라면 지금쯤 야산 어느 깊숙한 골짜기에 묘비도 없이 파묻혔을지 어떻게 알겠느냐?"
할아버지의 말에도 일리가 있어 이번에는 아무 대꾸도 하지 않았다.
"추산미는 전 안주인 민 부인이 돌아가시기 전부터 감숙설가를 지켜보고 있었다는 생각이 드는구나."
순간 내 몸에 소름이 돋았다.
아니라고, 아닐 것이라고 수차례 머리를 흔들었지만 천성적으로 그런 방면으로 생각이 먼저 돌아가는 것은 어쩔 수 없었다.
할아버지 말대로 추산미가 민 부인이 죽기 이전부터 설가를 노리고 있었다면 그녀에게 가장 큰 걸림돌은 누구였을까?
"이놈! 무슨 생각을 하는 것이냐?"
몸에 소름이 돋으며 오싹한 표정을 짓는 나를 보며 황씨 할아버지가 무섭고 나직하게 호통을 쳤다.
"아무 생각도 하지 않았습니다. 하시던 얘기나 계속하시지요."
할아버지는 잠시 더 나를 화난 표정으로 바라보다 말을 이었다.
"네놈 추측을 토대로 야율세가에 대해서 집중적으로 알아보았다."
"꼬리를 밟힐 일은 하지 않았겠지요?"

할아버지의 능력은 알았지만 내심 불안했다.

"네놈만큼은 아니지만 나도 산전수전 다 겪으며 살아 꼬리 정도는 감출 수 있다."

할아버지가 안심하라는 듯 편안히 말했다.

그 정도는 믿어도 될 것 같았다. 추산미가 이 집에 들어온 것이 십오 년이 넘었을 것인데 그동안 추산미의 눈에도 발각되지 않은 할아버지의 꼬리였다. 그런데 추산미보다 더 가증스럽고 음습한 눈을 번뜩이고 있는 자들이라면 꼬리가 발각되었을 수도 있는 일이었다.

"네놈이 태어나기 수십 년 전에 호남성의 패권을 놓고 유성검문(流星劍門)이란 문파와 백룡보(白龍堡)란 두 개 세력이 치열한 싸움을 벌인 적이 있었다. 당시 유성검문은 단목중(檀木仲)이란 걸출한 인재가 세운 문파였고 백룡보는 이름도 알려지지 않은 동정호변의 작은 수적 단체 정도로 알았다. 그런데 막상 싸움이 일어나자 백룡보의 독랄한 무공에 정파 검문인 유성검문이 밀리기 시작했다. 처음에는 계란으로 바위 치기쯤으로 유성검문이 쉽게 이기리라고 생각했던 백도무림도 깜짝 놀라 두 문파의 싸움을 예의 주시했다. 그러다 어느 순간 유성검문이 썰물처럼 빠져나와 자기 문파로 돌아갔고 그 뒤부터 유성검문과 백룡보는 세상에서 깜쪽같이 자취를 감추고 말았다."

황씨 할아버지가 잠시 숨을 골랐다.

"그런데 그 백룡보의 후신이 최근에 다시 강호에 나타났다는 소문이 은밀히 돌고 있다."

"우와! 그동안 힘을 키워 다시 한판 하러 나온 것이겠군요."

내가 탄성을 질렀다.

"네놈은 어째 남이 싸우는 걸 그렇게 좋아하는 것이냐? 그런데 이놈아, 네가 그렇게 신이 날 일이 아니라는 것이 문제이다. 큰아가씨의 혼처로 정해진 야율세가가 예전에 사라진 그 백룡보의 세력과 연관이 있는 것 같으니 말이다."

'이거 정말 복잡해지는 것 같군.'

난 다시 긴장했다.

"그리고 추산미의 친정인 감숙추가 역시 오래전부터 야율세가와 빈번한 왕래가 있는 것 같다."

"역시 그렇지요?"

내가 확신에 찬 표정으로 고개를 끄덕거렸다.

"그럼 큰아가씨의 신랑이 될 야율사한이란 사람은 어떤 사람인가요?"

마지막으로 그 사람에 대해서 알아보면 결론을 내릴 수 있을 것 같았다. 그 사람이 협의를 지닌 대장부라면 걱정할 것이 없다. 큰아가씨 정도라면 맘에 들지 않을 수 없을 것이고 그런 대장부는 자기 부인을 야망의 재물로 삼지는 않을 것이다.

"그 사람에 대해서는 별로 알아낸 것이 없다. 이상하리만치 그 사람에 대한 접근은 어렵더구나. 마치 안개 속에 감추어진 듯한 느낌을 받았을 뿐이다."

'젠장, 뭔가 냄새가 나는군.'

난 속으로 일이 점점 어려워지고 있다고 생각하면서도 한줄기 희열이 온몸을 훑고 지나가는 것을 느낄 수 있었다.

"그 밖에 더 알아낸 것은 없나요?"

내가 눈을 깜박이며 물어보자 할아버지는 무겁게 고개를 흔들었다.

"수고 많으셨네요. 그 정도도 보통 힘든 일이 아니었을 텐데 어떻게 알아내셨어요?"

"돈이면 귀신도 부리는 법이니라."

할아버지가 짤막하게 대답했다.

"우와! 할아버지 알고 보니 부자셨군요?"

"가족도 없는 놈이 이제껏 받은 보수를 어디에 썼겠느냐? 받는 족족 차곡차곡 던져 놓은 것을 이 기회에 털어 넣었다."

할아버지의 시선이 잠시 허공을 향했다가 다시 내게로 왔다.

"내 할 일은 다했다. 이제부터 네 녀석 차례다. 내가 알아다 준 것으로 꾸며내든 더 알아내든지 하여 큰아가씨가 위험에 처하는 일이 없도록 하여라."

할아버지가 피곤한 듯 눕자 왠지 그런 할아버지의 얼굴이 십 년은 더 늙어 보였다.

노마님이 운명하시고 나서부터 할아버지께서는 꺾어진 꽃줄기처럼 급속하게 시들어가는 느낌이 들었다. 아마도 이번 일에 마지막 불꽃을 태운 것 같았다.

물끄러미 할아버지를 쳐다보았다.

울타리 밖에서 평생 한 여자만을 바라보며 외롭게 살아온 삶이 눈을 감고 누워 있는 할아버지의 얼굴에 고스란히 투영되었다.

'행복하셨을까?'

그런 의문이 생기자 문득 할아버지가 한 말이 떠올랐다.

"후회는 하지 않는다. 다만 다른 사람이 그렇게 살아가는 것은 말리고 싶다."

행복감보다는 애환이 훨씬 컸을 것이다. 그렇지만 누군가를 온 생을 다 바쳐 사랑했기에 후회는 없다고 했을 것이다.

나 역시 후회없는 삶을 살고 싶다.

사(邪)의 길을 가든 마(魔)의 길을 가든 후회하지 않는 삶을 살 것이다.

세 살 이후부터는 사고무친의 고아가 되어 남의 집 하인으로 살아왔지만 이제부터는 불꽃처럼 타올라 불꽃처럼 살고 싶다는 생각이 온 가슴에 가득했다.

그 불꽃을 처절하리만치 강렬하게 피워 올리려면 고리타분한 정(正)보다는 마(魔)나 사(邪)의 길이 훨씬 더 잘 어울릴 것 같다는 생각도 해보았다.

내가 큰공자의 당부에도 굴하지 않고 사마(邪魔)의 길을 꿋꿋이 걸어가려는 가장 큰 이유가 바로 그것이다.

처절할 정도로 강렬한 불꽃!

악마의 힘을 빌어서라도 그 불꽃을 활활 태우고 말 것이다. 그리고 그 불길 속에서 세상을 굽어보고 싶다.

고아에 하인이 아닌 초인(超人)으로서……!

'편히 주무십시오, 할아버지!'

가볍게 코를 고는 할아버지 옆에 나도 벌러덩 드러누웠다.


다음날부터는 본격적으로 밖으로 나다니기 시작했다.

보는 사람마다 걱정 어린 소리와 함께 신수가 더 훤해졌다며 안도하는 눈빛을 보냈다.

난 적당히 부자연스럽게 행동하며 가벼운 일을 거들고 남는 시간에는 할아버지가 조사한 정보를 이리저리 끼워 맞추기도 하고 나름대로 살을 붙여 추리해 보기도 하였다.

심증은 가지만 어느 것 하나 확증적인 것은 없었다. 물증 역시 더 없었고…….

이런 것들을 가지고 어떻게 큰아가씨에게 설명할 수 있을 것인가? 생각하기에 따라서는 허무맹랑한 음해 정도로밖에 들리지 않을 수도 있다. 온통 그런 생각뿐이다 보니 태음토납경의 다음 장은 조금도 진도가 없었다.

방에 틀어박혀 그것에만 집중할 때는 뭔가 조금만 더 다가가면 잡힐 것같이 아른거리던 것이 아예 멀어져 버린 느낌이다. 그래도 첫 장의 그 호흡법만으로도 이제껏 그 어떤 때보다 활력 넘치는 몸 상태를 유지할 수 있었다.

그날 저녁부터는 할아버지의 방에서 나와 예전처럼 좋은 아저씨의 방으로 거처를 옮겼다. 그것이 자연스러워 보였고 혹시 모를 위험 요소를 사전에 배제할 수 있을 것이라는 생각이 들었다.

그 생각은 정확하고 신속하게 들어맞았다.

내가 다시 좋은 아저씨 거처로 옮긴 닷새째 되는 날 좋은 아저씨로부터 황씨 할아버지가 안주인 추산미의 심부름으로 한 일 년 출타했다는 말을 들었다.

그 말을 듣는 순간 난 온몸에 소름이 끼쳐 오는 것을 느꼈다.

꼬리가 밟힌 것이다.

이번 출타 중에 야율가와 감숙추가의 숨겨진 관계를 조사하면서 누군가의 의심을 산 모양이었다.

수십 년간 추산미의 눈을 속일 정도로 세심했던 할아버지였기에 큰

걱정은 하지 않았다. 하지만 만에 하나의 위험에 대비해 한 가닥 긴장을 늦추지 않았는데 그것이 현실로 나타났다.

혹시라도 일어날지 모를 일에 대비하여 할아버지가 돌아온 날 하룻밤만 같이 자고 다음날 당장 원래대로 좋은 아저씨의 거처로 옮겼기에 망정이지 그렇지 않았다면 나 역시 할아버지와 같이 출타 중이 되어버렸을 것이다.

마음이 급했다.

누군지 모르지만 아마도 야율가의 세력일 확률이 높았다. 그놈들이 할아버지를 잡아갔다면 배후를 캘 것이다. 그렇다면 믿기지 않겠지만 그 배후가 나라는 것을 알아내는 것은 시간문제이다.

일각이 급한 상황이다.

난 다시 몸이 아프다는 핑계로 방으로 들어왔다.

그리고 그동안 틈틈이 적어두었던 이 일기를 완료한다.


**자운엽**(慈雲葉) 일기(日記) 완(完).

◆제4장

맹호입산(猛虎入山)

맹호입산(猛虎入山)

일기의 끝 부분을 급히 휘갈겨 쓴 자운엽은 빠르게 일기를 덮고는 그것을 쌀 보자기를 찾았다.

시간이 없었고, 이 방법밖에 없었다.

시간이 좀 더 있었다면 더 알아보고 큰아가씨가 충분히 납득할 만큼 증거를 잡아 알려주고 싶었지만, 아니, 그보다도 자신의 내면까지 발가 벗듯 적어놓은 이 일기 속에 큰아가씨에 대한 자신의 감정을 적은 부분만이라도 모두 삭제하고 다시 정리하여 넘겨주고 싶었지만 그럴 여유가 없었다.

"빌어먹을!"

자운엽은 욕지거리를 내뱉으며 자신의 일기를 보자기에 쌌다. 그리고 큰공자를 수렁에 빠뜨리기 위해 설상희가 큰공자 방 옷장 속에 넣었던 땅문서를 일기 속에 넣었다. 그것이 큰아가씨 설수연이 자신의 일기를 믿게 할 유일한 물증 한 가지였다.

"휴우~"

내심 가슴이 쓰려왔다.

누군가에게 보여주려고 쓴 일기가 아니었다.

뿌리가 없는 자신이었기에 그렇게라도 자신의 지난 일생을 적어놓지 않으면 자신은 마치 한줄기 부평초와 별다를 게 없다는 생각이 들어 이제껏 차곡차곡 쓴 일기였고, 보는 사람이 킥킥거리며 실소를 자아낼 만큼 시시콜콜 자신의 모든 것을 담아둔 것이었는데 그것을 고스란히 누군가에게 전한다는 것은 그 사람 앞에 발가벗고 서는 것과 같은 기분이었다.

하지만 한시가 급한 지금 상황에서 이렇게 자신의 일기를 큰아가씨에게 전하는 것만이 가장 효과적으로 큰아가씨에게 닥친 위험을 알려주는 것이다. 그런다고 큰아가씨가 자신의 일기를 전적으로 믿는다고 볼 수는 없는 일이지만 자운엽 자신이 취할 수 있는 가장 효과적인 방법이었다.

일기와 땅문서를 보자기에 싸는 자운엽의 손이 더없이 급하게 움직였다.

젊은이도 아닌 노인네가 고문에 견딜 수 있는 시간은 아주 짧을 것이다. 그 시간이 지나고 나면 위험은 곧바로 닥치는 것이다. 어쩌면 그 시간이 지났을지도 모를 일이다.

'이제 이것만 챙기면 된다!'

자운엽은 태음토납경을 가슴 속에 갈무리했다. 그리고 일기와 땅문서를 싼 보자기를 들고 급히 밖으로 나가 찬모 아주머니에게로 달려갔다.

"아주머니, 이것 좀 큰아가씨에게 전해주세요. 급한 것이랍니다!"
"이것이 무엇이냐?"
"나도 몰라요. 그냥 큰아가씨께서 급히 시킨 심부름이라 급하게 가져온 것이에요."
"그래, 알았다."
자운엽은 찬모가 큰아가씨 거처로 사라지는 것을 보며 잠시 고개를 들어 주위를 둘러보았다.
세 살 때 이 집에 버려졌다고 하니 열네 살인 지금까지 십일 년의 세월 동안 잔뼈가 굵은 곳이다. 이젠 한시가 급하게 이 모든 것과 이별을 고해야 한다. 이후의 모든 일은 운명에 맡길 뿐이다.
큰아가씨에게 전해준 자신의 일기로 큰아가씨는 그간의 모든 상황을 파악하게 될 것이다.
수확을 하다 들킨 후부터 끈끈하게 지속되어 온 큰공자와 자신의 관계에서부터 추산미가 큰공자에게 했던 모든 짓거리들, 또 큰공자가 왜 말없이 이 집을 떠났는지, 그리고 그 이후에 자운엽 자신이 큰아가씨의 주변을 맴돌며 어떤 일들을 했는지, 그리고 정말 보이고 싶지 않았지만 큰아가씨에 대한 자운엽 자신의 감정까지 큰아가씨는 자세히 알게 될 것이다.
그 이후 큰아가씨 설수연이 어떤 행동을 취할지는 설수연의 선택에 달렸다. 운명에 몸을 맡기고 표류하게 될지 운명을 박차고 헤치고 나갈지는 자신의 손을 벗어난 일이고 자신이 관여할 수도 없는 일이다.
"후후, 이것으로 큰공자, 당신의 처음이자 마지막 부탁은 내 능력의 한계 내에서는 최대한 들어드린 겁니다."
자운엽은 미소를 지었다.

이젠 언제 어떤 곳에서 큰공자를 만나더라도 당당한 자세로 맞설 수 있을 것 같았다. 스스로 당당하게 수그러들지 않고 호연히 마주 설 수 있을 것 같았다.

'이젠 자신있다!'

주먹을 불끈 쥔 자운엽은 은밀히 감숙설가를 빠져나갔다.

"휴우~ 늙은 거지 행세하는 것도 이젠 지겹군."

늙은 거지로 분장한 자운엽은 허리를 툭툭 치며 상체를 쭉 폈다.

머리에는 회칠을 하여 벙거지를 눌러쓰고 밖으로 내보이는 살갗에는 온통 진흙 칠을 하여 주름인지 땟국물인지 모르게 한창 물이 오르고 있는 뽀송한 속살들을 감추었다.

자운엽은 그런 차림으로 지팡이를 하나 짚고 어정쩡하게 허리를 굽혀 근 한 달 만에 감숙성을 빠져나왔다.

처음 며칠은 새파랗게 젊은놈이 늙은 거지 행세를 하려고 하니 무언가 어색한 점이 많아 몇몇 사람들이 좀 이상한 눈초리로 자운엽을 쳐다보기도 했지만 자신들 기준에서 보면 거지란 인간들 자체가 이상한 존재들이니 이내 고개를 돌려 사라졌다.

그렇게 한 닷새 지나고 나니 자운엽은 정말 늙은 거지가 되어버렸다. 자운엽은 거지 노릇에도 분명 소질이 있는 것 같다고 스스로 생각했다.

늙은이의 몸짓, 걸음걸이, 목소리까지 자신이 생각해도 놀랄 만큼 비슷했다.

낮에는 주로 양지 바르고 사람 없는 곳에서 잠을 잤고 밤을 새워 걸음을 재촉했다. 노숙과 불규칙한 식사로 몸이 지칠 만도 했지만 틈만 나면 태음토납경 속의 첫째 장에 기록된 호흡을 했고 반 시진 정도만 그렇게 호흡에 몰입하고 나면 몸이 날아갈 듯 개운해져 밤에는 산짐승들처럼 빠르게 움직일 수 있었다.

태음토납경은 깊이 심취하면 할수록 신비스런 책이었고 관심을 온통 끌어들이는 책이었다.

맛보기로 쉽게 풀어놓은 첫 장만의 위력이 이러할진대 비문으로 그 뜻을 감추어놓은 다른 모든 구절들을 풀어헤치고 그 오의를 전부 자신의 것으로 터득한다면 얼마나 엄청난 위력을 얻을 수 있을 것인가 생각하니 온몸에 전율을 느껴져 가슴 속에 갈무리한 태음토납경이 보물처럼 중하게 여겨졌다.

자운엽은 그 책을 기름종이로 몇 겹을 싸서 가지고 다니지만 만일에 대비해서 그 속의 구절들은 모두 암기하여 버렸다. 이젠 그 책은 버려도 아무런 문제가 없겠지만 그 깡마르고 자존심 강하게 생긴 노인네의 숨결이 그대로 전해지는 것 같아 언제나 심장 가장 가까운 곳에 밀착시켜 가지고 다니기로 했다.

충분히 안전한 곳까지 도망하여 자리를 잡게 되면 미친 듯이 파고들 것이다. 그리하여 이 책 속의 모든 힘을 자신의 것으로 하고 싶었다

그동안 되도록이면 사람이 많지 않은 한적한 곳으로 길을 잡았지만 때때로 저잣거리로 들어가 며칠 먹을 양식을 구하기도 하였다.

그때마다 자운엽은 천천히 자기 주변의 모든 움직임들을 도장에 새기듯 머리 속에 각인하였다.

그 흐름 속에서 지금 당장의 위험 요소를 살펴보기도 했고, 또 당장에는 흘려 버린 움직임들도 그날 저녁 조용히 눈을 감고 다시 떠올려 보면 사소한 것들까지 잡아낼 수 있었다. 그 단편적인 움직임들을 여

러 창 합쳐 보면 자신을 쫓는 은밀한 눈들을 포착할 수가 있을 것이다.

여러 날을 그렇게 하면서 그런 움직임들을 종합해 볼 때 황씨 할아버지는 죽은 것이라 자운엽은 확신했다.

근 한 달의 기간 동안 단 한 번도 어린 소년을 주시하거나 그 소년들 속에서 특정한 누군가를 찾는 움직임은 느끼지 못했다.

아마 황씨 할아버지는 지독한 고문 속에서도 자운엽 자신의 존재는 밝히지 않은 모양이었다.

그 생각을 떠올릴 때마다 자운엽은 피가 거꾸로 치밀어 오르는 듯한 분노를 느꼈다.

이젠 복수할 인간들이 두 부류가 생겼다.

제일 먼저 설상일과 설상희 두 남매이다.

잔혹스럽고 가증스런 그 두 남매는 언젠가 자신의 손으로 요절을 낼 것이다. 하지만 큰아가씨의 당부가 있었으니 죽이지는 않겠다.

그 다음으로 황씨 할아버지를 죽인 세력들이다.

자신은 황씨 할아버지의 친손자도 아니고 평소에 그렇게 친분이 두터웠던 것도 아니다. 그렇지만 자신의 운명에 휩쓸려 야율세가와 감숙 추가를 조사하러 나섰고, 그 일 때문에 죽은 것이라면 할아버지의 복수는 당연히 자신의 몫이라 생각했다.

평생 한 여자만을 바라보고 살아온 외로운 노인네였고, 또 말년에는 아무도 모르게 사라져 지독한 고통 속에서 죽어갔을 것이다.

몇 년만 더 지나면 감숙설가에서도 할아버지를 잊어버릴 것이고 세상 모든 곳에서 그 외로운 노인네의 흔적은 사라질 것이다. 그건 너무 쓸쓸한 일일 것 같다.

"평생 외롭게 살았던 할아버지를 누군가 잊지 않고 기억하고 있다는 사실을 알리기 위해서라도 할아버지의 복수는 꼭 해드리겠습니다!"
자운엽은 비릿한 미소와 함께 입술을 깨물며 걸음을 재촉했다.

감숙설가에서 도망쳐 나온 지 어느덧 두 달. 자운엽은 협서성을 지나 하남성의 복우산(伏牛山) 자락에 들어섰다. 그리고 그곳에서 자운엽은 더 이상 도망할 필요를 느끼지 못했다.
이젠 어느 곳이라도 자리를 잡아 태음토납경을 연마할 때가 된 것 같았다.
복우산 자락에서 적당한 곳을 찾아 며칠을 더 깊은 산속으로 들어온 자운엽은 인적이 거의 없는 작은 계곡에 도착하고는 그곳에 여장을 풀었다.
그 작은 계곡은 무척이나 마음에 들었다.
계곡 중간으로는 실개천이 흐르고 있고 개천 양 옆으로는 좁으나마 평평한 평지도 몇 군데 있었다. 그리고 그곳에는 이름 모를 꽃들이 아무렇게나 피어 있었다.
전설에 나오는 선경이나 절경은 아니었지만 태음토납경 속 두 번째 장에 나오는 구절을 파헤치려면 그 구절에 나오는 나비와 벌이 있는 곳에서 그것들의 움직임 속으로 흘러 들어가고 일체가 되어야만 할 것 같았다.
그 작은 계곡과 조그마한 평지 말고는 사방팔방이 울창한 숲이었다. 그 울창한 숲 속의 야생 동물들은 이곳 개울로 물을 먹으러 올 것이고 노방(路妨;함정)을 설치한다면 먹을 것 걱정은 하지 않아도 될 것이다.
"좋아! 이곳에 틀어박혀 이 계곡의 정기를 모두 빨아 마셔보자."
자운엽의 입가에 천진한 미소가 어렸다.

여장을 풀고 잠시 개울물에 발을 담가 피로를 푼 자운엽은 개울가 작은 평지에 우선 오늘 밤을 지샐 움막을 짓기로 했다.

자운엽은 등에 짊어지고 왔던 큼직한 보따리를 풀었다.

복우산 자락에 들어서면서 산세가 웅장한 이곳 산을 쳐다보며 이곳에 틀어박히기로 마음을 먹고는 마지막으로 철저한 준비를 했다.

두 달간의 노숙 생활에서 얻은 경험을 토대로 인간이 산속에 혼자만 동떨어져 살게 되면 무엇이 가장 필요한지 어느 정도 깨우쳤기에 가장 필요한 것부터 한 가지 한 가지씩 준비했다.

제일 먼저 준비한 것은 칼과 부싯돌이었다. 특히 칼은 적지 않은 돈을 주고 얼핏 보기에도 제법 많은 담금질이 된 듯한 소도(小刀) 두 개와 좀 더 큰 중도(中刀) 두 자루를 구입했다.

그동안의 노숙 생활에 있어 가장 요긴한 도구는 칼과 불이었다. 특히 칼은 처음부터 끝까지 모든 노숙 생활의 동반자였다.

칼만 있으면 뱀이라도 잡아 금방 고기를 발라낼 수 있었고 불을 태워 한 끼 요깃거리를 만들 수가 있었다. 그리고 칼은 그것을 이용하여 어설프긴 하지만 활이나 창 등 제이, 제삼의 도구들을 만들 수도 있었다.

칼과 부싯돌 다음으로 자운엽은 소금을 작은 자루에 한 자루 사 담아 그 자루를 기름종이에 싸서 봇짐 속에 넣었다.

그 세 가지만 있으면 가장 기본적인 것은 해결이 되었다. 옷가지며 신발이니 하는 것들은 칼만 있으면 노방에 걸린 짐승 가죽으로 해결이 될 것이다.

세 가지 물건을 준비한 자운엽은 마지막으로 지필묵을 준비했다. 지필묵은 태음토납경을 파헤치다 갑자기 떠오른 생각들을 놓치지 않고 적어놓기 위해서였다.

"흠!"

봇짐에서 꺼낸 네 자루의 칼 중에서 주방에서나 쓰는 폭이 넓고 두꺼운 칼을 손에 든 자운엽은 깊이 심호흡을 했다. 검은빛이 도는 도신에 하얗게 선 날이 짜릿한 전율을 안겨다 주었다.

"이렇게 칼이 짜릿하게 와 닿는 걸 보니 난 틀림없이 칼에도 소질이 있을 것이야. 토납경을 완성하면 제일 먼저 멋진 칼부터 한 자루 구해야겠어."

씨익 웃으며 중얼거린 자운엽은 무심코 손에 든 주방용 칼을 허공 중에 몇 번 휘둘렀다.

쉬익— 쉭—

백학검법의 제일 처음 몇 동작이 자운엽 자신도 의식하지 못하는 사이에 휘둘러지고 있었다.

툭—

우직—

근 한 시진도 넘게 긴 나무를 잘라 기둥을 세우고 그 사이사이에 잔가지들로 울타리를 만들고 잎이 넓은 가지들을 촘촘히 얽어 나가자 작은 움막이 한 채 완성되었다.

"우선은 이것으로 버티며 근처에 동굴이 있는지 찾아보아야겠다."

자운엽은 움막 속으로 들어가 나뭇잎을 잔뜩 깔아놓은 바닥에 드러누웠다.

이제껏 하루도 거르지 않고 수행한 호흡으로 피로감은 느껴지지 않았다. 그러나 긴 여정을 끝내고 이곳에 터를 잡으니 그간의 모든 일들이 하나하나 머리 속을 스쳐 갔다.

떠올랐다 사라지고 하는 많은 생각들 중에 유독 세 사람의 얼굴만은 그 흘러가는 상념들 속에서 바위처럼 굳건히 버티고 있었다.
큰공자, 황씨 할아버지, 그리고… 큰아가씨!
한 사람은 죽었을 것이고 한 사람은 어느 곳에선가 대호의 발톱을 갈고 있을 것이다.
나머지 한 사람, 큰아가씨는 어떻게 되었을까?
자신이 급하게 전해준 일기를 읽고 어떤 결정을 내렸을까?
그 안에는 그동안 감숙설가 내부에서 추산미와 큰공자 간의 보이지 않는 많은 암투가 세세히 적혀 있었다. 그리고 앞으로 큰아가씨에게 닥쳐올 큰 파도에 대해서도 나름대로 추측해 놓았다.
큰공자와 같은 피를 나눈 사람이라면 그 운명의 파도에 굴복하지 않고 헤쳐 나가려 할 것이다. 겉보기에는 한없이 부드러워 보였지만 나에게 몽둥이 찜질을 하던 설상일과 설상희를 한마디 고함으로 꼼짝 못하게 하던 강단이 그 부드러움 속에 내재되어 있었다.
자운엽은 벌떡 일어나 앉았다.
한순간의 시간도 헛되이 보내고 싶지가 않았다.
운명의 강물 속에서 머지않은 장래에 큰아가씨와 마주치게 될 것 같은 예감이 들었다. 그때는 처절하도록 강한 대호의 모습으로 조우하고 싶었다.
필요하다면 큰아가씨를 등에 태우고 앞을 막아선 절벽 몇 개 정도는 훌쩍 뛰어넘을 만큼 튼튼한 다리와 힘을 가진 대호가 되고 싶었다.
결가부좌를 틀었다.
천천히 태음토납경 속의 첫 장에 적혀진 호흡에 빠져들었다.
찌는 듯한 폭염이 계곡을 가득 채우고 작은 움막을 태워 버릴 듯 이글거렸지만 자운엽의 몸에서는 땀방울 하나 배어 나오지 않았다.

해가 지고 계곡 끝자락부터 어둠이 몰려왔다.

멀리 사냥이라도 나갔던 야조들이 둥지를 찾아들고 하루를 떠돌던 바람마저 계곡 자락으로 내려앉아 작은 속삭임을 만들어냈지만 호흡 속에 녹아든 자운엽은 돌부처럼 꼼짝도 하지 않았다.

그러나 계곡의 시간은 실개천 물살을 타고 쉼없이 흘러 밤하늘을 가득 수놓았던 은하수의 물결은 동녘 하늘 한구석으로부터 번져 오는 여명에 스러져 갔으며 새벽 하늘 한쪽에서 꺼질 것 같지 않게 반짝이던 북두칠성도 북극성을 한바퀴 돌아 흐트러짐없는 순행을 끝내고는 태양의 밝음 속으로 숨어들었다.

짹짹.

다시 찾아온 새벽을 반기는 산새의 재잘거림이 들려올 즈음 한줄기 긴 숨을 토해낸 자운엽은 눈을 떴다.

잔잔하게 가라앉아 있으면서도 형형하게 빛나는 그 눈빛 속에는 계곡의 바람과 실개천의 물소리와 밤을 새워 빛났던 영롱한 별빛이 그대로 담겨져 있었다.

"좋은 아침이군."

자운엽은 미소를 지었다.

그동안 노숙과 여행을 반복하면서도 호흡을 게을리 하지 않았지만 알게 모르게 몸 구석에 쌓여 있던 탁기가 모두 빠져나간 듯했다.

움막을 나와서 태양 앞에 선 자운엽은 밤새 꼼짝 않았던 근육들을 천천히 움직여 보았다.

몇 시진 동안 꼼짝도 않고 돌부처가 되어 있었으나 어느 곳 한군데 굳어 있다는 느낌이 들지 않았다. 오히려 저잣거리에서 모인 또래들과

맹호입산(猛虎入山) 145

공터 한곳에서 신나게 뛰어논 후의 몸처럼 나긋나긋 풀어져 있었고 계곡의 바람과 실개천의 물소리가 온몸 구석구석 스며들지 않은 곳이 없는 듯했다.

"오늘은 바쁜 하루가 될 것이다."

자운엽은 봇짐 속에 준비해 두었던 건량과 건포들을 씹으며 주변을 둘러보았다.

우선 주변 지리를 파악해 두고 짐승들이 다닐 만한 길목 곳곳에 노방을 설치해야 할 것이다. 그리고 곧 우기가 닥칠 때를 대비해 동굴 하나도 찾아두어야 했다 .

배를 채운 자운엽은 계곡을 벗어나 숲 속으로 걸음을 옮겼다.

이곳의 전체적인 모습은 산 넘어 산이었고 숲 넘어 숲이었다.

아무도 함부로 들어오지 못할 곳이었고 자신이 먼저 나서지 않는다면 누구도 자신을 찾을 수 없는 곳이었다. 정말 마음에 드는 곳이었다.

"이런 곳이 이름 하나 없다면 말이 안 되지."

자운엽은 계곡이 훤히 내려다보이는 바위 위에 가만히 앉아 생각에 잠겼다.

"수연 아씨의 수(秀) 자와 자운엽의 운(雲) 자를 합쳐 수운곡(秀雲谷)으로 하자."

자운엽은 미소를 배어 물었다.

"이젠 주변의 탐사는 마쳤으니 노방을 몇 개 설치해 놓고 동굴이 있는지 찾아보자."

자운엽은 다시 발길을 옮겼다.

모든 것이 다 마음에 드는데 동굴이 없었다.

지금 당장은 저런 움막으로도 문제가 없었지만 우기가 접어들어 굵은 비가 쏟아지면 단 일 각도 못 견디고 움막 안에 물줄기가 쏟아질 것이다.

"없다면 만들 수밖에!"

자운엽은 계곡 깊숙이에서부터 장소를 물색하기 시작했다.

계곡 양면으로는 대부분이 암벽으로 이루어져 있어 마땅치가 않았다. 반 시진을 꼼꼼히 살피던 중 어느 한곳, 암벽과 암벽 사이 연한 흙벽이 눈에 띄었다.

자운엽은 즉시 들고 있던 두꺼운 도로 나무를 잘라 앞을 뾰족하게 만든 후 흙벽을 파 들어갔다.

두어 자 정도까지는 구멍이 파였지만 그 이상은 바위에 막혀 있었다.

"쉬운 일이 없군."

자운엽은 고개를 설레설레 흔들었다.

모든 것이 마음에 들었고 동굴까지 하나 있다면 금상첨화였는데 그것이 하나 부족했다.

"너무 쉽다면 오히려 재미가 없겠지."

자운엽의 얼굴에 투지가 엿보였다.

일단 흙부터 모두 파내자는 생각으로 땀을 뻘뻘 흘리며 흙 더미를 모두 파내고 보니 양쪽 암벽이 서로 맞닿아 팔 하나가 겨우 들어갈 만한 공간밖에 없었다.

하지만 아무런 틈이 없는 것보다 훨씬 나았고 운이 좋다면 안쪽에 다시 틈이 크게 벌어져 있을지도 몰랐다.

"저걸 깨부숴야 할 것 같군."

자운엽은 중얼거리며 계곡 밖으로 나왔다.

바위를 깨부술 생각을 하니 머리가 아파왔지만 계곡 어느 곳에서도 그나마 이만한 장소를 찾을 수가 없었다.

튼튼한 나뭇가지를 잘라 자루를 만들고 그 나무에다 여물게 생긴 차돌을 달아 묶어 돌망치 하나를 완성시켰다.

이럴 줄 알았으면 망치와 정도 하나 준비할걸 하고 아쉬움을 표했지만 만사형통만을 바랄 수는 없었다.

"내친김에 바로 시작하자!"

자운엽은 돌망치를 들고 앞을 막아선 바위를 두들기기 시작했다.

딱— 딱—

규칙적인 부딪침 소리가 이제껏 조용하던 수운곡에 메아리쳤다.

그날부터 자운엽의 하루 일과는 세 가지로 압축되었다.

첫 번째는 가장 원초적인 일과로 먹을 것을 장만하는 일이었다.

노방을 설치하고 그곳에 걸린 산짐승들을 수거하는 일과 계곡 곳곳에 자생하는 산나물을 뜯는 일이 그것이었다.

그 일이 세 가지 중 가장 쉬웠다.

숲이 울창하다 보니 산짐승들이 많았고 교묘하게 설치된 노방에 필요한 만큼 걸려들어 아무런 걱정이 없었다.

그리고 두 번째의 일은 바위를 깨부수고 동굴을 만드는 일이었다.

한 이틀 두들기고 나자 손바닥에 피멍이 들고 물집이 잡혔다. 그 물집들 중 몇 개가 터지고 나면 그곳에서는 어김없이 지독한 쓰라림과 함께 피가 새어 나왔고 그럴 때면 동굴 만드는 일을 중단하고 움막으로 돌아와 호흡에 열중하였다.

그것이 세 번째의 일이었다.

그것은 가장 쉬운 듯하면서도 가장 어려운 일이었다.

토납경의 첫 장에 있는 호흡은 이제 무의식 중에서도 할 수 있는 쉽고도 쉬운 일이었다. 그런데 그 다음 장으로 넘어가면 '백회에서 천돌혈이 나비의 날개를 타고 거궐혈에 노닐다 벌집에 앉아 중완혈을 쏘아 떨어뜨리면 장강대수로에서 흑룡이 승천한다' 였다.

한마디로 귀신 씨나락 까먹는 소리였고 아무리 발버둥을 치고 그 의미를 풀어헤쳐도 말이 되지 않았다.

그렇게 몇 날 며칠을 몸부림치다가 문득 처음 이곳에 도착하여 떠오른 생각이 다시 떠올랐다.

실개천 옆의 조그만 평지에 이름 모를 꽃들이 피어 있고 그곳에는 언제나 나비와 꿀벌들이 노닐고 있었다. 그놈들을 쳐다보며 그놈들과 하나가 되면 둘째 장 첫 구절이 풀릴지도 모른다는 생각이 들었다.

"좋아! 오늘부터 내가 직접 나비와 꿀벌이 되어보자."

그렇게 중얼거린 자운엽은 움막을 뛰쳐나가 실개천 옆 평지로 걸어갔다.

이름 모를 꽃들 사이로 나비들이 나풀거리며 날아다녔고 꿀벌들도 웅웅거리며 이 꽃 저 꽃 사이로 날아다녔다.

먼저 나비의 움직임을 눈이 아프도록 바라보며 그 움직임을 머리 속에 담았다.

나비의 그 현란한 날갯짓과 그 어지러운 방향 전환이 온통 눈을 현혹시켜 뚫어지게 쳐다보던 자운엽의 눈에 금세 눈물이 쏟아져 내렸다.

반나절 이상을 그렇게 나비의 움직임을 쫓던 자운엽은 엉금엉금 기어서 움막으로 돌아왔다.

태어나서 그렇게 피곤해 보기는 처음이었다. 하루 종일 쌀가마니를 옮기더라도 이렇게 피곤하지는 않을 것 같았다.

움막으로 기어들어 온 자운엽은 벌러덩 바닥에 드러누웠다. 바닥에 큰대 자로 뻗어 눈을 감자 온 움막 안에 나비가 춤을 추었다.
"이러다 내가 미치고 말지."
머리를 세차게 흔들고 다시 일어나 앉은 자운엽은 결가부좌를 틀고 첫 장의 호흡을 시작했다.
다음날 새벽 호흡 속에 녹아들었던 의식이 돌아오자 온 세상천지를 가득 뒤덮었던 나비들이 깨끗이 사라져 있었고 온 손바닥에 잡혀 있던 물집도 씻은 듯이 나아 있었다.
"정말 멋진 책이야!"
싱긋 웃은 자운엽은 태음토납경을 쓰다듬었다.
"이젠 또 동굴을 파러 가야지!"
돌망치의 끈을 단단히 조인 자운엽은 계곡으로 향했다.
탁— 탁—
한 달 동안 어김없이 오전 나절은 바위를 두드리는 소리가 수운곡에 울려 퍼졌고, 오후에는 웬 덜떨어진 인간이 꽃밭에 앉아 넋을 놓고 있었다. 그것은 수운곡 주변의 짐승들에게 지난 한 달 동안 똑같이 보여진 풍경이었다.
오전 나절에 들리는 돌 두드리는 소리는 처음에 비해 몇 배나 강하게 들리면서도 오히려 계곡 주변으로 흩어져 계곡 밖으로는 거의 새어 나가지 않았다.
그것은 이제 바위의 결을 읽고 있는 자운엽이 그 약한 부분들만 골라 때려서이고, 또 음파로 새어 나오는 힘마저 고스란히 바위로 모아지고 있다는 증거였다.
처음에는 웬 미친 인간 하나가 넋을 잃고, 그리고 용트림이 일어나는 몸을 억지로 억지로 참고 견디다 엉금엉금 기어서 움막으로 들어갔지만 차츰차츰 나비를 바라보는 그 인간의 모습이 나비를 닮아가고 있었다.

젖 먹던 힘까지 짜내어 나비를 쫓아가던 그 인간의 눈빛은 어느 순간부터 나비의 움직임을 정확히 예측하고 나비를 따라가고 있었고, 처음에는 그 인간이 다가서면 멀찍이 날아가던 나비들도 그 인간의 몸에 무수히 붙었다 떨어지고, 그 인간이 손을 내밀면 주저없이 손 위로 올라앉았다.

이젠 수운곡 근처의 동물들도 그 인간을 나비로 착각하게 되었다.

툭— 투둑—

딱딱거리던 돌 부딪치는 소리가 들려온 지 두 달이 다 되어가는 어느 날 이제까지와는 다른 전혀 이질적인 소리가 들렸다.

"크하하하! 드디어 뚫렸다!"

자운엽은 광소를 터뜨렸다.

서로 맞닿아 입구를 막고 있던 두 쪽의 암벽 중 한쪽의 모서리가 수많은 균열과 함께 부서져 내렸다.

그 막혔던 입구의 바위 뒤에는 처음과 마찬가지로 보드라운 흙벽이 자운엽을 반기고 있었다.

푸욱—

자운엽은 끝이 뾰족하게 깎여 있는 막대를 흙 속으로 쑤셔 넣어보았다.

예상대로 아무 막힘 없이 들어갔다.

이 흙벽을 걷어내는 것은 한나절이면 충분하다. 그러면 더없이 견고하고 안전한 은신처가 마련되는 것이다.

맹호입산(猛虎入山) 151

지난 두 달여 동안 정말 기나긴 인고의 세월이었다.

꽉 막힌 관문을 뚫기 위한 시험의 세월이었고 자신과의 처절한 투쟁의 기간이었다.

두꺼운 암벽이 막아선 하나의 관문이 뚫렸다.

이젠 또 하나의 관문을 뚫을 차례이다.

자운엽은 부서져 내린 돌 조각을 밀쳐 내고 그 자리에 결가부좌를 틀고 앉았다.

먼저 토납경 속의 첫째 장에 있는 호흡법으로 온몸 구석구석에 수운곡의 대기를 밀어넣었다. 순식간에 수운곡의 바람 소리와 물소리가 자운엽의 몸을 가득 채웠다.

백회에서 나비의 날개를 타고 자운엽의 의식이 나비가 되어 한없이 부드러운 춤을 추고 있었다.

천돌혈을 거쳐 거궐혈로 흘러든 의식이 중완혈에 이르자 그 엄청난 기운에 중완혈이 터질 듯 부풀어 올랐다.

콰악—

터질 듯 부풀어 오른 중완혈을 벌 한 마리가 날아와 강하게 침을 놓았다. 터지기 일보 직전에서 침을 맞은 중완혈이 급격하게 굳어들었고 강하게 압축된 힘이 그대로 장강대수로로 떨어져 내렸다.

쿠우웅—

장강대수로의 물결이 가득 담긴 단전에서 흑룡이 용트림을 하며 솟아올랐다.

"우하하하하!"

듣는 사람의 가슴마저 뻥 뚫어버릴 듯한 호쾌한 웃음소리가 자운엽의 입에서 한참 동안이나 터져 나왔다.

호흡 공부의 난해한 관문 하나가 시원하게 뚫린 것이다.

시작이 반이었다.

그 관문 하나를 뚫어버림으로써 반은 이루었다.

수백 번, 수천 번도 더 포기하고 싶었던 순간을 뛰어넘고 자신을 이기는 순간 자신 앞을 가로막았던 벽이 와르르 무너지고 자신은 그토록 바라 마지않았던 벽 너머에 서 있는 것이다.

통쾌한 웃음을 멈춘 자운엽은 이젠 자신의 의지대로 호흡을 이끌었다.

백회를 지난 대자연의 기운이 천돌혈과 거궐혈, 중완혈을 거쳐 단전으로 흘러들었다.

우웅 하고 단전에서 끌어올린 기운을 양손 가득 보낸 후 양 손바닥으로 강하게 남은 한쪽 암벽을 때렸다.

와르르―

동굴 입구를 가로막았던 반대쪽 암벽 모서리도 한쪽과 같이 무너져 내렸다.

완벽한 동굴이 만들어진 것이다.

아울러 완벽한 한 가지 호흡을 완성시켰다.

온몸 가득 전율이 몰려왔다.

그러나 이것이 시작이다.

이제부터는 더 높은 곳을 향해 질주해야 한다.

천천히 호흡을 마친 자운엽은 셋째 장의 구결을 떠올려 보았다. 역시 귀신 씨나락 까먹는 소리가 어지럽게 춤을 추고 있었다.

하지만 왜 이렇게 난해한 구절로 뜻을 숨겨놓았는지 이제는 확연히 알 수 있었다.

만약 그렇게 뜻을 숨기지 않고 곧장 백회로부터 천돌, 거궐, 중완, 단전까지 첫 장에 적힌 강력한 진기로 결가부좌를 틀었을 때 저려오던 다리의 혈을 뚫듯 뚫으려고 했다면 엄청난 진기의 폭발로 중완혈이 견디지 못하고 터져 버렸을 것이다.

나비의 날갯짓처럼 가볍게 수없이 팔랑거리며 흐르던 진기는 혈을 보호하며 부드럽게 진기를 유통시켰고, 그렇게 부드럽게 흘려도 폭발할 듯 충천한 진기를 중완혈에서 벌이 침을 놓듯 강하게 단속하여 무사히 단전으로 흘려보낸 것이다.

정말 어렵고 난해하며 전율이 일 정도로 가공할 호흡이었다.

그러나 이제부터는 그토록 어렵지 않을 것이다.

단단하게 가로막은 암벽이 뚫린 이상 남은 것들은 훨씬 쉬울 것이다.

후두둑—

잔뜩 찌푸린 대기 속에서 급기야 물방울이 응결되어 떨어져 내렸다.

본격적인 우기가 시작된 것이다.

자운엽은 천천히 밖으로 나갔다.

쏴아아아—

거센 빗줄기가 장대처럼 쏟아져 내렸다.

양팔을 한껏 벌린 자운엽은 온몸으로 빗줄기를 받아들였다.

점점 굵어진 빗줄기가 자운엽의 몸속으로 빨려드는 듯 쏟아졌다.

태음토납경 속 다음 장의 호흡법은 모두 아홉 가지였다.

자운엽은 아홉 가지의 호흡 중 여덟 가지를 익혔다.

제일 마지막 호흡인 벽력(霹靂)의 호흡은 도저히 익힐 수 없었다.

찰나지간 번쩍하고 천지를 진동시켰다가 순식간에 사라지는 벼락은 간절히 바란다고 해서 자신의 옆에 떨어지지도 않을 것이고, 설사 하루 종일 따라다니며 자신 옆에 떨어진다 하더라도 너무나 순간적인 출몰에 그 형상에 빨려들듯 쳐다보다 물아일체(物我一體)가 되는 식의 호흡은 불가능할 것이다. 그는 이전의 어떤 호흡 구절보다 난해하게 숨겨진 의미 때문에 결국 포기하고 말았다.

그것은 아마도 초월적인 경지에 다달아 순간적인 깨달음으로 이루어진 것 같았고 태음토납경을 만든 그 노인을 만나지 않는 이상 절대로 힘들 것 같았다.

마지막 한 가지는 포기하고 나머지 여덟 가지를 각각 익히고 그것들을 서로 섞어가며 완벽히 하나로 합쳐서 하나의 호흡으로 숨 쉴 수 있게 될 때쯤엔 두 번의 봄이 더 찾아와 있었다.

둘째 장의 호흡과 마찬가지로 나머지 일곱 개의 호흡도 모두 처음의 것처럼 그 구절을 머리에 새기다 못해 그 구절 속에 녹아들었을 때서야 비로소 자신의 것이 될 수 있었다.

처음 나비의 움직임을 쫓아 눈이 시리도록 나비를 쳐다보았듯이 셋째 장에 적힌 바람의 호흡을 익히기 위해서는 하루 종일 바람 속에서 바람이 되었고, 넷째 장 바위의 호흡을 익히기 위해서는 바위 옆에 앉아 머리 위에 눈이 한 치나 쌓이면서 바위가 되어갔다.

그렇게 여덟 개의 호흡이 끝났을 때는 삼라만상 속에 내가 녹아들고 내 몸속에 삼라만상이 녹아드는 경지를 조금은 이해할 수 있을 것 같았다.

모든 호흡을 하나로 합쳐 몸속에 갈무리하자 자운엽의 모습은 오히려 차분하고 평범해 보였다.

언뜻언뜻 빛을 뿜던 요악스럽기 짝이 없는 눈빛은 수운곡의 물과 바람 속에 묻혀 깊고 현현(玄玄)했고 온몸에는 야성의 기운이 넘쳐흘렀다.
"푸후!"
마지막 공부를 마치고 다시 동굴 밖으로 나온 자운엽은 계곡물 속에 머리를 푸욱 담갔다가 세차게 흔들었다.
치렁한 흑발에 가득 머금은 물기가 사방으로 비산했다.
"백미호(白尾狐), 너 어서 이리 오지 못하겠느냐?"
머리를 흔들던 자운엽은 계곡 한곳을 보며 고함을 질렀다.
꼬리 끝에 하얀 털이 나 있는 여우 한 마리가 살랑살랑 꼬리를 흔들며 바위 위로 모습을 드러냈다.
"하하, 오늘은 허탕을 친 모양이구나?"
자운엽의 목소리에 하얀 꼬리의 여우가 풀 죽은 모습으로 고개를 아래로 내렸다.
처음 이곳으로 와 노방을 설치하고 나서 몇 달 동안은 고기가 남아놀 정도로 산짐승들이 잡히기 시작했다. 그러다 어느 날부터인가 노방에 짐승이 걸린 흔적은 있는데 짐승은 온데간데없었다.
며칠을 유심히 살펴본 결과 흰꼬리 여우가 노방에 걸린 짐승들을 물고 가는 것을 보았고 그 후로도 자신이 설치한 노방을 귀신같이 알아내고는 그놈이 항상 한발 먼저 짐승을 낚아채 갔다.
기가 막힌 자운엽은 노방을 모두 철거하고 근 보름 동안 한 개의 노방도 설치하지 않았다.
보름 후 그 흰꼬리 여우가 토끼 한 마리를 물고 와 자운엽은 보는 데서 그것을 던져 놓았다. 그리고는 영리한 눈을 깜박이며 자운엽을 바라보았다.

동업을 하자는 뜻이었다.

그 영악한 눈빛과 행동에 자운엽은 그만 너털웃음을 터뜨리고 말았다.

자운엽은 백미호가 물고 온 토끼를 소도로 잘라 반은 자신이 갖고 반은 그놈에게 던져 주었다. 자기 몫을 챙긴 그놈은 꼬리를 살래살래 흔들며 사라졌고 그날부터 자운엽은 노방을 다시 설치했다.

과연 그 다음날 놈은 노방에서 낚아챈 새끼 노루 한 마리를 물고 계곡으로 왔다. 두말없이 반으로 자른 노루고기를 던져 주자 그 영악스런 놈은 다시 자기 몫을 챙겨 숲으로 사라졌다.

태어나서 그렇게 통쾌하게 웃은 것은 나비의 호흡을 깨우쳤을 때 이후 처음이었다.

그 이후부터는 노방의 설치에만 신경 쓰면 되었다.

노방에 걸린 짐승들은 언제나 백미호가 물어 왔고 반으로 나눈 후 그 녀석은 자기 몫을 챙겨 꼬리를 흔들며 사라졌다.

그렇게 동업자 관계로 일 년이 지났지만 그 영악스런 놈은 끝까지 자신을 다 믿지 않고 언제나 일정한 거리를 남겨두었다.

또 한 해가 지나고 이 년이 되었을 때서야 비로소 자운엽의 손에서 직접 먹이를 물어가는 정도까지 되었다.

그동안 호흡을 익히면서 자운엽은 틈틈이 백미호와 함께 온 산을 뛰어다녔다. 태음토납경의 호흡을 익히며 충만해져 오는 기운은 자신도 모르게 온 산을 줄달음치게 만들었고 그때마다 그의 옆에는 백미호가 그림자처럼 따랐다. 백미호와 함께 앞서거니 뒤서거니 숲 속을 누비며 자운엽은 바람처럼 장애물을 뛰어넘고 돌아가는 백미호의 줄달음질을 유심히 살폈다.

　때로는 시위를 떠난 살처럼 쏘아져 나가다가도 바위투성이 암석 지역에서는 그 암석들의 끝을 사뿐히 밟고 이리저리 뛰어넘는 모습이 마치 한줄기 바람을 연상시켰다.

　백미호가 노방에서 낚아채 온 짐승을 반으로 나눠서 던져 주고 자신은 불에 구워 간단한 소금 간으로 실컷 배를 채우고 난 후면 어김없이 산속을 질풍처럼 달려 경신공부를 해 나갔다.

　처음에는 긴 꼬리를 휘날리며 화살처럼 달려나가는 백미호를 반 각도 따라 뛰지 못했지만 이젠 백미호의 옆에서 조금도 뒤처지지 않고 달려나갈 수가 있었다.

　산비탈에 있는 암석 지역에서도 백미호와 마찬가지로 크고 작은 암석들의 끝을 사뿐히 밟고 갈지(之)자의 어지러운 움직임으로 단 한 개의 돌도 구르지 않고 소리없이 암석 비탈을 빠져나갈 수 있었다.

　한 개 한 개 호흡을 완성시킬수록 진기가 충만해진 자운엽의 경신술은 그 속도가 점점 높아만 갔고, 사기 옆에 소금노 뒤저지지 않고 바람처럼 달려오는 자운엽을 흘끔 쳐다보는 백미호의 눈빛에는 당혹감이 흘렀지만 아무리 어지럽게 방향을 바꾸며 속도를 높여도 일 장의 틈도 더 벌어지지 않고 일정하게 따라붙는 자운엽을 보며 백미호도 이젠 일방적으로 앞서 가기를 포기한 듯 동무가 되어 온 산을 누비고 다녔다.

　"자, 내게 남은 고기가 많이 있으니 이걸 먹고 또 신나게 달려보자꾸나."

　자운엽은 이틀 전에 반으로 나누어 동굴 속에 늘어놓은 고깃덩이를 백미호에게 던져 주고 자신 역시 한 덩이를 모닥불에 익혀서 배를 채웠다.

포만감이 찾아오자 우두둑 손마디를 꺾고 양다리를 이리저리 움직여 본 자운엽은 흐읍 하며 수운곡의 바람을 몸속에 가득 채웠다.
백미호 역시 뒷발로 땅을 긁으며 준비가 다 되었다는 신호를 보냈다.
"가자!"
자운엽의 신형이 계곡 저쪽으로 쏘아져 가자 백미호도 긴 빨랫줄 처럼 몸뚱이가 늘어지는 듯하며 쏘아져 나갔다.
비교적 장애물이 없는 목초 지역을 달릴 때는 백미호가 빠른 듯하다가 빽빽이 들어선 잣나무 사이를 어지럽게 빠져나갈 때는 자운엽이 빠른 듯했고, 산비탈의 암석 지대를 가로질러 갈 때는 그 표홀함이 우열을 가리기 힘들었다.
한참을 앞서거니 뒤서거니 산허리를 빙 돌아 다시 계곡으로 달려온 자운엽과 백미호가 실개천가에서 멈추어 서로 경쟁이라도 하듯 머리를 처박고 물을 빨아들이며 게걸스럽게 핥아대기 시작했다.
"정말 좋은 날씨다."
한껏 갈증을 채운 자운엽이 실개천 옆 꽃밭에 드러눕자 백미호도 발라당 드러누워 긴 혀를 늘어뜨리고 할딱거렸다.
"네 녀석 덕분에 경신술의 기본을 깨우친 듯하다."
자운엽은 사지를 쭉 늘어뜨리고 쏟아지는 햇살을 온몸으로 받아내며 기분 좋게 중얼거렸다.
백미호를 따라 달리며 경공술을 익히리라 결심하고 그동안 호흡으로 다져진 진기를 무작정 온몸에 불러일으키며 달려나갈 때는 작은 나뭇가지들에 수없이 부딪치고 가시덤불에 긁히고 온몸 구석구석 한군데도 성한 곳이 없었다.
때로는 굵은 나무줄기에 발목이 걸려 산비탈을 속절없이 구르기도

맹호입산(猛虎入山) 159

했다. 그럴 때마다 반쯤 기어서 동굴로 돌아와 꼬박 하루를 결가부좌를 틀고 앉아 온몸에 진기를 불어넣어 몸을 다스려야 했다. 그래도 기죽지 않고 백미호를 따라 죽자살자 달리기를 몇 달째, 차츰 백미호의 운신법을 하나하나 깨우치기 시작했다.

어떤 방위로 급히 방향을 전환할 때는 몸의 어느 부분을 어떻게 움직여야 하고 장애물이 앞에 나타났을 때는 어떻게 몸을 움츠렸다 어느 순간에 벼락처럼 펼치는 것이 가장 효과적인지, 또 금세라도 허물어질 것 같은 돌 무더기의 끝을 밟으며 그 허술한 발판에서도 강력한 도약력을 얻기 위해서는 몸의 중심을 어디에 두어야 하는지…….

그런 것들을 하나하나 깨우쳐 가자 어느덧 몸에 생기는 상처가 줄어들었고 더 이상 나무 덩굴에 발이 걸려 비탈 아래로 꼴사납게 구르는 일이 없게 되었다.

운신의 묘를 몸 구석구석에 깨우치고 나자 대호가 눈앞에 나타난다 하더라도 전혀 동요없이 털끝 하나 다치지 않고 빠져나올 수 있을 것 같았다.

운신법을 익히고, 또 어렵기 짝이 없던 태음토납경 속의 여덟 가지 호흡법을 익히고 나자 자운엽의 뇌리 속에는 서서히 하나의 형체가 자리하기 시작했다

그 형체는 최근 들어 끊임없이 자신을 유혹하고 자신을 손짓해 부르고 있었다.

군살 하나 없이 완벽하게 뻗은 몸매에 새하얀 미소를 온 사방에 뿌리며 그 형체는 한 발 한 발 자신에게로 다가오고 있었다.

그것은 한 자루의 칼이었다.

호흡 공부가 막바지에 이르면서부터, 그리고 더 이상 백미호에게 뒤

처지지 않게 되면서부터 자운엽의 심장은 운명적으로 한 자루의 칼을 원하고 있었다.

그 유혹은 여인의 손길보다 강했고 자신의 의지로써는 도저히 거역할 수 없는 운명의 부름인 듯했다.

'칼을 익히고 싶다!'

가슴 밑바닥에서부터 용트림하며 솟아오르는 강렬한 욕망에 자운엽은 자리에서 벌떡 일어섰다.

"가자, 백미호! 목검이라도 하나 만들어야겠다!"

자운엽이 바람처럼 쏘아져 가자 놀란 백미호가 영악한 눈동자를 깜박이다 자운엽이 달려간 곳으로 질풍처럼 쏘아졌다.

그동안 백미호와 온 산을 헤집으며 눈에 익어 있던 나무들 중 곧게 자란 박달나무 줄기 하나를 잘라온 자운엽은 그날 오후부터 동굴 속에 틀어박혀 정성 들여 칼을 깎기 시작했다.

어둠침침한 관솔 불빛이 계곡 속을 훑고 지나가는 한줄기 바람이 홰를 치며 일렁거렸지만 도를 닦듯 칼을 깎아가는 자운엽의 손짓을 멈출 수는 없었다.

꼬박 열흘의 작업이 끝이 났다.

휘익— 휘익—

목검 한 자루가 살아 꿈틀거리는 듯 자운엽의 손에서 탄생의 울음보를 터뜨리고 있었다.

"정말 잘 만들었어!"

자기가 만들고도 감탄스럽다는 듯 자운엽은 황홀한 표정을 지었다.

"나는 목수에도 타고난 소질이 있는 모양이야!"

다시 한 번 자화자찬을 한 자운엽은 목검을 들고 밖으로 나왔다.

맹호입산(猛虎入山)

단 한 곳에서도 칼자국을 발견할 수 없이 매끈하게 뻗은 목검 하나가 햇살을 받아 번쩍하고 빛이 나는 듯했다.

손잡이에는 승천하는 용 무늬를 정교하게 수놓았고 칼을 만든 나무보다 더 굵은 나무를 반으로 잘라 속을 파내고 두 개를 다시 붙여 짐승들의 힘줄로 묶어 만든 칼집에도 그 정교한 용 무늬가 음각으로 새겨져 있었다.

열흘 동안 끼니도 거르며 만든 목검은 그것이 만약 진검이었다면 당장 보검의 반열에 오를 만한 정도였다.

어차피 진검을 잡기 전까지만 사용할 목검이라면 대충 한 시진 안에 만들어낼 수도 있었지만 세상만물의 진정한 모습을 가슴 깊이 깨우치고 나서야 한 가지 호흡을 완성시킬 수 있었던 자운엽은 검 역시 그렇게 생각했다.

그래서 검의 진정한 모습을 조금이라도 깊이 알기 위해 열흘의 기간 동안 두문불출하며 목검을 깎았고, 서서히 형체를 완성해 가는 목검에 자신의 혼을 담고 목검이 내뿜는 목향(木香)에서 목검의 숨소리를 들으려 했다.

"넌 이제부터 내 팔이 되는 것이다!"

휘익— 휘익—

자운엽의 또 다른 팔이 기꺼운 듯 화답을 해왔다.


"쓸모없는 짓이다."

실개천 옆 이름 모를 꽃들이 만발한 평지에서 목검을 휘두르던 자운엽은 이내 고개를 흔들며 목검을 내려놓았다.

일곱 살 적 새벽녘에 뒷간에 앉아서 머리 속에 새겨 넣은 감숙설가의 비전인 백학검법을 떠올리며 한나절을 휘둘러 보았다.

머리 속에 각인되듯 생생히 남아 있던 백학검법의 초식이 목검 끝에서 재현되었지만 처음부터 끝까지 단 한 순간도 가슴속을 채워주지는 못했다.

"이 검법으로는 결코 큰공자를 이기지 못한다."

자운엽은 내심 중얼거리며 고개를 흔들었다.

백학검법의 검로야 머리 속에 한 가닥도 놓치지 않고 새겨져 있으니 문제가 없었다. 그러나 그 검로 속에 가닥가닥 담겨진 진기의 흐름은 전혀 알지 못한다. 각고의 노력 끝에 그 내력의 운용을 나름대로 만들어내고 그것들을 무의식 속에서도 펼칠 수 있으려면 족히 몇 년은 더 걸릴 것이다. 그리고 세월이 좀 더 흘러 그것에 이력이 붙으면 무림일백고수의 반열에 들 수도 있겠지만 그것으로는 결코 큰공자를 이길 수 없다.

최소한 큰공자는 십 년 이상 백학검법을 익히고 연마했을 것이다. 그리고 그는 자운엽 자신처럼 백학검법 검로의 허점 또한 꿰뚫고 있었다.

완벽히만 익히고 연공하면 백대고수의 반열에 오를 수도 있는 절정의 검법이지만 자운엽에게는 이젠 헌신짝만큼도 마음을 끌지 못했다.

"휴, 이젠 수운곡을 벗어나 백학검법보다도 더 고강한 검법을 구해야 할 때인가?"

자운엽은 힘이 빠졌다.

"빌어먹을!"

한소리 욕지거리를 내뱉은 자운엽은 벌러덩 꽃밭에 드러누웠다.

호랑나비 한 마리가 자운엽의 시야에 들어왔다.

태음토납경 둘째 장의 호흡을 익히려 눈알이 빠질 정도로 집중하며 쳐다보았던 놈이다.

어지럽게 움직이는 날갯짓을 따라잡기 위하여 얼마나 많은 눈물을 쏟았던가?

그 움직임이 눈에 잡히고 어느덧 자신이 나비가 된 듯한 착각이 들 즈음 둘째 장의 호흡을 깨우쳤다.

무의식적으로 자운엽의 눈이 호랑나비를 쫓았다.

팔랑팔랑 움직이는 날갯짓과 그 날갯짓으로 인해 나비의 몸이 어느 곳으로 방향을 옮길지 한순간도 놓치지 않고 예측할 수 있었다.

"그래, 그것이다!"

자운엽은 벼락치듯 일어나 앉았다.

저 나비의 날갯짓을 고스란히 칼끝에 담을 수 있다면!

저 어지럽고 현란한 나비의 날갯짓을 칼끝의 움직임으로 삼고 그 날갯짓에 의해 방향이 바뀌는 나비 몸체의 움직임을 검로로 삼는다면!

쉽게 받아낼 수 없는 검법을 만들 수도 있을 것이다.

그 검법이 완성된다면 단 일 순간에 수백 수천의 자상(刺傷)을 남기며 상대를 쓰러뜨릴 수 있을 것이다.

자운엽의 가슴이 격탕되고 있었다.

익히고 말리라!

반드시 익히고 말리라!

십 년이 걸리든 이십 년이 걸리든 저 현란한 나비의 날갯짓을 검끝에 실어보리라.

앙다문 자운엽의 이빨 사이에서 선혈이 흘러내리고 있었다.

◆ 제5장

정마협(正魔俠) 갈문혁(葛文赫)

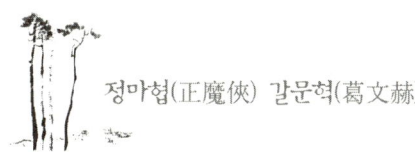

정마협(正魔俠) 갈문혁(葛文赫)

딱— 따악—

잘 다듬어진 흑오석(黑烏石)과 조개 껍데기로 만든 흑백의 바둑돌이 두꺼운 비자(榧子)나무 바둑판을 두드리는 경쾌한 타격음이 방 안에 울려 퍼졌다.

"아이쿠! 그런 수가 있었구나!"

투지에 불타는 노인의 얼굴에 낭패한 기색이 어렸다. 반면 총기가 철철 넘치는 소녀의 얼굴에는 승리감이 만발했다.

"란아야, 이것… 이것 한 수만은 무르자꾸나. 이 할아비가 눈이 침침하여 그 수는 못 보았구나. 그러니 이 한 수는 무르도록 하자."

노인의 얼굴에 더없이 가련한 표정이 떠올랐고, 그 표정을 보면 누구라도 동정심이 일어 부탁을 들어주지 않고는 배기지 못할 것 같았다.

"킥!"

소녀가 그런 할아버지의 표정을 보고는 급기야 웃음을 터뜨리고 말았다.
"할아버지도 참! 대체 몇 번씩 물려달라고 하시는 거예요? 못 이길 것 같으면 정정당당히 돌을 던지셔야지요."
소녀가 야멸차게 말을 맺었다.
'으음! 이놈에게 이젠 이 표정도 안 통하는구나. 좋다! 동정심 유발 작전이 안 통하면 공갈 협박 작전으로 가는 수밖에!'
짧은 시간 염두를 굴린 노인의 표정이 순식간에 염라귀처럼 무시무시하게 변했다. 얼굴 가득 은은히 퍼져 오르는 노기와 함께 태산이라도 한번 주먹질에 날려 버릴 것 같은 가공할 기운이 온몸을 뒤덮었다.
'윽!'
공갈 협박 작전을 펼치던 노인이 내심 비명을 지르고는 뒤로 물러나 앉았다.
손녀의 얼굴에 드리워진 수심 가득한 슬픔과 금방이라도 옥루가 흘러내릴 것 같은 눈물 가득한 봉목에 그만 질겁을 하고 피워 올렸던 기운을 급히 거두고는 다시 청순 가련한 표정으로 돌아갔다.
"라, 란아야, 좀 전의 할아버지 표정이 너무 무서웠나 보구나. 내 잠시 지난날 날 놀리던 소림사 땡중 놈이 생각나서 그만 노기를 끌어올렸구나."
그 말이 끝나자 손녀 갈미란(葛美蘭)이 언제 그런 표정을 지었냐는 듯 헤실거리며 은쟁반에 옥구슬이 흘러가는 듯한 목소리를 뽑아냈다.
"그러셨어요, 할아버지? 전 잠시 졸음이 쏟아져 하품을 하느라 그만 아무것도 못 보았지 뭐예요. 아~함, 너무 세게 하품을 했더니 눈물까지 나오네."

갈미란이 두 눈 가득 고인 눈물을 찍어냈다.
'아이쿠, 당했다!'
노인이 벌레 씹은 표정으로 한숨을 내쉬었다.
이젠 어떤 수를 쓰더라도 이길 수 없는 바둑이었다.
비록 아홉 점을 접고 둔 바둑이었지만 천하의 국수인 자신을 이기는 손녀딸이 더없이 대견하면서도 낭패한 기색이 역력했다.
이미 대마의 목숨이 경각에 달렸다.
사람으로 치면 대라신선이 온다고 해도 살릴 수 없는 상태였다.
더 두어보나마나 패배는 분명한 것이고, 내리 세 판을 연패했으니 다음 판부터는 돌 한 개를 덜어내고 여덟 점 접바둑을 두어야 할 것이다.
돌 하나 덜어내는 것이야 뭐 그리 큰일은 아니었지만 애초에 한 약속을 지키는 것이 문제였다.
어떤 놈이 지었는지 운치라고는 하나도 없는 이 산적 소굴 같은 거처에서 한 발짝이라도 나갈라 치면 팔대호법이니 정마수호대(正魔守護隊)니 하는 놈들이 떨거지로 따라붙으니 잠시 출타하는 것도 이리 재고 저리 재서 날을 잡아야 하는 입장이다.
'어떤 놈이 아니구나! 죽을죄를 지었습니다, 사부님!'
내심 읊조린 갈문혁이 다시 생각을 이어갔다.
말년에 감옥 같은 천마성(天魔城)에 갇혀서 낙을 찾지 못하고 빈둥거리다 후손들 중 제일 영리한 손녀 갈미란에게 바둑을 가르치기로 한 것이다.
며칠만 고생해서 가르치고 나면 영리하기 짝이 없는 이놈은 금방 바둑의 그 오묘한 재미에 빠져들 것이고, 그때쯤에는 이 녀석이 먼저 한

판 두자고 매달릴 것이다.

　그때는 적당히 튕기면서 고사리 같은 손길에 어깨 주물리는 재미를 톡톡히 만끽하겠다는 계산이었다.

　처음에는 계산이 정확히 맞아떨어졌고, 무료함을 달램과 어깨 주물리는 재미를 동시에 획득한 갈문혁의 입이 찢어졌다.

　바둑을 가르친 며칠 뒤, 바둑의 묘미를 완전히 깨달은 손녀의 실력이 일취월장하였고, 스물다섯 점 접바둑에서 시작한 대국이 어느새 열다섯 점으로 내려왔다.

　그때까지 바둑의 묘미에 빠져서 질 때마다 어깨를 주물러 주고 이길 때도 기분 좋아 더 힘껏 어깨를 주물러 주던 손녀딸이 열다섯 점 접바둑에서 내리 세 판을 이긴 후 표정을 싹 바꾸더니 이젠 자신이 세 판을 연달아 이기고 돌을 한 개씩 줄일 때마다 할아버지의 무공 한 가지씩을 가르쳐 달라고 했다. 그리고 약속을 하지 않으면 다시는 할아버지와 바둑을 두지 않겠다는 무지막지한 협박도 덧붙였다.

　갈문혁은 순간적으로 커다란 올가미가 자신의 목을 조여옴을 느꼈다.

　세상에서 자신이 제일 싫어하는 것이 무공을 익히는 것이고, 또 두 번째로 싫어하는 것이 그 무공을 누군가에게 가르치는 것이었다.

　반면 자신이 제일 좋아하는 일은 바둑 두는 일이었고, 두 번째로 좋아하는 일은 손녀딸에게 어깨 주물림을 받는 일이었다.

　그런데 지금 눈에 넣어도 아프지 않을 손녀딸 갈미란이 자신이 두 번째로 싫어하는 일을 강요하고 제일 좋아하는 첫 번째, 두 번째 일을 박탈하려 하는 것이다.

　저 녀석에게 바둑의 묘미를 가르쳐 중독시키고 야금야금 곶감을 빼

먹으려고 했던 생각은 큰 오산이었음을 갈문혁은 이제야 깨달을 수 있었다.

오히려 손녀 갈미란은 그런 자신의 묘수를 역이용하여 고사리 손에 어깨 주물림의 맛을 중독시키고, 비록 접바둑이었지만 무료하기 짝이 없는 노년에 손녀딸과 바둑 삼매경에 빠지는 재미를 중독시킨 후 그것을 단번에 뚝 끊어버린다는 협박으로 자신에게서 곶감을 하나하나 빼먹으려는 것이다.

'쯧쯧, 그 많은 속임수들을 귀신같이 간파하는 이 녀석의 능력을 과소평가했어.'

갈문혁이 가슴을 쳤다.

스물다섯 점의 접바둑이면 바둑판이 온통 새까맣다. 그런 곳에 침입하여 집을 짓고 자신의 세력을 넓히려면 간교한 속임수밖에 없었다. 그러지 않고는 조금이라도 바둑을 아는 상대라면 절대로 이길 수 없다.

손녀딸이 처음 바둑을 모를 때는 스물다섯 점으로도 거푸 이겼으나 몇 판 두고 바둑의 규칙을 알고 나자 더 이상 이길 수가 없었다.

결국 야비무쌍하고 교활간특한 속임수를 어지럽게 펼칠 수밖에 없었다.

그런데 손녀딸 갈미란은 차츰차츰 그 교활한 수법들을 깨부수고 한 점 한 점 접바둑의 돌을 줄여 나갔다.

'그때 이놈의 영특함을 깨달았어야 했다.'

후회는 아무리 빨라도 소용이 없었다.

그동안 더없이 나긋하게 어깨를 주물러 주고 바둑 삼매의 기쁨을 중독시키며 그것들을 한꺼번에 끊고는 못 살 지경까지 이끌어와서는 마수를 드러낸 것이다.

만약 저놈의 제안을 거절한다면 이틀도 못 가서 지독한 금단 증상에 시달리며 안절부절못하며 방 안을 서성거려야 할 것이다.

몇 번을 더 쳐다보아도 손녀딸의 표정은 냉랭하기만 했고, 눈물을 머금고 제안을 받아들여야 할 판이었다.

그 와중에도 갈문혁은 마지막 팻감을 하나 찾아냈다.

"좋다! 네 제안을 받아들이겠다. 대신 아홉 점 접바둑이 되었을 때부터 한 점을 내릴 때마다 한 가지씩 가르쳐 주겠다."

무공에 대한 열망이 강한 아이이니 그 제안도 받아들이려 할 것이다. 하지만 한두 점 정도는 더 깎아달라고 하더라도 바둑판 모양은 이상하지만 열석 점 접바둑까지는 들어줄 생각이었다.

"좋아요, 할아버지! 설마 중원제일의 고수인 정마협께서 나중에 딴소리는 안 하시겠지요?"

예상 밖으로 흥정도 하지 않고 손녀딸은 제안을 받아들였다.

'이놈은 아직 패의 위력을 잘 모르는구나' 하며 갈문혁은 음소를 머금었나

열다섯 점과 아홉 점은 천양지차다.

아마도 일 년 안에는 아홉 점으로 내려가기 힘들 것이고, 설사 아홉 점까지 내려간다고 하더라도 거기서 한 점 더 따내려면 일이 년은 더 걸릴 것이다. 그때쯤이면 짝을 찾아주어 쫓아내면 되는 것이다.

'헐헐! 역시 바둑의 묘미는 패에 있는 것이야!'

갈문혁이 흉중으로 대소를 터뜨렸다.

그런데 그 대소가 세 달 만에 통한으로 바뀔지 그때는 상상도 하지 못했다.

그날부터 정확히 세 달 하고도 며칠이 더 지난 오늘 아홉 점 접바둑

에서 내리 세 판을 지기 일보 직전이었다.

다시 한 번 바둑판을 뚫어져라 쳐다보았다.

아직 사분지 일은 더 놓을 곳이 있었다.

대마가 비명횡사한 이 판이 뒤집어질 가능성은 희박했지만 설마가 사람 잡는다고도 하지 않았던가!

그런데 그놈의 설마는 병든 병아리 한 마리 잡을 능력도 없었다.

탁—

돌을 던졌다.

"와아아아—"

갈미란이 방이 떠나갈 듯한 환호성을 질렀다.

"이게… 이게 무슨 소리냐?"

"왜, 왜 그러느냐?"

"팔대호법은 왜 안 보이느냐?"

마도제일성 천마성에서 한바탕 난리가 일어났다.

"무슨 일인데 계집애의 목소리가 온 집안을 진동시키느냐?"

정마협 갈문혁의 부인이자 갈미란의 할머니인 소씨(蘇氏) 부인이 엄한 얼굴로 갈미란을 나무랐다.

갈미란이 할머니의 근엄한 시선을 받고는 잠시 목을 움츠렸다 다시 환희에 찬 얼굴로 괴성을 질렀던 이유를 온 방에 모인 식구들에게 미주알고주알 떠들었다.

"할아버지와 내기 바둑을 둬서 내리 세 판 이겼어요! 이젠 할아버지께서 제게 무공 한 가지를 직접 가르쳐 주셔야 해요!"

많은 사람들에게 공증이라도 받으려는 듯 갈미란이 얼른 조잘거리자 갈문혁은 땡감 씹은 표정이 되었다.

정마협(正魔俠) 갈문혁(葛文赫) 173

"계집애가 무공은 더 익혀서 무얼 하겠다는 것이냐? 지금 익힌 무공으로도 어디 나가 한몸 지키기에는 남아 넘치거늘… 거기에 더하여 시집은 어찌 가려고 하느냐?"

소 부인이 점잖게 갈미란을 나무라자 갈문혁의 표정이 은인을 만난 듯 밝아졌다.

"그렇지요, 부인? 저 녀석에게 더 이상 무공을 가르쳤다가는 처녀귀신을 만들겠지요? 그러니 이번 내기는……."

"대장부가 한번 내뱉은 말은 책임을 지셔야지요! 천하의 정마협이 지키지도 못할 허언을 내뱉었다는 소리를 듣고 싶은 것인가요?"

소 부인의 한마디에 갈문혁이 찔끔하며 고개를 천장으로 향하며 입맛을 다셨다.

놀라 달려온 며느리들과 아들, 딸, 사위가 만면에 웃음을 떠올리며 밖으로 나갔다.

"끄웅~"

갈문혁이 신음을 터뜨렸다.

이젠 자신이 일생에서 두 번째로 싫어하는 일을 속절없이 하게 되었다.


정마협(正魔俠) 갈문혁(葛文赫)!

그는 명실상부한 현 무림 최고 기인이었다.

무공 서열에 있어서도 사중협(邪中俠) 다음으로 천하 제이인자의 자리에 올라 있다.

그 서열이라는 것도 자신은 절대로 사중협에게 미치지 못한다고 온 무림에 호언장담하고 다녔기에 어거지로 이인자가 된 것이지 결코 명

약관화(明若觀火)한 실력 차이가 있는 것은 아니었다. 그는 사중협을 아직 한 번도 만나본 적도 없는 사람이었다.

그럼에도 불구하고 무조건 자신은 사중협의 아래라고 광분하며 외치는 사람이었다.

어느 날 마도인 중 누군가 그에게 어이없는 표정으로 물었다.

"어째서 대협은 스스로 사중협의 아래라고 그렇게 공언하고 다니는 거요?"

정마협 갈문혁이 기다렸다는 듯 열변을 토했다.

"첫째로 나는 번듯한 가문에서 태어나 천마 소규광(蘇圭廣) 어르신을 사부로 모시고 그분에게서 체계적이고 철저한 수업을 받고 이만큼의 수준밖에 오르지 못했지만 그분 노신선께서는 확실하게 알려지진 않았지만 찢어지게 가난한 집에서 태어나 누구의 사사도 받지 않고 광동십일마를 손바닥 한번 휘둘러 한꺼번에 태워 죽인 경지에 오른 사람이네. 그런 분을 어찌 나와 비교하겠는가?"

"사중협이란 분이 누구인지 정확히 아는 사람은 아무도 없는데 그분이 찢어지게 가난한 집에서 독학으로 무공을 익혔는지 어떻게 아십니까?"

"그때 그분을 뵙고 싶어 광동 일대를 헤집고 다니다 겨우 그것 정도만 알아냈다네. 이 갈문혁이 사람을 찾아다닌 후 찾지 못한 사람은 그분뿐이네. 그러니 얼마나 신룡 같은 분인가? 그것이 두 번째 이유이고… 그리고 세 번째 이유로는 그 노신선께서는 결코 무리를 짓지 않으셨다네. 평생 홀로 강호를 바람처럼 자유롭게 주유하신 분이네. 자신이 없고 겁이 나는 놈들만이 무리를 짓고 그 무리 속에 자신을 숨긴다네. 나 또한 팔대호법이니 정마수호대니 하는 무리들 속에서 한시도

정마협(正魔俠) 갈문혁(葛文赫) 175

떨어지지 못하고 있으니 그 노신선보다 훨씬 겁 많고 실력없는 인간이
란 결정적인 증거가 아니겠나?'

그 외에도 무수히 많은 이유를 제철을 만난 듯 침을 튀기며 떠들었
고, 견디다 못한 마도인들이 벌레 씹은 얼굴로 술자리를 박찼다는 일화
는 너무나 유명했다.

그렇게 자신이 입에 침을 물고 제이인자의 자리를 고집하니 세상 사
람들도 마지못해 그를 제이인자의 자리에 올려놓았지만 틈만 나면 언
제라도 제일인자의 자리에 올릴 수 있는 사람이 정마협 갈문혁이었다.

그 자신의 말대로 그는 번듯한 가문에서 태어났고, 그 재지가 너무
나 뛰어나 가만히 있어도 세상천지에 그의 이름이 알려졌다.

학문에 뜻을 두고 책 속을 파고들던 어느 날, 한 중년인이 책 한 권
을 들고 그를 찾아왔다. 그리고는 그 책 속에 적힌 구절 하나의 뜻을
해독해 주기를 간청했다.

그 구절은 너무도 난해하여 갈문혁마저도 몇 시진이나 머리를 싸매
야 했다. 하지만 '독서백편의자현(讀書百遍義自見)' 이라는 속담과 마찬
가지로 어느 순간 그 뜻을 풀이하여 중년인에게 내밀자 중년인은 뛸듯
이 기뻐하며 고맙다는 인사도 잊고, 또 자신이 신고 온 신발도 잊은 채
밖으로 달려나갔다. 그때 갈문혁의 나이 십삼 세였다.

그로부터 육 개월 후, 그 중년인은 다시 갈문혁을 찾아왔다.

갈문혁은 얼른 그가 잊고 간 신발을 꺼내주었지만 그는 굳은 표정으
로 갈문혁을 한참이나 쳐다보다 갈문혁의 부모님과 하루 종일 얘기를
나누었다.

그 하루 동안 부모님의 방에서는 때때로 고성이 터져 나오기도 하였
고 애처러운 애원의 목소리가 울리기도 하였다. 주로 고성을 지르는

쪽은 부모님이었고 애원을 하는 쪽은 중년인이었다.
 하루가 지나자 부모님들이 손을 들었는지 환한 표정의 중년인과 함께 자신의 처소로 왔다.
 "이분이 너를 제자로 삼고 싶다는구나."
 부모님들이 힘 없는 음성으로 자신을 쳐다보았다.
 "이분이 뉘신지……?"
 어안이 벙벙한 갈문혁이 중년인의 이름을 물었다.
 "내 이름은 소규광이라 하네."
 그 이름을 들은 갈문혁이 한참이나 소규광을 바라보았다.
 "설마 천마성의 주인이신 천마 소규광 대협은 아니겠지요?"
 "자네 생각이 맞았네. 내가 천마 소규광일세."
 소규광이 오연히 답했다.
 이 소년의 부모에게는 자신의 이름이 피 냄새를 풍기는 공포의 대명사일지 몰라도 혈기가 오르기 시작한 이 소년에게는 그렇지 않으리라 확신했다. 그래서 하루 종일 설득 끝에 본인에게 물어보자는 청년의 부모님 말에 환한 얼굴이 된 것이다.
 그런데 그의 그러한 생각은 수퇘지 새끼 낳을 정도로 어림없는 생각이었다.
 자신의 이름만 듣고도 갈문혁은 펄펄 뛰었고, 어서 저 사람을 쫓아내라고 발광을 하며 거품을 물었다.
 놀란 소규광이 온갖 감언이설로 그를 설득해도 소용없는 일이었다.
 근 열흘을 그 집에 머무르며 소규광이 애걸복걸하고, 그런 소규광을 바라보며 애처러운 생각이 들어 마음을 바꾼 갈문혁의 부모님도 나중에는 제발 사람 하나 살리는 셈치고 제자가 되라고 빌고 또 빌었지만

정마협(正魔俠) 갈문혁(葛文赫) 177

갈문혁은 무공에 뜻이 없다는 소리만 거듭할 뿐이었다.

결국 천마 소규광이 갈문혁의 방에서 단식 투쟁에 들어갔고 아사 직전에 갈문혁의 승낙을 얻어냈다.

그의 승낙이 떨어지자 피골이 상접한 소규광이 즉시 품속에서 한 권의 비급을 꺼내놓고 후들거리는 다리로 일어서서 비급을 향해 절을 했다.

그리고는 눈물을 흘리며 외쳤다.

"이 소규광, 드디어 사부님과 조사님들의 한 맺힌 소원을 풀어드리게 되었습니다! 제자 역시 자질이 아둔하여 몇 대를 거쳐도 풀지 못했던 수라환경(修羅幻經)의 오의를 터득할 인재를 구했으니, 이젠 구천을 떠돌지 마시고 명부에 들어 편히 쉬십시오!"

그 말을 끝으로 오십 줄에 이른 천마 소규광이 기력을 잃고 혼절하고 말았다.

며칠 동안 죽과 운기조식으로 기력을 되찾은 소규광이 도살장으로 끌려가는 듯 쭈뼛거리는 갈문혁을 데리고 천마성으로 향했다.

그렇다고 해서 그 뒤로부터도 만사형통은 아니었다.

하늘이 놀랄 오성과 뛰어난 골격을 가졌음에도 불구하고 갈문혁은 무공에는 여전히 뜻이 없었다.

그 당시 마도 제일인자인 천마성의 주인 소규광이 애걸복걸하며 단식에 들어가고, 그의 금지옥엽인 소취영(蘇就英)이 울고불고 매달려야만 겨우 한 가지 후닥닥 해치우고는 소규광이 보기에는 아무짝에도 쓸데없어 보이는 바둑이나 주역 책을 들고 빈둥거렸다.

갈문혁에게 무공을 가르치느라 온갖 고초를 겪고 수없는 단식으로 몸을 버린 소규광이 딸 소취영을 맡기고 저세상으로 가버리자 비로소 사부의 사랑과 빈자리를 느낀 갈문혁이 통곡과 함께 수라환경을 익혔고 천마성의 다음 대 주인이 되었다.

비운의 절세고수 소규광은 살아생전 자신이 그렇게 보고 싶어했던 제자 갈문혁의 수라환경 성취를 보지 못했지만 저승에서는 조사들에게 큰소리를 칠 수 있게 되었다.

수라환경을 익히고 천마성의 주인이 되었어도 갈문혁의 천성은 그리 나아지지 않았다.

싸움이 일어나는 곳에서는 제일 먼저 멀찍이 도망쳐 나왔고 자식들에게도 제대로 무공을 가르치지 않았다. 그러나 단 한 가지, 큰 혈풍의 조짐이 있는 곳에서는 언제 나타났는지 항상 그가 나타나서 중재를 했으며 그 중재에 찬물을 끼얹는 자가 있으면 피아를 가리지 않고 피떡을 만들어놓았다.

그때 펼치는 그의 무공은 평소의 그와는 도저히 어울리지 않는 극악하고도 잔혹무도하기 짝이 없었다.

싸움을 하려 하던 사람들도 뜻을 꺾지 않았다가는 그의 손에 피떡이 될 것을 의심치 않았기에 얼른 표정을 바꾸고 우리한테 무슨 일이 있었느냐는 듯 사이좋게 그 앞에서 사라졌다.

그 후로 그의 별호는 정마협이 되었고 천마성은 몰려드는 마도인들과 은거 고수들로 증축에 증축을 거듭하고 그 규모가 소규광 때보다 세 배는 더 커졌다.

그 큰 세력과 많은 방문자들 중에는 자연히 갈문혁에게 대결을 청하는 사람들이 속속 생겨났고 갈문혁은 그들의 도전을 단 한 번도 마다하지 않고 다 받아주었다.

결과는 언제나 갈문혁의 일방적인 승리!

중원 어느 고수도 갈문혁과 석 점 이상의 거리를 좁히지 못하였다. 딱 한 번, 신기수사(神機秀士) 하자량(夏慈梁)이란 사람이 찾아와 석 점 접바둑에서 한 집 승을 거두었지만 그 역시 방심한 갈문혁의 허를 찔러 이겼을 뿐 다시 대결한다면 백전백패할 것이라는 말을 남기고 사라졌다.

바둑이든 노름이든 한 번이라도 이기는 맛을 본 사람만이 지속할 수 있는 법이다.

백 번을 싸워 백 번을 다 진다면 아무리 바둑광이라도 그 사람과는 다시 두고 싶지 않을 것이다.

어느 순간부터 천마성에는 손님들이 떨어졌고 더 이상 도전자도 없어 갈문혁의 말년은 한없이 쓸쓸해져 가고 있는 것이다.

엎친 데 덮친 격으로 그가 평생에 있어서 두 번째로 싫어하는 무공 전수의 일을 손녀에게 시작한 요즈음 그는 정말로 살맛이 거의 생기지 않았다.

손녀 갈미란에게 절기 하나를 가르치기 시작한 지 닷새 째, 밥맛마저 떨어져 헛숟갈질을 하던 정마협에게 식욕이 한순간에 급격히 돌아오는 소리가 들려왔다 .

웬 젊은이 하나가 자신에게 도전장을 냈다는 것이다.

"무, 무어라? 도전장? 으하하하! 내 당장 달려간다 일러라!"

갈문혁이 밥상을 걷어차려는 순간 소씨 부인의 엄한 목소리가 울렸다.

"체통을 좀 지키시오, 성주! 식사하다 말고 이 무슨 방정이오?"

소 부인의 말에 갈문혁이 반쯤 일으킨 몸을 다시 주저앉히고는 소 부인의 눈치를 살폈다. 은은한 노기가 감도는 부인의 표정을 본 갈문혁이 얼른 숟갈을 다시 들었다.
 곁에서 같이 식사를 하던 두 며느리가 웃음을 참느라 갖은 애를 썼다.
 온 세상이 무서워하는 자신들의 시아버지 정마협도 그의 부인 소취영에게는 고양이 앞의 쥐였다.
 자신의 부친인 소규광의 말년을 애걸과 단식으로 일관하게 하여 단명케 한 장본인이 남편 갈문혁인 관계로 소취영에게는 부녀 간의 조기 이별의 아픔이 가슴 한구석에 항상 남아 있었고, 아직까지도 부친이 생명을 줄여가며 가르친 무공보다 잡기에 더 관심을 보이는 남편이 한심하기 짝이 없었다.
 그런 이유와 함께 남편 갈문혁은 나이로도 자신보다 두 살이나 어렸으니 혼인을 한 그날부터 지금껏 그 엄한 자세를 단 한 번도 잃지 않았다.
 "휴우~"
 소씨 부인은 한숨을 내쉬었다.
 혹시 도전자가 기다림에 지쳐 떠나지 않을까 안절부절못하는 남편은 눈을 방문 밖으로 고정하고 숟가락을 잡은 손은 밥그릇 대신 간장 그릇으로 들어갔다가 다시 입 대신 콧구멍으로 들어가고 있었다.
 "에, 에취!"
 갈문혁이 오만상을 쓰며 콧물을 쏟자 두 며느리가 도저히 참지 못하고 배를 잡았다.
 "어이구어이구! 어서 가시구랴! 더 잡아두었다간 무슨 해괴한 꼴을 보일까 두렵소."
 소씨 부인의 말이 떨어지자마자 갈문혁은 도망치듯 문밖으로 사라졌다.

'허어! 탐나는 놈이로세!'
갈문혁은 고개를 숙이는 젊은이를 보고 나직이 감탄했다.
깎아 만든 듯한 용모와 절제된 움직임 속에서는 명문가의 엄중한 기운이 새어 나왔다. 또한 그 기운 속에서는 지독한 수련을 겪은 자만이 풍길 수 있는 야수의 냄새가 묻어 있었다.
"그래, 바둑은 얼마 동안 두었는가?"
갈문혁은 청년을 보고 물었다.
"기억 이전부터 배우고 둔 것 같습니다."
청년의 목소리가 짤막하게 끊어졌다.
"그런가? 그럼 한 십칠팔 년은 더 두었겠구먼?"
얼핏 보아도 이십 대 초반을 넘기지 않은 젊은이였다.
"그렇습니다."
"일찍부터 훌륭한 취미를 익혔구만. 앉게, 앉아. 멀쩡히 서서야 둘 수 없는 일이지 않은가?"
갈문혁은 얼른 바둑판에 다가앉았고, 다시 한 번 깊숙이 허리를 숙인 청년이 조심스레 자리에 앉았다. 그런 청년의 깍듯한 모습에 갈문혁은 약간 미간을 찌푸렸다.
저렇게 예의범절이 깍듯한 놈들은 바둑 기풍 역시 딱딱했고 그런 바둑은 재미가 덜했다. 박살이 날 때 나더라도 죽기 살기로 진퇴를 거듭하는 바둑이야말로 정녕 신명 나는 바둑이었다.
"이제껏 나하고 석 점을 놓고서 이긴 사람은 신기수사란 사람 딱 한 사람뿐이네. 그도 겨우 반 집을 이겼다네. 그러니 자네도 석 점부터 시작하는 것이 어떤가?"

 바둑판을 마주하고 앉은 갈문혁은 한없이 자애롭게 청년을 바라보며 말했다.

 "이미 깨어진 기록에는 관심이 없습니다. 두 점부터 하겠습니다."

 청년은 무 자르듯 답했다.

 '이놈 봐라?'

 갈문혁의 내심에서 투지가 타올랐다.

 "으하하, 좋아좋아! 석 점은 어쨌든 깨어진 기록이지. 하하하! 사내라면 그만한 패기가 있어야지. 두 점을 놓게."

 갈문혁의 얼굴에 기대감이 일렁거렸다.

 탁!

 따악!

 식솔들이 모두 몰려와 숨을 죽이고 쳐다보는 가운데 바둑돌을 놓는 소리만이 경쾌하게 울려 퍼졌다.

 '이크, 이런 변이!'

 갈문혁의 얼굴이 순간순간 여러 번 변하였다.

 '역시 천하의 국수다!'

 청년의 얼굴에도 갈문혁의 표정 못지않게 많은 변화가 떠올랐다 사라졌다.

 "허어!"

 "으음!"

 치열한 접전의 기운이 두 사람의 온몸에서 퍼져 나갔고 바둑을 모르는 사람들도 손에 땀을 쥐며 두 사람을 바라보고 있었다.

 '누굴까, 저 젊은이는?

소씨 부인도 이채 띤 눈으로 젊은이를 바라보았다.
남편의 저런 표정은 일찍이 본 적이 없었다.
신기수사란 사람과 둘 때도 저런 정도는 아니었다.
정말 오랜만에 남편의 표정이 살아 있는 듯했다.
곤경 속에서 활로를 찾고 활로 속에서 길을 잃고 다시 곤혹스러워하고, 그러다 무섭게 투지를 불사르며 다시 바둑판을 노려보는 남편의 눈빛은 감히 마주할 수 없을 만큼 현기를 띠고 있었다.
'누굴까, 저 공자는?'
똑같은 의문이 다른 사람에게서도 피어오르고 있었다.
정마협의 후손들 중 제일의 기재인 갈미란이었다.
그녀 역시 젊은 도전자의 얼굴에서 눈을 떼지 못하고 있었다.
자기 자신마저 잊은 듯 무섭게 바둑판을 응시하는 젊은이의 모습에서 그녀는 빨려들 듯한 느낌을 받고 있었다.
"허어, 이 친구 보게?"
갈문혁은 마침내 감탄성을 내질렀다.
굳건한 성채 안으로 과감히 뛰어든 젊은이의 흑돌이 어느새 똬리를 틀고 역으로 온 성채를 한꺼번에 노리고 있었다.
'판단 착오였나?'
깎아 만든 듯한 모습에서 그런 바둑을 예상했었기에 일찌감치 성을 짓고 물러서기를 바라고 있었는데 성벽 공격을 생략하고 아예 성 한복판에 뛰어들어 난장판을 만들고 있는 것이다.
옆에서 부인 소취영이 쓰러져도 모를 정도로 바둑판에 집중하던 갈문혁이 언뜻 미소를 피워 물고는 빠르게 손을 움직여 갔다.
'최소한의 터전은 마련해 주겠다. 대신 팔다리는 모두 잘라라!'

어느새 바둑의 형국이 그렇게 변해 있었다.

'으음!'

이번에는 청년의 얼굴에 난색이 떠올랐다.

추측 불가능한 무공으로 기행을 일삼는 최고수 중의 한 사람인 정마협의 성격이 이 한 판 바둑에서 여실히 드러났다.

'싸움을 걸어오지 않는 이상 아무도 다치게 하지 않고 성을 굳게 지킨다. 그러나 분란을 일으키는 자는 가차없이 처단한다.'

그런 뜻이 확연히 나타난 형국이었다.

'구차하게 사느니 차라리 죽고 말겠다.'

청년의 손이 무겁게 몇 번 움직이자 바둑판은 다시 우열을 가리기 힘들어졌다.

성안으로 뛰어든 대마를 팔다리뿐만 아니라 몸뚱이까지 잡을 수는 있지만 그런 후엔 성벽이 왕창 무너져 성의 반이 날아갈 형국이 되었다.

"크흠!"

흑 대마가 성안에서 고스란히 살았고, 대신 성벽 역시 한곳도 무너지지 않았다.

탁!

타악!

"내가 세 집을 이겼군!"

갈문혁은 믿을 수 없다는 듯 허탈하게 말했다.

자칫 했으면 성을 잃을 뻔한 한판이었다.

조마조마 손에 땀을 쥐던 가족들이 안도의 한숨을 쉬었다.

"그렇군요. 그럼 이젠 두 판을 내리 이겨야 하는군요."

청년은 순순히 돌을 치우며 말했다.
"무슨… 말인가?"
"삼판양승으로 하셔야지요?"
청년은 당연한 걸 왜 묻느냔 듯 시침을 떼고 말했다.
그러고 보니 단판으로 결정하자는 말은 하지 않았다.
이런 깎아놓은 도자기 같은 놈에게 시치미 뚝 떼는 엉뚱함이 있을 줄은 몰랐다.
어쨌든 눈이 번쩍 뜨이는 말이었다.
"그, 그렇지? 자고로 이런 큰 승부는 삼판양승제로 해야 맞이지. 하하하!"
갈문혁은 어린애처럼 웃었고, 한 판을 지켜보는 것만으로도 진을 다 뺀 식구들은 한숨을 쉬었다.
"무슨 큰 내기를 했다고 큰 승부 운운하시는가요? 이젠 좀 쉬세요."
소씨 부인이 볼멘소리를 질렀다.
"내기? 내기 좋지! 너무 반가이 두는 바둑이라 내기도 걸지 않았군! 젊은이, 내기 바둑 어떤가?"
갈문혁이 입술을 핥았다.
"그럼 훨씬 재미있지요!"
젊은이가 기다렸다는 듯 말했다.
'허어, 이놈 보게! 생긴 것과는 다르게 사기성과 도박성을 고루 갖춘 놈일세!'
갈문혁은 미소를 지었다.
"그래, 어떤 것으로 걸까?"
"혹시 제가 이기면 성주께서 제 부탁 하나만 들어주십시오."

"응? 그래, 그 부탁이 무엇인가?"

갈문혁의 눈이 호기심으로 반짝였다.

"그건 제가 이긴 후에 말씀드리겠습니다. 물론 성주님께나 다른 누구에게 피해를 주거나 미풍양속을 해치는 그런 부탁이라는 판단이 들면 일언지하에 거절하실 수 있습니다."

"그런 것이라면 못 들어줄 것도 없지."

갈문혁은 흔쾌히 승낙했다.

"그러세. 그럼 나도 똑같은 걸로 걸지."

그렇게 말한 갈문혁이 흘낏 눈길을 돌려 손녀딸 갈미란을 바라보았다.

할아버지의 시선이 자신의 얼굴에 꽂히는 줄도 모르고 갈미란의 관심은 온통 젊은이에게로 쏟아지고 있었다.

'흐흠, 저놈은 내가 지기를 간절히 바라고 있구먼.'

갈문혁은 씨익 웃으며 다시 바둑판으로 눈길을 돌렸다.

탁—

탁—

다시 규칙적인 소리가 방 안을 가득 메웠다.

"크흐흠!"

근 두 시진의 대결 후 갈문혁이 헛기침을 하며 소태 씹은 얼굴이 되었다. 성문이 박살나고 본채마저 위태로웠다. 성의 반을 내줄 수밖에 없었다.

그러고 나니 정확히 한 집을 지고 말았다.

"기록이 또 한 번 깨졌구먼!"

갈문혁이 탄식하자 갈미란의 얼굴에 햇살이 돌았다.

"이제 마지막 판일세. 이번 판에는 자네가 내 공격에 고생을 좀 할 걸세!"

"기대하겠습니다!"

탁—

따악—

다시 한 판이 어우러졌다.

두 사람 모두 애초에 성을 쌓는 것을 포기하고 벌판에서 치열한 백병전이 이루어졌다.

팔다리가 하나씩 잘린 몸뚱아리들이 여러 개 생겨났고 몸통마저 양단되어 처참하게 횡사한 대마도 각각 한 개씩 생겼다.

'이런 무식한 놈을 봤나!'

갈문혁이 머리를 저었다.

자신의 공격에 조금도 주저하지 않고 맞받아쳐 오는 이 녀석의 독기가 생생히 느껴지는 한판이었다.

피투성이가 된 몸으로도 맹렬히 돌진하는 그 투지에 혀를 내두르면서도 자신 역시 젊은 날로 돌아간 듯했다.

마침내,

"크하하하! 이번엔 내가 한 집을 이겼네!"

정마협이 춤이라도 출 듯 일어나다 부인 소취영을 보고 얼른 웃음을 거두었다.

보다가 지쳤는지 모두들 의자에 앉아 기력을 잃고 있었고, 소 부인 역시 질린 눈으로 자신을 흘겨보고 있었다.

그러고 보니 이번 판은 두 판을 합친 것보다 더 길었고, 까맣게 점심을 건너뛰고 어느덧 햇살이 긴 그림자를 남기고 있었다.

이겼다고 좋아할 분위기가 아니었다.

자신들은 바둑판에 온 신경을 집중시켜 도끼 자루가 썩는지도 몰랐지만 옆에서 이제나저제나 하고 지켜보는 사람들은 점심도 굶고 있었던 것이다.

삼매경에 빠진 성주를 일깨워 점심을 먹자는 소리가 도저히 나올 수 없는 분위기였고 성주를 두고 자신들끼리 점심을 먹을 수도 없었다. 어서 끝나기만을 학수고대하였지만 저녁때가 다 되어가는 지금에서야 끝이 났다.

"다른 얘기는 내일 나누기로 하고 어서들 처소로 돌아가거라. 그리고 저 젊은이도 잘 모셔라."

갈문혁이 며느리와 아들들에게 손을 저어 내보내며 젊은이를 돌아보았다.

"그런데 자네 이름이 무엇인가?"

"무수범(無秀梵)이라 합니다."

자신의 성을 없애 버린 설수범이 짤막하게 답했다.

"무수범이라? 무씨(無氏) 성도 있었던가?"

갈문혁이 머리를 갸웃거리다 소 부인의 따가운 눈총을 받고 얼른 걸음을 옮겼다.

다음날 아침 융숭한 대접을 받은 설수범이 천마성의 가족들이 지켜보는 가운데 정마협 갈문혁과 대면했다.

"그래, 잠자리는 불편하지 않았나?"

"과분한 대접이었습니다."

설수범이 고개를 숙였다.

"다행이군. 자넨 모르겠지만 여긴 잠자리가 무척 불편한……."

무심코 말을 하던 정마협이 소 부인의 눈길을 대하고는 찔끔한 표정을 지으며 얼른 말머리를 딴 데로 돌렸다.

"그건 그렇고, 분명히 어제 자네가 내기에 졌으니 이젠 약속을 지킬 차례이지?"

"물론입니다."

"가만있자, 내기의 내용이 무엇이었던가?"

정마협이 낭패한 모습으로 주위를 돌아보았.

근 십 년 만에 바둑을 두자고 찾아온 방문자였기에 너무 기뻐 밥이 코로 들어가는지 입으로 들어가는지 모를 정도로 흥분하여 정작 내기의 내용은 새겨듣지 않았다.

"할아버지도 참! 지는 사람이 서로에게 한 가지 부탁을 들어주기로 하셨잖아요."

갈미란이 웃음을 참으며 일깨워 주었다.

"아하, 그렇군."

갈문혁이 이제야 생각난다는 듯 고개를 끄덕였다.

"그런데 말일세, 자네가 날 이겼으면 무슨 부탁을 하려고 했나?"

"그건 이젠 아무 의미 없는 일입니다."

설수범이 미련없다는 듯 답했다.

'그참, 볼수록 탐나는 놈일세.'

군더더기 하나 없는 설수범의 행동을 바라보며 갈문혁이 다시 한 번 감탄했다.

"뭐, 그리 야박할 것 있나? 어려운 부탁이 아니라면 내 들어주지. 내기야 바둑이 재미있으라고 하는 것이지 내기를 위해 바둑을 두는 것은 아니지 않은가?"

정마협이 다시 바둑판으로 눈이 가며 입맛을 다셨다.

"이 양반이 어디다 눈길을 두는 건가요?"

소 부인의 일침을 받고야 갈문혁의 시선이 다시 설수범에게로 모아졌다.

"말해 보게, 무슨 부탁인지?"

설수범이 잠시 망설였다.

"비무를 한 번 청하고 싶었습니다."

"허어!"

이곳저곳에서 탄성이 울려 퍼졌다.

당금 무림에서 정마협의 일 초를 제대로 받아낼 수 있는 사람은 다섯을 채 넘지 않을 것이다. 그런데 약관을 겨우 넘긴 것 같은 청년이 비무를 청하다니?

"나하고 비무를 하고 싶다 그 말인가?"

이채를 띤 눈빛으로 정마협이 물었다

"감히 그런 생각은 하지 않았습니다."

"그럼 그렇지!"

갈문혁의 아들들과 사위들이 고개를 끄덕였다

"그럼 누구와 비무를 하고 싶단 말인가?"

"성주님의 사사를 받은 사람들 중 저와 비슷한 나이에 있는 사람과 한번 비무를 해본다면 큰 깨달음을 얻으리라 생각합니다."

"내가 직접 하는 것이 아니라면야 그런 것쯤은 어려운 일이 아니라네. 난 자네같이 혈기 왕성한 젊은이가 싸움을 하자면 더럭 겁부터 먼저 나니까 말일세."

정마협이 정말 겁이 난 듯한 얼굴로 말하자 소 부인이 소태 씹은 얼굴로 한숨을 내쉬었다.

"내 사사를 받은 사람 중에서 자네 또래라면? 미란이 저놈밖에 없는데……. 어떠냐, 미란아? 며칠 전부터 배우기 시작한 구중천마검(九重天魔劍) 성취도 보여줄 겸 네가 한번 해보겠느냐?"

"할아버지도 참! 그건 시작한 지 닷새밖에 되지 않았다구요. 그리고 그동안 오늘은 잠이 와서 안 되겠다, 오늘은 배가 고파서 안 되겠다, 오늘은 어깨가 시려서 안 되겠다 하시며 삼 일은 빼먹었잖아요!"

갈미란이 투정 섞인 소리를 질렀지만 눈동자에는 강한 의욕이 서려 있었다.

"그래도 어쩔 것이냐? 나에게서 직접 사사를 받은 저 청년 나이 또래는 너밖에 없는걸!"

어떻게 해서라도 저 청년의 부탁을 들어주면 혹시라도 바둑 한 판을 더 둘 수 있을 것이라는 바람으로 갈문혁이 슬쩍 바둑판을 쳐다보고는 갈미란을 다시 쳐다보았다.

갈미란은 갈미란대로 비무를 하게 되면 싫든 좋든 서로를 쳐다보게 되고 그 비무 시간 동안은 저 선풍옥골의 청년을 혼자 독차지할 수 있다는 생각에 못 이기는 척 할아버지의 제의를 받아들였다.

"좋아요, 할아버지. 대신 오늘부터는 구중천마검을 하루도 빠지지 않고 가르쳐 주셔야 해요?"

"오냐오냐, 알았다."

갈문혁이 기꺼이 답했다.

손녀 갈미란과 두는 여덟 점 접바둑과 저 청년과 두는 두 점 접바둑의 재미는 그야말로 태양 빛과 반딧불 빛의 차이였다. 그 재미를 한 번이라도 더 맛볼 수 있다면 이제부터는 요령 부리지 않고 손녀딸 갈미란에게 견마지로를 다할 생각이었다.
"아이구아이구, 손녀딸 팔아 바둑판 살 사람이오, 당신은."
소씨 부인이 가슴을 두드리며 처소로 사라졌지만 아랑곳하지 않은 갈문혁은 손녀딸과 설수범을 내몰 듯 연무장으로 인도했다.

설수범과 갈미란이 연무장에 도착했을 때는 언제 소문이 퍼졌는지 수많은 사람들이 연무장 주변을 메우고 있었다.
'대단하다!'
설수범이 내심 감탄성을 질렀다.
마도제일성 천마성은 규모로 따져도 한 개의 작은 고을을 방불케 했다. 그런고로 그 안에 있는 인원도 한 고을의 인원과 맞먹을 정도였다.
그런 인원들이 군집한 곳이었기에 좋은 구경거리가 생긴 오늘 천마성 내의 사람들이 순식간에 연무장 주변으로 구름처럼 모여들었다
그러나 설수범이 정작 놀란 것은 그 인원수가 아니라 그들 모두에게서 풍기는 기운이었다.
자신들이 모시는 성주의 분위기가 그대로 몸에 배었는지 느릿느릿 어슬렁거리며 동네 건달처럼 무질서하게 모여 있었지만 언제 어떤 순간에도 명령만 내린다면 순식간에 시퍼렇게 날이 선 검으로 변할 수 있는 사람들이었다.
진정으로 무서운 사람들은 저런 사람들이었다.
몸에 힘을 싣는 데는 일 년이 걸린다면 그 힘을 빼는 데는 십 년이 걸린다고들 한다.

시퍼렇게 갈아놓은 칼을 들고 칼의 일부분이 되었을 때 자신은 한 자루 칼처럼 첨예한 예기를 뿜을 수 있었다. 그러나 그 예기를 몸속에 녹여서 부드러움으로 간직하는 데는 아직 요원함을 느꼈다.

그 요원하게 느껴지는 부드러움이 천마성 안에서는 넘쳐 나고 있었다.

무서운 곳이라는 느낌이 들었다.

언제 무엇으로도 변할 수 있는 저 부드러움이 잘못 물꼬를 틀어 한꺼번에 터져 나온다면 어떻게 될까?

넘칠 듯 출렁거리는 만수위의 물들을 한 방울도 흘리지 않고 굳건히 가두고 있는 정마협 갈문혁이야말로 희대의 영웅이라는 생각이 들었다.

"우리 무법자 아가씨가 그새 몰라보게 자라셨구만. 이젠 시집가서 아들 딸 쌍둥이를 낳아도 되겠어."

건들거리며 연무장 주변에 서 있던 한 노인의 목소리에 와자지껄 웃음이 터져 나왔다.

"우괴(禹怪) 할아버지는 평생 여자 손목 한번 못 만져 봤으면서 뭘 안다고 그러세요?"

갈미란이 꽥 하고 날카로운 소리를 지르자 더 큰 웃음소리들이 연무장 주변을 울렸다.

"흘흘, 유마칠검(幽魔七劍)을 가르쳐 달라고 졸졸 따라다니던 때는 온갖 아양을 다 떨더니 그걸 끝내자마자 금방 배신을 때리는군."

우괴라는 노인이 입맛을 다시며 중얼거리다 갈문혁의 찌푸린 눈살을 보고는 아차 하는 표정이 되었다.

"저놈에게 유마칠검을 가르쳐 준 사람이 우 장로였소?"

"이크, 이런……. 방정맞은 주둥아리 하고는……."

우괴가 찔끔거리며 자기 입을 때렸다.

"이것저것 잔뜩 가르쳐 놓아 어떤 놈도 근처에 오지 않으면 우 노인이 책임질 것이오?"

정마협 갈문혁이 미간을 좁히자 우 노인이 얼른 화살을 다른 데로 돌렸다.

"어허, 이거 왜 나한테만 그러시오? 저기 저 감(甘) 노괴는 나보다 일 년 먼저 란아에게 광마십종절예(狂魔十種絶藝)를 가르쳤거늘……."

"저런, 저 고약한 늙은이……. 난 왜 끌고 들어가는 겐가? 에잉! 나 잇살이나 먹어가지고 애들처럼 고자질은……."

감 노괴라 불리는 노인이 오만상을 찌푸리며 고함을 질렀다.

"두 분 장로들, 정말 노망이 드신 게요? 내 되도록 아녀자에겐 무공 같은 건 가르치지 말라고 그리 일렀건만 정말 망령이 든 게 아니오?"

정마협 갈문혁의 책망에 하늘만 쳐다보며 입맛을 다신 감 노인이 시선을 돌려 갈문혁을 쳐다보았다.

"그러는 성주께서는 어찌하여 요 며칠 도살장에 끌려가는 견공처럼 끌려다니며 란아에게 껍질을 벗고 계시는지요?"

"크흐흠……."

갈문혁이 얼른 감 노인의 시선을 피하며 헛기침을 하였다.

'머리가 어지럽군.'

설수범이 고개를 가로저었다.

주인이나 가솔들이나 한 치 치우침이 없는 괴물들이었다.

"어서 연무장으로 나가지 않고 뭘 하나, 자네?"

말문이 막힌 갈문혁이 설수범에게 냅다 고함을 질렀다.

정마협(正魔俠) 갈문혁(葛文赫) 195

설수범이 천천히 연무장 가운데로 나서자 영원히 멈출 것 같지 않던 소란이 일시에 뚝 그치고 순식간에 귀기 어린 정적이 감돌았다. 뒤이어 무복 차림의 갈미란이 다람쥐처럼 가볍게 연무장 가운데로 올라왔다.

팽팽한 긴장감이 두 사람 사이에 펼쳐지자 갈문혁이 그 긴장을 지우려는 듯 한마디 했다.

"조심하게. 내 아들, 손자들은 모두 날 닮아서 무공을 싫어하는데 뭘 잘못 먹었는지 유독 저놈만이 지독한 무공광일세. 아마 쉽지 않을 것이야."

갈문혁의 그런 주의가 아니더라도 충분히 그 사실을 짐작할 수 있는 설수범이 묵묵히 고개를 끄덕이고는 갈미란을 응시했다.

'쉽지 않은 상대다!'

어린 소녀에게서 뿜어져 나오는 예기라고는 도저히 믿기지 않는 기운이 갈미란의 몸에서 뿜어져 나왔다.

'한 마리 야생 늑대 같아!'

갈미란 역시 마주한 설수범에게서 풍겨오는 강한 기운을 느끼고는 긴장감이 온몸을 감싸는 것을 느꼈다.

할아버지 갈문혁에게 바둑을 두고자 찾아와 깍듯한 예의와 함께 바둑을 둘 때는 영락없는 명문가의 서생 같았다. 아무 부족한 것 없이 자라 잡기에 능한 한심한 청년 같았는데 짧은 바둑 실력으로나마 그 사람의 기풍을 살펴보니 설사 대호라 하더라도 무서워하지 않고 싸우는 야수의 기질을 가지고 있었다. 그리고 내기의 조건이 마도제일성인 천마성 사람과의 비무였다.

요 근래 몇십 년 동안 천마성에 비무를 청한 사람이 있었던가?

백도의 인물들은 천마성 근처에 오는 것만으로도 사문을 배반한 것과 같은 행동으로 여겼고 사마의 사람들에게 천마성은 감히 비무니 하는 말은 함부로 입에 올리지도 못하는 태산북두였던 것이다.
　그런 곳에 단신으로 찾아들어 천하의 국수인 할아버지에게 누구도 해낸 적이 없는 두 집 접바둑으로 한 판을 이겼다. 그것만으로도 향후 몇십 년 동안은 세인들의 입에 오르내릴 것이고 대신 신기수사란 이름은 서서히 잊혀져 갈 것이다.
　"서로 감탄들은 그만 하고 이젠 겨루어보는 게 어떻겠나?"
　갈문혁이 흥미진진한 얼굴로 두 사람을 채근했다.
　"아무래도 제가 몇 살 더 어린 것 같으니 먼저 공격하겠어요. 부디 조심하세요."
　갈미란이 칼을 빼 들었다.
　"소저도 조심하시오."
　설수범도 칼을 한 손에 들고 조용히 갈미란을 마주 보았다.
　"하잇―"
　갈미란의 검이 횡으로 설수범의 가슴을 쓸어왔다. 상대에게 예를 차리는 다분히 형식적인 검초였다.
　땅!
　설수범도 직선으로 칼을 들어 단순하게 막아갔다.
　'우웃!'
　설수범이 손목에 전해지는 압력에 움찔 놀라며 내력을 돋우었다.
　형식적으로 가볍게 쳐오는 검이었지만 그 안에 담긴 내력은 결코 만만치 않은 것이었다.
　"흐음!"

정마협(正魔俠) 갈문혁(葛文赫)　197

두 사람의 칼 부딪치는 소리가 예사롭지 않음을 느낀 구경꾼들이 감탄사를 흘렸다.

한번 그렇게 칼을 맞대고 예를 차린 갈미란이 훌쩍 뒤로 한 발 물러서자 설수범도 똑같이 뒤로 물러섰다. 이젠 본격적으로 자신의 절기와 갈고닦은 실력들이 나올 참이었다.

갈미란이 칼을 들어 수직으로 세운 후 천천히 뒤로 돌렸다. 그리고 그 칼이 상체 뒤로 숨어 설수범의 시야에서 완전히 사라지는 순간 번쩍하고 다시 튀어나왔다.

'지독한 환검(幻劍)이다!'

설수범은 순간적으로 판단했다.

칼을 등 뒤로 돌려 배검식(背劍式)의 자세를 취하며 펼치는 검법은 십중팔구는 저런 식의 어지러운 검법이었다.

칼끝의 초기 움직임을 숨긴 채 갑자기 어지럽게 젖혀드는 검법에 당황하여 덜컥 마주해 나갔다가는 상대의 칼은 기다렸다는 듯이 허초를 남기고 마중 나온 칼의 빈 곳을 찔러오게 마련이다.

무수한 실전 경험에서 설수범은 그런 칼의 모습을 파악하고 있었다.

'지금이다!'

어지럽게 불어닥치는 갈미란의 칼바람에도 만근석처럼 미동도 않던 설수범이 어느 순간 쾌속하게 칼을 쳐 올렸다.

까강—

상대가 말려들기를 기다리며 무수한 허초와 변초를 뿌렸던 갈미란의 칼이 실초를 전개하는 순간 설수범의 중검(重劍)이 아래에서 위로 무섭게 쳐 올라왔다.

화려한 변초를 구사한 후 표홀하게 실초로 돌아서던 갈미란의 칼은 무거운 몽둥이에 부딪친 듯 위로 튕겨져 올랐다.

'아앗!'

정확히 실초를 간파당하고 튕겨 나간 칼에 주춤하는 갈미란의 어깨 어림으로 무섭게 쳐 올리던 설수범의 칼이 방향을 바꾸어 베어들었다.

튕겨진 칼을 거둬들이기도 전에 어깨로 날아드는 설수범의 칼을 보고 일순 당황하던 갈미란의 신형이 거짓말처럼 설수범의 코앞에서 사라졌다. 그러나 사라졌다고 느낀 사람은 설수범 혼자일 뿐이고 옆에서 쳐다보는 사람들의 눈에 들어온 갈미란의 신형은 설수범의 칼이 어깨로 날아드는 순간 쌍파각(雙破脚)의 수법으로 양다리를 일자로 찢으며 아래로 주저앉아 곧바로 설수범의 무릎을 공격했다.

실로 시기 적절한 임기응변이었다.

다리를 굽히고 상체를 숙여 설수범의 칼을 피했다면 겨우 수비만 하는 정도로 그쳤을 것이고 그것을 예상하고 재차 날아드는 설수범의 칼을 다시 막기에 급급했을 것이다. 그러나 상체의 흔들림은 조금도 없이 쌍파각으로 꺼지듯 주저앉았기에 수비와 동시에 공격할 기회를 잡은 갈미란이 설수범의 무릎을 향하여 칼을 휘둘렀고 신속한 갈미란의 대응 공격에 설수범은 어렵게 잡은 선기를 활용해 보지도 못하고 훌쩍 뛰어 물러날 수밖에 없었다.

설수범이 물러나자 갈미란이 일자로 바닥에 붙였던 다리를 끌어당겨 솟아오르듯 일어섰다.

"정말 기막힌 임기응변이다. 역시 란아다!"

여자의 유연한 신체적 특성을 십분 이용하여 상대의 예상을 뒤엎는 수법을 펼친 갈미란을 보고 누군가가 칭찬을 하였다.

"크흠!"

갈문혁이 다시 헛기침을 했다.

방금 손녀 갈미란이 펼친 어지러운 검법은 설산신마(雪山神魔) 명기해(冥基解)의 절기인 설운검법(雪雲劍法)이었다.

눈발이 휘날리듯 어지러운 검초를 자랑하는 설운검을 갈미란에게 몰래 가르친 사실이 백일하에 드러난 명기해가 갈미란을 칭찬하다 갈문혁의 기침 소리를 듣고는 얼른 입을 다물었다.

"대단하다! 그 짧은 순간에 어지럽기 짝이 없는 설운검의 변초와 허초를 파악하고 정확히 실초를 쳐내다니 정말 대단한 놈이다. 저놈, 아무래도 이길 것 같다. 아니, 이길 것이야."

누군가의 탄성이 다시 터져 나왔다.

"이런, 정신 나간 늙은이. 지금 누구 편을 드는 겐가?"

한차례 격돌이 이루어지고 두 사람이 숨을 고르자 이곳저곳에서 경탄이 터져 나왔다.

한쪽은 설산신마의 절기를 눈 하나 깜짝 않고 쳐다보다 변초와 허초가 끝나고 그 검이 지척에 다다랐을 때 쾌속무비하게 검을 쳐내는 청년의 담대함에 혀를 내둘렀고, 다른 한쪽은 무섭게 떨어져 내리는 청년의 검을 극히 짧은 순간 본능적인 임기응변으로 무위로 돌린 갈미란의 솜씨를 칭찬했다.

'저놈, 용병부대에 몸담았던 놈이군!'

정마협 갈문혁이 설수범을 유심히 쳐다보며 생각했다.

칼이 지척에 오기까지 눈 하나 깜짝 않으며 죽음마저 도외시한 채 바라보다 자신의 신체에 가장 가까이 다가온 칼부터 쳐내는 모습은 전장에서 다수를 한꺼번에 상대하는 칼부림이었고, 마지막 순간에 마주쳐 가던 무서운 검격 역시 갑옷과 병기를 한꺼번에 가르는 치열한 전

장에서 휘두르는 칼이었다.

　지켜볼수록 기이한 놈이었다.

　잘 닦여진 서생 같은 놈이 어찌하여 인간 말종들이 최후로 선택하는 용병부대에서 몸을 굴렸더란 말인가? 그리고 그런 곳에서 뒹굴던 놈이 바둑은 언제 둘 시간이 있어 지금까지 만난 사람들 중 최고의 실력을 가지고 있는 것인가?

　갈문혁의 눈빛이 아무도 모르게 점점 가라앉고 있었다.

　"정말 훌륭하오. 하마터면 다리를 잃을 뻔했소."

　숨을 고른 설수범이 감탄 어린 표정으로 갈미란을 바라보았다.

　"저 역시 그렇군요. 그런 무지막지한 방법으로 수비와 공격을 동시에 하리라고는 생각지 못했어요."

　"사실 좀 긴장했었소. 그러다 보니 나도 모르게 힘이 들어갔소."

　설수범이 다시 칼을 고쳐 잡자 갈미란 역시 긴장을 풀지 못하고 신중하게 칼을 들었다.

　"타앗!"

　이번에는 설수범이 선제공격을 하였다.

　쉬이익!

　"저, 저 날도둑 놈!"

　설산신마 명기해가 눈을 부릅뜨고 고함을 질렀다.

　자신의 절기인 설운검의 일부 초식이 설수범의 칼끝에서 흉내 내어지고 있었다. 갈미란과 한차례 격돌에서 갈미란이 휘두른 설산신마의 설운검을 설수범이 그대로 따라 하고 있는 것이다.

　비록 설운검 안에 담긴 진력의 조절을 알지 못했기에 이곳저곳에서 끊김과 엉뚱한 방식의 변초가 펼쳐졌지만 누가 보아도 그것의 뿌리는 설운검이었다.
"저놈, 저놈 좀 누가 말려라!"
설산신마 명기해가 입에 거품을 물었다.
검로 중간중간의 연결 고리가 여전히 어색하고 힘 조절에 있어 부분부분 얼토당토않는 곡해의 소지가 있었으나 초식 면에서는 한 조각도 흘리지 않고 펼쳐지는 자신의 절기에 설산신마는 눈 뜨고 코 베어가는 심정이 되어서 안절부절못했다.
"놀랍군요!"
갈미란이 나직이 소리치며 설수범이 모방한 설운검의 초식을 다시 한 번 펼쳐 갔다.
땅땅! 따다다당!
두 개의 칼이 한 치의 오차도 없이 톱니바퀴처럼 맞물려 움직였다.
"점점 정교해지기까지 하는군요."
갈미란이 재미있다는 듯 한 번 더 설운검의 초식을 펼쳤다.
설수범이 역시 똑같은 칼을 휘둘렀다.
"아이고아이고, 내 설운검!"
설산신마 명기해가 넋을 놓았다.
칼을 휘두르는 사람이라면 누군가의 칼을 보고 그 검법이 어떤 것인지는 몇 번의 칼놀림만 보아도 구별할 수가 있었다.
각각의 검법에는 중후(重厚)함과 표홀(飄忽)함, 진퇴(進退)와 공수(攻守)의 자세에 독특한 형식이 있었기에 전체적인 흐름을 보고 칼을 구별하는 것은 어려운 일이 아니다. 그러나 눈이 쫓아가지 못할 만큼 빠른 각각의 검결을 한순간도 놓치지 않고 머리 속에 집어넣어 순식간에 그대로 펼쳐 낸다는 것은 불가능한 일이다.

수십 년 이상을 검에 미쳐 검신(劍神)의 경지에 오른 사람이라면 몇 번의 견식만으로도 그 흐름을 읽고 머리 속에 기억하기보다는 몸이 자연스럽게 그 검로를 따라 움직이는 일은 있을 수 있다. 그런 사람들이라면 충분히 가능한 일이다.

그러나 현 무림에 그런 사람들이 몇이나 될까.

온 세상을 다 뒤져 단 한 명의 은거 고인도 남김없이 끌어낸다면 너댓 명은 나오겠지만 저런 새파란 젊은이에게서는 있을 수 없는 일이다.

설산신마 명기해는 속이 탔다.

갈미란이 설운검의 남은 초식마저 펼쳐서 저놈에게 견식시켜 준다면 구배지례는커녕 눈 한번 마주친 적 없는 놈에게 자신의 검초가 고스란히 넘어가는 것이다.

그러나 갈미란은 그렇게 멍청하지 않았다.

엇물린 듯 하나가 되어 움직이던 두 칼이 어느 순간 다시 두 개로 분리되더니 갈미란의 칼이 색다른 모습으로 맹렬히 회전하기 시작했다.

"그럼 유마칠검도 한번 막아보세요."

휘리릭!

갈미란이 고함 소리와 함께 우괴라 불리던 노인의 유마칠검을 펼쳐 나갔다.

유마칠검은 우괴 우승곽(禹乘郭)이 노년에 들어 절치부심으로 창안해 낸 자신만의 절기였다.

사부로부터 익힌 유환마검(幽幻魔劍) 삼십육 초식을 간결한 유마칠검으로 재창안하고 산이 떠나가라 포효하였던 것인데 어릴 때부터 업어 키운 갈미란의 온갖 아양과 칭얼거림 섞인 애원에 그만 항복하고 가르쳐 준 것이다. 그것이 지금 갈미란의 손에서 펼쳐졌다.

'설마 내 유마칠검까지 간파하려고?'

우괴 우승곽이 반신반의했다.

유환마검 삼십육 초식이 일곱 개의 초식으로 줄면서 각 초식에는 훨씬 많은 변화와 압축된 검로가 담겨져 있는 것이다. 그것을 정확히 간파하고 그대로 펼친다는 것은 자신의 상식으로는 도저히 불가능했다.

쨍쨍쨍!

갈미란이 유마칠검의 몇 초식을 어지럽게 펼쳐 가자 설수범은 현란한 유마칠검에 대항할 길을 찾지 못하고 연신 뒤로 물러섰다.

"그럼 그렇지!"

우승곽이 명기해를 쳐다보며 득의양양한 표정을 지었다.

'설운검 정도야 흉내 내겠지만 감히 유마칠검까지 흉내 내는 것은 언어도단이지!'

우승곽이 느긋이 미소 지었다.

우승곽의 그런 판단을 증명이라도 해주듯 설수범은 두 번이나 펼쳐진 갈미란의 유마칠검 전 삼초식을 따라 하지 못하고 방어에만 급급했다.

'호호! 아무래도 설운검보다는 초식 면에서 훨씬 난해한 유마칠검은 어렵겠지!'

설미란도 보일 듯 말 듯 미소 지었다.

날카롭고 서릿발 같은 강맹함에서는 설운검이 앞섰지만 현란하고 복잡한 검로에 있어서는 유마칠검이 두 배는 더 난해했다.

설운검의 전(前) 초식을 도둑맞은 갈미란이 이번에는 더욱 복잡한 검초를 내재한 유마칠검으로 설수범을 상대하자 설수범은 따라 하지 못하고 수비에만 치중했다.

'이것까지 따라 한다면 사람도 아니지.'

갈미란이 유마칠검의 남은 사초를 펼쳐 비무를 매듭 지으려 했다.

유마칠검의 삼초식까지는 현란함과 함께 상대의 검을 그물처럼 얽어매는 수비식이 강한 반면 남은 사초부터 칠초까지는 옭아맨 상대의 칼 속을 헤집고 들어가 승부를 결정짓는 초식이었다.

휘리릭!

강맹함과 날카로움이 훨씬 짙어진 나머지 사초의 검결이 펼쳐졌다.

까강! 깡!

설수범의 상체가 위태롭게 움직이며 가까스로 유마칠검을 막아갔다.

유마칠검의 모든 검초가 펼쳐졌을 때 설수범의 상의 곳곳에는 갈미란의 칼끝이 스친 흔적이 고스란히 남아 있었다.

"과연 정마협의 손녀딸답다. 크헤헤, 키키키!"

우괴 우승곽이 괴소를 터뜨리며 설산신마 명기해를 바라보자 명기해의 얼굴이 똥색이 되었다.

"소저가 이겼소. 정말 마도제일성 천마성의 후예답소."

설수범이 포권의 지으며 말하자 갈미란도 방긋 웃으며 답했다.

"아니에요. 무공자님께서 사정을 봐주셔서 나온 결과이지 결코 제 실력이 월등해서가 아닙니다."

승자의 아량에서 겸손의 말을 내뱉었지만 갈미란의 표정에서는 승리의 기쁨이 흘러넘쳤다.

"아이구, 이 녀석! 천하의 응석받이가 이젠 일류고수가 되었구나."

우괴 우승곽이 비무대로 달려나와 갈미란의 어깨를 두드렸다.

"크흐흠!"

한참 동안 갈미란과 우괴가 기쁜 표정을 감추지 못하고 주접을 떨자 정마협 갈문혁이 떨떠름한 표정으로 비무대 중앙으로 천천히 걸어나왔다.

"그래, 유마칠검의 초식을 모두 기억한 소감이 어떤가?"

정마협의 나직한 목소리가 사방으로 울려 퍼지자 웅성거리던 구경꾼들의 소란이 멎었다.

"설운검은 몇 초식밖에 못 외웠으니 명 장로에게는 절할 필요가 없겠지만 유마칠검은 처음부터 끝까지 깡그리 외웠으니 여기 그 검법을 창안한 우 장로에게는 구배지례는 몰라도 절 한 번 정도는 올리는 것이 최소한의 예의가 아니겠나?"

정마협이 정색을 하고 설수범을 쳐다보자 설수범이 난감한 표정을 지었다.

"무슨 말씀이세요, 할아버지? 무 공자님이 유마칠검을 다 외웠다니요?"

갈미란이 영문을 모르겠다는 듯 정마협을 바라보며 눈을 깜박거렸다. 아울러 우승곽의 눈동자도 이리저리 움직이며 정마협을 바라보았다.

"바둑을 두면서 느낀 자네의 성정은 치밀하고 능수능란했지만 간교하거나 음흉하지는 않았네. 설마 유마칠검을 외우지 못했다고는 하지 않겠지?"

정마협이 다시 한 번 날카롭게 쏘아보자 포기한 듯 한숨을 내쉰 설수범이 우괴에게 절을 올렸다.

"이, 이놈이 미쳤나?"

우승곽이 펄쩍 뛰어 뒤로 물러서며 고함을 질렀다.

"성주, 저놈이 왜 저러는 것이오? 그리고 성주의 말은 대체 무슨 뜻이오?"

우승곽이 오만상을 쓰며 정마협을 쳐다보았다.

"말 그대로 저 청년이 우 장로의 유마칠검 초식을 모두 외웠소. 그러니 구배지례는 몰라도 절 한 번쯤 하는 것이 도리라 생각한 것이오."

정마협의 말이 끝나자 좌중이 찬물을 끼얹은 듯 조용해졌다.

"말도 안 되오!"

우괴가 펄쩍 뛰었다.

"그래요, 할아버지! 처음 펼쳤던 설운검은 한 번 만에 엇비슷하게 따라했지만 유마칠검은 두 번이나 펼쳐도 따라 하지 못했어요. 그런데 어찌……."

갈미란의 얼굴이 발갛게 달아올랐다.

"저 녀석은 애초에 네 상대가 아니었다."

정마협이 짤막하게 말했다.

"할아버지, 정말……."

"내 눈을 믿지 못하겠다는 말이냐?"

정마협이 무섭게 쏘아보자 갈미란이 울상이 되어 눈을 바닥으로 내렸고, 갈미란 못잖게 반항적인 모습으로 정마협을 쳐다보던 우괴도 찔끔 고개를 돌리고 평소에는 전혀 관심없던 먼 산의 풍경에 관심을 집중시켰다.

평소에는 엉뚱하기 짝이 없고 소씨 부인에게 쩔쩔매며 시도 때도 없이 도살장으로 끌려가는 견공 같은 모습을 보여주는 정마협이었지만 때때로 이런 눈빛을 지을 때는 그 누구도 범접할 수 없는 기운이 폭사된다.

그런 기운이야말로 좋은 말로 하면 마도의 모든 기인들이 모인 곳이고 나쁜 말로 하면 천하 모든 괴물들의 집합소인 천마성의 둑이 터져 나가지 않게 굳건히 받치는 버팀목이었다.

"왜 저 청년이 유마칠검의 전 삼초를 두 번이나 견식하고도 설운검을 펼쳤을 때처럼 따라 하지 않은 줄 아느냐?"

갈미란이 아무 말도 하지 못했다.

"저 청년은 유마칠검이 총 칠 초식의 검법임을 알았기 때문이다."

"그걸 어떻게?"

"네가 그것을 펼치며 '그럼 유마칠검도 한번 막아보라' 고 외치지 않았더냐? 그러니 총 칠초식의 검법임을 알았을 것이고, 전 삼초식을 두 번이나 견식하고도 펼치지 않은 것은 그랬다간 설운검처럼 다음 초식을 보여주지 않고 숨겨 버릴 것이라 생각했기 때문일 것이다."

정마협의 말이 끝나자 우괴가 붉으락푸르락한 얼굴로 설수범과 정마협을 바라보며 뒷간 못 간 강아지처럼 안절부절못했다.

"그럼 저놈은 내 유마칠검을 고스란히 삼키기 위해 꾹 참고 몰리기만 했단 말이오, 성주?"

"그렇소, 우 장로. 몇 초식인지 알지 못했다면 지지 않기 위해서라도 맞받아쳤겠지만 칠초식임을 안 이상 조금만 더 기다리면 사초식이 더 펼쳐질 것이고, 그럼 완전한 유마칠검의 초식 전체를 머리 속에 넣는 것이니 조금 꼴사납게 몰리더라도 감수한 것이지요."

"이런 말도 안 되는……."

우괴가 수긍할 수 없다는 듯 고함을 질렀다.

"말이 안 되기는 애초에 설운검의 검로를 순식간에 외우고 흉내 낼 때부터였소. 그리고 두 점 접바둑으로 나를 이겼을 때부터이기도 하고……."
"세상에 그런……."
정마협의 말에 이곳저곳에서 탄성이 터져 나왔다.
"무서운 놈이긴 하지만 설운검 따위와 내 유마칠검을 어찌 비교한단 말이오?"
우승곽의 불신은 여전히 굳건했다.
"무어라? 저, 저 미친 늙은이! 그래, 오늘 둘이서 사생결판을 내보자. 누구 검법이 더 무서운지 백일하에 시시비비를 가려보잔 말이다."
설산신마 명기해가 거품을 물었다.
"이, 이놈! 정말이더냐? 네놈이 정말로 내가 말년에 몇 년을 감수하며 만든 유마칠검을 깡그리 도둑질했단 말이냐?"
우괴가 설수범의 멱살을 잡고 흔들었다.
"훔친 적은 없소! 단지 칼날의 움직임만을 기억했을 뿐이오!"
설수범이 차분히 가라앉은 눈으로 답했다.
"믿을 수 없다, 이놈! 그게 어찌 만든 검법인데 그걸 껍질도 안 벗기고 홀랑 털어 넣었단 말이냐?"
우괴가 한참을 더 펄펄 뛰다가 한심한 듯 쳐다보는 정마협의 눈길을 대하고는 헛기침을 하며 겨우 진정했다.
"펼쳐 보거라!"
우괴가 더없이 비장한 표정으로 말했다.
"어서! 이 날강도 같은 놈아!"
설수범이 움직이지 않자 우괴가 당장이라도 달려들듯이 고함을 질렀다.
"휴……."

나직이 한숨을 쉰 설수범이 어쩔 수 없다는 듯 칼을 들었다.

잠시 눈을 감고 검로를 떠올린 설수범이 칼을 뽑아 어지럽게 휘둘렀다.

"일초식!"

"이초식!"

유마칠검이 한 초식 한 초식 펼쳐질 때마다 노괴들의 목소리가 고소하다는 듯 울려 퍼졌고 우괴의 표정은 일곱 자식의 목이 하나하나 떨어져 나가는 듯 애석해했다.

"육초식!"

"치이이일~초!"

유마칠검의 칠초식이 모두 끝났다.

검로에 담긴 호흡과 진기의 흐름을 모르고는 제대로 된 동작이 나올 수 없는 몇 군데를 제외하고는 초식 면에서는 거의 다 외운 것 같았다.

"아이고아이고, 내 자식! 생때같은 내 자식!"

우괴가 땅바닥에 주저앉아 통곡했다.

"크헤헤헤, 이놈, 우괴야! 난 그래도 전반부 몇 개만 도둑맞았지만 네놈은 유마칠검의 초식을 껍질도 안 벗기고 홀랑 도둑맞았구나! 우헤헤헤!"

우괴의 불행은 곧 자신의 행복이란 듯 설산신마 명기해가 요절복통했다.

"썩 꺼지거라, 이 노괴 놈! 삼십 년 정리라는 것이 겨우 이 정도였더냐? 생때같은 내 자식을 도둑맞았는데 네놈 입에서는 웃음이 나오느냐?"

우괴가 연무장 바닥에 주저앉은 채 신발짝을 설산신마에게 던졌다.

"이런 미친 늙은이, 어디다 화풀이야?"

날아오는 신발을 피하며 설산신마가 여전히 고소한 미소를 지우지 못했다.

"과분한 대접 잘 받았습니다. 그럼 소생은 이만."

설수범이 정마협을 향하여 깊숙이 고개를 숙이고는 등을 돌렸다.

마음 같아서는 몇 번 더 비무를 하여 마도의 무공을 견식하고 싶었으나 천고의 기재 정마협이 자신의 의중을 간파한 이상 그 생각은 접어야 했다.

"이런 죽일 놈!"

우괴의 고함이 들리는가 싶더니 그 자리에서 흐릿하게 사라진 우괴의 신형이 설수범 앞에 섰다.

"내 무공을⋯ 내 말년에 죽을 고생을 하고 익힌 내 유마칠검의 초식을 깡그리 싸들고 그냥 가겠다는 말이더냐? 이런 천하에 다시없는 도둑놈 좀 보게?"

우괴의 눈이 광기로 이글거렸다.

'일이 이상하게 풀리는군.'

설수범이 난감한 표정을 지었다.

보지 않았으면 모르되 자신이 유마칠검을 펼쳐 보이기까지 한 이상 이렇게 훌쩍 떠나는 것은 우괴의 품속에서 유마칠검의 비급을 꺼내 유유히 사라지는 것이나 마찬가지이다. 지금 같은 상황에서 무림인이라면 열 중 열둘은 우괴와 같이 반응할 것이다.

애초에 정마협의 눈을 속이려 한 자신의 잘못이었다.

그러나 유마칠검은 너무나 탐나는 검법이었다. 그리고 그것이 단 칠초식이라는 것을 알고 나니 잘만 연극하면 온전한 검로를 구경할 수 있겠다는 생각에 꾀를 부렸는데 마도제일인, 아니, 어쩌면 현 무림 제일인자인 정마협의 눈을 속인다는 것은 애시당초 불가능한 일이었던 것이다.

정마협은 순식간에 자신의 의중을 간파하고 대가를 요구하고 있는 것이다.

"오늘 떠나기는 여러모로 힘들 것 같군요. 바둑이나 두어 판 더 두며 차분히 생각해 보는 게 어떨까 싶습니다만?"

설수범이 정마협을 보고 구원의 눈빛을 보냈다.

"그, 그렇지. 그게 좋겠지?"

정마협의 신형이 순식간에 우괴와 설수범 사이에 불쑥 끼어들자 방금까지 설수범의 멱살을 쥐고 흔들던 우괴는 언제 그런 모양새가 되었는지 바닥에 나뒹굴고 있었다.

"가세! 어서 가서 죽자사자 한판 더 붙어보세!"

정마협이 오십 년 만에 만난 친구를 대하듯 설수범의 어깨를 끌어안고 천마성의 본관으로 향했다. 그때까지도 내동댕이쳐진 그 모습으로 고꾸라져 있는 우괴의 행동이 미심쩍어 설산신마가 우괴에게 다가갔을 때 우괴의 모습은 여러 군데 점혈을 당해 꼼짝도 할 수 없는 지경이었다.

"크하하하……!"

설산신마가 요절복통하자 뭔가 하여 다가왔던 많은 노괴들도 상황을 파악하고는 배꼽이 빠져라 웃어댔다.

딱!
따악!

천마성 접견실에는 다시 피 튀기는 결투가 벌어지고 있었다.

갈미란과의 비무가 끝나자마자 끌고 오다시피 설수범을 데리고 온 정마협 갈문혁이 점심도 주지 않고 설수범을 바둑판 앞에 마주 앉히고는 바둑을 두고 있는 것이다.

소씨 부인도 어이가 없는지 그만 포기하고 다른 사람들을 데리고 점심을 먹기 위해 식탁으로 향했다.

"허어~"

"으음!"

두 노소의 입에서 교대로 작은 신음성이 흘러나오는 것을 빼고는 접견실에서는 바둑 두는 소리만이 들리고 있었다.

이제는 정마협의 세 아들만이 접견실 주위로 목상처럼 서 있었고 다른 사람들은 모두 사라졌다.

"너희들도 가서 일 보아라. 여기 신경 쓰지 말고."

"아버님, 아무리 그래도 점심은 드시고……."

사십을 막 넘은 큰아들 갈성진(葛盛眞)이 머뭇거리는 표정으로 말했다.

"어허! 바둑 삼매경이 빠지면 옆에서 벼락이 떨어져도 느끼지 못하는 법이야. 그깟 시장기 정도는 아예 기억 속에 없는 거나 마찬가지지. 그렇지 않은가, 젊은 친구?"

정마협이 동의를 구하듯 설수범을 쳐다보았다.

설수범이 미미하게 고개를 끄덕였다.

"그것 보아라. 이 친구도 그렇다고 하지 않느냐. 그러니 저녁때까지는 방해하지 말고 가보거라. 어서!"

정마협이 반쯤 추방령을 내리자 세 아들은 우물쭈물하다가 정마협

정마협(正魔俠) 갈문혁(葛文赫) 213

의 눈총을 한 번 더 받고는 접견실에서 물러갔다.

아무 방해도 받지 않게 되자 우두둑 손마디를 꺾은 정마협이 손바람을 일으키며 백돌을 착점했다.

점심까지 생략하며 둔 바둑은 해가 질 즈음 다섯 판이 두어졌다.

"크흐흠!"

다섯 판을 두고 나자 갈문혁이 오만상을 찌푸렸다.

비록 두 점 접바둑이었지만 두 번을 패하고 세 번을 이겼다.

경천동지할 일이 벌어진 것이다.

이제껏 그 누구도 세 점 접바둑 이하로 내려간 적이 없었다.

수년 전 신기수사란 사람에게 방심하여 딱 한 번 진 적은 있었지만 그 외 누구에게도 세 점 접바둑을 두어 진 적이 없었다.

그런데 어린 청년에게 두 점 접바둑으로 어제 한 판, 그리고 오늘은 두 판을 졌다.

정마협 갈문혁의 얼굴이 푸르뎅뎅해졌다.

"허어, 이러다 며칠 후면 호선으로 두어도 승패를 점칠 수 없겠구먼!"

정마협이 고개를 흔들며 바둑판을 쳐다보았다.

마지막 판에서는 곤마 한 마리를 쫓다가 오히려 꼬리를 잘린 것이다. 설수범은 곤마 한 마리를 풀어놓고 그것을 잡으러 온 정마협의 돌을 역공해서 꼬리를 잘라 먹었고 끝내 그것을 만회하지 못한 정마협이 두 집 패배를 하고 말았다.

"쩝쩝……."

못내 아쉽다는 듯 계가를 하지도 않고 계속해서 바둑판을 들여다 보며 정마협이 입맛을 다셨다.

두 사람의 바둑에서는 이미 계가(計家)를 할 필요가 없었다.

한 점 놓을 때마다 판세의 우열과 집의 숫자가 수십 번도 더 계산이 되는 수준이기에 단 한 집의 오차도 없이 순간순간 계가는 끝이 나 있었기 때문이다.

"매복에 걸렸군."

다시 한 번 아쉬운 목소리로 중얼거린 갈문혁이 고개를 들어 창밖을 쳐다보았다.

창밖 가득 어스름이 몰려오고 있었다.

"자네, 배고프겠구먼? 게 누구 없느냐?"

시비 하나가 고개를 숙이고 들어왔다.

"이 공자에게 저녁과 함께 어제와 마찬가지로 잠자리를 준비해 주거라. 한 치도 소홀함이 있어서는 안 될 것이야."

갈문혁이 당부하자 시비가 깊이 허리를 숙이고 설수범이 움직이기를 기다렸다.

"성주께선……?"

"나? 난 복기를 한 번 해보고 저녁을 먹든지 말든지 할 테니 자넨 이 아이를 따라가게."

손을 내젓는 갈문혁에게 고개를 숙이고 인사를 한 설수범은 아주 짧은 순간 갈문혁의 눈빛에서 강렬한 염원(念願) 한줄기를 읽을 수 있었다. 그 누구도 인식하지 못할 찰나의 순간이었지만 자신을 바라보는 갈문혁의 눈빛은 자신의 모든 것을 다 주고서라도 설수범에게 뭔가를 바라는 그런 눈빛이었다.

'착각이었을까?'

시비를 따라 긴 복도를 걸어가며 설수범은 생각에 잠겼.

잘못 본 것이 아닐까 하는 착각이 들 정도로 극히 짧은 순간이었지만 자신을 바라보는 정마협의 눈빛은 처절한 정도로 강한 염원이 서려 있었다.

'내일도 이 성을 빠져나가기는 어렵겠군.'

정마협의 그 눈빛이 바둑에 대한 염원이라 생각한 설수범은 내일 하루도 꼬박 정마협에게 잡혀 바둑을 두어야 할 것 같은 예감이 들었다.

오히려 그것이 편할 것이다.

지금 당장이라도 정마협의 가족이 거주하는 이 본채를 나선다면 우괴인가 하는 노친네가 다시 멱살을 잡으며 달려들 것이다. 그리고는 무남독녀 외동딸을 임신시킨 불한당을 대하듯 자신을 대할 것이다. 그 노친네의 역성을 막아줄 사람은 정마협뿐이었다.

내일쯤이면 무슨 해결책이 나올 것이다. 오늘은 그만 푹 쉬기로 할 밖에 달리 도리가 없었다.

그렇게 마음 편하게 생각하니 허기가 몰려왔다.

다음날도 아침을 들고 나서부터 예상대로 설수범은 정마협과 바둑판을 마주하고 앉았다.

이젠 지쳤는지 아무도 오지 않아 두 사람만이 오붓하게 둘 수가 있었다.

"자네 용병부대에서 검을 휘두르며 지낸 적이 있었던가?"

갈문혁이 바둑을 두다 느닷없이 질문을 던지자 설수범이 흠칫 놀라다 고개를 끄덕였다. 자신이 몇 번 휘두른 칼을 보고 그것까지 읽어낸 갈문혁의 눈이 놀랍도록 무서웠다.

"수행자의 길도 꽤 길었던 것 같더구먼."

"한 이 년 정도… 되었습니다."

설수범이 담담히 답했다.

수행자의 길을 걸으며 많은 사람과 비무를 하고 그들의 칼을 자신의 칼과 접목시키며 그들의 흔적을 지웠지만 마주한 기재의 눈은 속일 수가 없었던 것이다.

'이제부터는 듣기만 하게.'

그 순간 머리 속에서 갑자기 한줄기 음성이 울려 퍼졌다.

"그래, 용병부대에서는 무엇을 배웠나?"

머리 속에서 울려 퍼지는 음성과는 별도로 정마협의 목소리가 귓속에 들려왔다.

설수범은 잠시 혼란스러웠다.

같은 사람이 말을 하면서 동시에 심어(心語)를 펼친다는 말은 들은 적이 없었다. 그만큼 놀랄 일이었고, 또한 그만큼 깊은 사연이 있을 듯했다.

잠시 멈칫하던 설수범이 이내 평정을 되찾고는 바둑판을 응시하며 정마협의 질문에 답했다.

"살아남는 법을 배웠습니다."

'이곳에는 자네와 나 이외에도 여덟 명의 괴물들이 더 있다네. 내 신변을 보호하는 팔대호법이 그들이지.'

"그런가? 그렇겠군. 그곳에는 삶보다 죽음이 훨씬 가까이 있는 곳이지."

아까와 똑같은 방식으로 머리 속과 귓속에 정마협의 목소리가 흘러 들었다.

설수범은 귀로 들리는 정마협의 목소리에 건성으로 답하며 머리 속에 울려 퍼지는 소리에 온 신경을 집중시켰다.

'그들 중 몇은 내 신분 보호자인 동시에 철저한 감시자이기도 하지.'

"그래, 그곳에서는 사람도 죽여보았겠군?"

정마협의 두 가지 음성이 다시 들려왔다.

"내가 살기 위해서는 그래야만 했지요."

설수범은 다시 평범하게 답하며 머리 속에 울려 퍼지는 소리에 생각을 집중했다.

자신은 낌새도 느끼지 못하건만 주변에 여덟 명이나 되는 호법들이 숨어 있단 말인가?

소름이 오싹 끼쳤다.

그러나 그보다 그들이 감시자이기도 하다는 내용이 더욱 의구심을 갖게 했다.

'난 자네를 삼십 년 동안이나 기다렸네.'

아까처럼 의미없는 질문을 던지며 정마협의 목소리가 머리 속에서 울려 퍼졌다. 설수범 역시 의미없는 답변을 하며 머리 속에 울려 퍼지는 심어에만 신경을 썼다.

처음에는 두 가지 음성에 신경을 쓰랴 바둑을 두랴 정신이 없었으나 여유를 갖고 차분히 마음을 가라앉히자 겉으로는 아무런 낌새를 느끼지 못할 만큼 평상심을 되찾았다.

그것은 주변에 있는 여덟 호법에게 서로의 행동이 조금도 이상하게 느껴지지 않도록 하길 바라는 정마협의 의도이기도 했다.

'이렇게 신체를 접촉하지 않은 상태로는 내공의 소모가 훨씬 크니 되도록 요점만 말하겠네. 난 사부로부터 자네 나이 때에 수라환경이라는 무공을 익혔네. 그것이 지금의 나를 있게 만들었지. 지금 그 구결을 자네에게 전해주겠네. 많은 의문이 있을 것이네만 지금은 시키는 대로 하게. 이것을 익히고말고는 자네의 능력에 달렸네. 그리고 자네가 이것을 전해 받았다는 사실은 이것을 다 익히기 전까지는 절대로 비밀에 부치게. 만일 그것이 알려진다면 이 천마성의 마두 중 반 이상은 자네를 죽이려 달려들 것이네.'

따악!

정마협이 바둑판을 경쾌하게 두드리며 수라환경의 구결을 설수범의 머리 속에 각인시키기 시작했다. 자신의 의지와는 상관없이 머리 속에 각인되는 수라환경의 구결들로 인해 설수범은 잠시 당황하며 표정이 경직되었다.

"하하, 어떤가? 이런 수는 전혀 예상하지 못했지?"

설수범의 경직되는 표정을 보고 정마협이 얼른 바둑판으로 화제를 돌렸다.

그런 정마협의 행동으로 보아 귀신이 아닌 이상 그가 지금 설수범에게 무공 구결을 전해주고 있다고는 생각지 못할 것이다. 그런 와중에도 설수범의 뇌리에는 수라환경의 구결들이 한 줄 한 줄 쌓이기 시작했다.

딱!

따악!

한 판의 바둑이 다 두어졌을 때 수라환경의 구결이 모두 설수범의 머리 속에 전해졌다. 이미 설수범의 뛰어남을 알고 있는 정마협이었기에 다시 한 번 더 구결을 반복해 주려는 필요성을 전혀 느끼지 않는 표정이었고, 묵묵히 바둑판을 응시하는 설수범 역시 이젠 다른 어떤 의문의 표정도 떠올리지 않았다.

'정말 탐나는 놈이다!'

정마협은 다시 한 번 감탄하며 탁 하고 마지막 돌을 놓았다

"하하하! 이번에는 압도적인 내 승리일세. 왜 그러나, 자네? 어젯밤 잠자리가 불편하기라도 한 것인가?"

정마협이 시침을 뚝 떼고 정말 그랬냐는 듯 걱정스런 얼굴로 설수범을 쳐다보았다. 그런 정마협을 바라보며 설수범은 내심 혀를 내둘렀다.

의미없는 질문들을 쉴 새 없이 던지며 머리 속으로는 수라환경의 구결을 전해주면서도 바둑판에 착점하는 돌들은 한 수도 어긋남이 없었다. 반면 자신은 이따금씩 짧은 대답만 하고 대부분의 질문은 고개만 끄덕이는 정도로 마주하며 둔 바둑이지만 형편없었다. 그러나 정마협이 너무 차이가 나는 판이 되면 이상하게 보일까 봐 사정을 두었기에 이 정도나마 대국이 형성되었지, 그렇지 않으면 아예 중도에 돌을 던질 수밖에 없는 판이 되었을 것이다.

말로만 듣던 희대의 천재 정마협의 능력에 설수범은 다시 한 번 두려움과 경외심을 느꼈다.

그런 설수범의 의중을 파악했는지 정마협이 마지막 심어를 덧붙였다

'무당의 내공심법 중에 양의심공(兩儀心功)이라고 들어봤을 것이네. 그런 종류의 심법을 일정 수준 이상 깨우치면 내가 오늘 한 일이 가능해진다네. 예를 들어 양손에 각각의 칼을 익혀 쌍검을 휘두르는 자들은 두 칼이 서로 별개의 것처럼 현란하게 움직이지만 자세히 들여다보면 한쪽 손의 칼이 강맹하게 움직일 때는 다른 쪽 손의 칼은 그 위력이

반감되어 허초를 펼치는 정도라네. 그것은 진정한 쌍검이라고 할 수 없네. 하지만 양의심공을 극성으로 익히게 된다면 두 칼이 언제 어떤 순간에도 독립된 검초를 펼친다네. 마치 두 사람이 합공을 하는 것처럼 말일세. 마도에도 그런 종류의 심법이 있다네. 그것을 잠시 응용했으니 무슨 사술을 부린 것이 아닌가 걱정할 필요는 없네.'

설수범이 불식중에 고개를 끄덕이다 얼른 바둑판으로 눈을 돌렸다.

"예, 성주님 말씀대로 이것저것 생각하느라 잠을 좀 설쳤습니다."

"하하, 그렇지! 어쩐지 어제 같은 날카로움이 떨어진다 싶더니……."

정마협이 고개를 크게 끄덕이며 수긍이 간다는 표정을 지었다.

"그럼 차 한잔 들며 휴식을 취하기로 하지. 그런 후에 또 한 판 결판 지게 붙어보세."

정마협이 고개를 돌려 사람을 불렀다.

와르르—

기다렸다는 듯이 접견실 문이 거칠게 열리며 한 노인이 뛰어들었다.

"성주, 정말 이럴 수 있는 것이오?"

우괴 우승곽(禹乘郭)이 벌겋게 상기된 얼굴로 정마협과 설수범을 번갈아 쳐다보았다.

노인을 본 설수범의 얼굴에 곤혹감이 어렸다. 이 노인이 왜 이곳으로 뛰어들어 왔는지는 짐작이 가고도 남는 일이었다. 생때같은 내 자식을 훔친 놈이라고 고래고래 악을 쓰다 정마협에게 내팽개쳐진 어제의 모습이 떠올랐다. 설수범 자신이 이 노인네의 검초를 거의 기억했으니 노인네는 틀림없이 그 웅분의 대가를 요구할 것이다.

"무슨 일이요, 우 장로? 설마 어제 점혈됐던 혈도 몇 군데가 아직 덜

풀린 것이오? 그렇지는 않을 텐데……. 그건 일 다경만 지나면 저절로 풀리게 되는 점혈이었는데……."

정마협이 의문스런 눈빛으로 우괴의 전신을 훑었다. 그 표정에서는 다시 한 번 점혈을 가할 수 있다는 빛이 내보였다.

찔끔한 표정을 짓던 우괴가 이판사판이란 듯 다시 콧김을 내뿜었다.

"죽이든 살리든 마음대로 하시오, 성주! 늙으막에 애들 앞에서 어제 같은 개망신을 당한 이상 이젠 더 겁날 것도 없다오."

우괴가 이빨을 앙다물었다.

"흠흠!"

정마협이 그런 우괴의 모습에 그만 눈을 돌리며 외면했다.

"네 이놈! 이 날강도 같은 놈! 이제 어쩔 것이냐?"

정마협이 물러서자 우괴가 금방이라도 달려들 듯한 자세로 설수범을 노려보았다.

"무슨 말씀이신지?"

설수범이 담담한 목소리로 우괴에게 반문했다.

"이런 죽일 놈을 보았나. 내가 노년에 죽을 고생을 하며 창안한 유마칠검을 꿀꺽 집어삼켜 놓고는 시침을 뗀단 말이냐?"

우괴가 바둑판 너머에서 펄펄 뛰었다.

"보는 것도 죄가 됩니까?"

설수범이 다시 한 번 시침을 뚝 떼었다.

"이, 이놈이?"

우괴가 기가 막혀 말이 안 나온다는 듯 다시 가슴을 두드리다 한숨을 내뱉고는 다시 고함을 지르기 시작했다.

"이놈아, 네놈이 어디 내 유마칠검을 구경만 했더냐? 네놈은 내 절기를 한 초식도 놓치지 않고 깡그리 외우고 있지 않느냐? 그렇다면 언젠가 그것을 펼칠 것이고, 그러면 내 이름이 네놈 칼끝에서 좌지우지될 것인데 그래도 내가 강 건너 불 보듯 할 수 있단 말이냐?"

우괴가 허리에 손을 척 걸쳤다. 사정이 이런데도 아직 그런 소리를 할 것이냐는 표정이었다.

"그럼 제가 어떻게 하란 말씀이십니까?"

설수범이 끝까지 하고 싶지 않았던 질문을 던졌다.

눈이 빠지게 기다리던 님을 본 듯이 우괴가 마른침을 삼키며 얼른 다가왔다.

"흠흠! 네놈 말대로 구경한 것이 잘못은 아니다. 하지만 네놈은 아주 특별하게 구경한 것만으로도 내 유마칠검의 검초를 깡그리 기억해 버렸다. 물론 그 속에 담긴 진기의 흐름과 나만이 알고 있는 호흡의 요체는 다 터득하지 못했을 것이다. 암, 그렇고말고. 그것들이 어떤 것인데 그것까지 다 터득할 수야 없겠지. 흠흠!"

우괴는 마치 자식 자랑을 하듯 얼굴 가득 충만감이 흘렀다.

"그런고로 껍데기는 고스란히 네놈 머리 속에 넣어두었겠지만 알맹이는 얻지 못한 상태다. 그런 껍데기만을 얻은 상태에서 유마칠검을 펼치다가는 칼만 그럴듯하게 차고 다니는 놈팽이들에게는 통할지 몰라도 제대로 된 고수를 만난다면 호되게 당하게 될 것이다. 그러면 그들은 필시 '유마칠검이란 것이 소문만 요란했지 별것 아니군' 하며 내 이름에 침을 뱉을 것이 자명한 바, 그건 나나 네놈이나 한꺼번에 시궁창으로 빠지는 일인 것이야. 그렇지 않느냐?"

우괴가 은근한 목소리와 표정으로 설수범을 바라보았다.

자신이 예상한 방향으로 대화를 이끌어 나가는 우괴를 바라보며 설수범이 내심 고소를 지었다.

"유마칠검을 평생 펼치지 않겠습니다."

설수범이 우괴의 바람과는 정반대의 답변을 했다.

"키킥!"

우괴와 함께 들어와 두 사람의 대화를 듣고 있던 갈미란이 웃음을 터뜨렸다. 설수범은 이미 우괴의 머리 꼭대기에서 내려다보고 있었다.

"이, 이 때려 죽일 놈! 그것이 말이나 되는 소리냐?"

자신의 의도대로 분위기가 잡혀가다 갑자기 산통을 깨어버리는 설수범을 보고 우괴의 표정이 와락 일그러졌다.

"이놈아, 그게 네놈 말대로 되는 것이더냐? 급한 상황에 처하면 생각보다 빨리 손이 나가는 것이고 그러다 보면 펼쳐질 수도 있는 것이 무공인 것이다. 그러니 네놈이 무의식 중에라도 유마칠검을 펼칠지 내가 네놈을 평생 따라다니며 감시할 수도 없는 것이 아니더냐?"

우괴가 깨어진 산통을 다시 붙여놓았다.

"그럼 어떻게 하란 말씀이십니까?"

결국 마지막 물음이 나왔다.

"흠흠! 문제로다… 문제야……."

그것에 대한 답이 이미 준비되어 있던 우괴가 짐짓 심각하게 생각하는 듯 턱을 괴며 몇 번을 눈을 감았다 뜨기를 반복했다.

"할 수 없구나. 이렇게 하는 밖에……."

우괴가 답을 찾았다는 표정으로 눈을 번쩍 떴다.

"이런 일만 없었다면 너 같은 놈은 칠 주야를 울고불고 매달려도 거들떠보지 않았겠지만 이제 어쩌랴! 내 자식이 반풍수가 되어 세상에 나가는 것은 막아야지. 네놈에게 유마칠검의 오의를 모두 가르쳐 주겠다. 그러니 네놈은 내 제자가 되거라."

우괴가 도저히 내키지 않는 일을 피치 못해 하는 듯 괴로운 표정으로 말했다. 설수범 역시 충분히 예상한 말이었지만 약간 놀랍다는 표정을 지으며 고개를 들었다.

"어떠냐? 그 방법이 제일 나은 것이 아니냐?"

우괴가 입술을 핥으며 설수범을 쳐다보았다.

"생각할 시간을 좀 주랴?"

설수범이 한동안 말이 없자 우괴가 다시 은근한 목소리로 말했다

설수범은 말없이 생각을 정리했다.

이 노괴에게 붙잡혀 있다간 끝이 없을 것이다. 이젠 어떠한 수를 써서라도 이 천마성을 벗어나야 할 순간이다.

'고육지계(苦肉之計)!'

설수범이 생각을 굳히고는 고개를 들었다.

찰나지간 정마협과 시선이 얽혔다.

"저는 마도인을 사부로 모시고 싶지 않습니다."

"헉!"

설수범의 한마디에 갈미란이 비명을 질렀다.

그리고는 짧은 정적이 흘렀다.

와장창!

바둑판이 접견실 창문을 뚫고 날아갔다.

"이런 찢어 죽일 놈!"

바둑판을 걷어찬 정마협이 대호가 으르렁거리듯 대노했다.

휘익!

한 인영이 정마협의 발길에 차여 창문을 뚫고 날아가는 바둑판을 따

라 몸을 날렸다.
 평소 자신들의 성주가 그 바둑판을 얼마나 아낀다는 것을 잘 알고 있는 팔대호법 중 한 사람이 은신을 드러내며 날아가 땅에 처박히기 직전의 바둑판을 받아 들었다. 그리고는 두려운 눈으로 접견실을 바라보았다.
 성주 갈문혁은 천마성 전체가 왕창 무너져도 이 바둑판만은 품에 끼고 탈출할 사람이었다. 그런데 자신의 발로 바둑판을 차 밖으로 날려 버리다니…….
 도저히 상상도 못할 일이었다. 이제껏 이런 분노는 본 적이 없었다.
 "이놈! 이 버러지만도 못한 놈! 뭐가 어째? 마도인은 사부로 모시고 싶지 않다고?"
 정마협의 수염이 부르르 떨렸다. 그리고 양손에 벌겋게 공력을 돋우었다.
 "그래, 이놈! 말 잘했다. 네놈이 말한 마도인들이 어쨌단 말이냐? 네놈 밥을 뺏어 먹었더냐, 네놈 노잣돈을 가로챘더냐? 내 스승이신 소규광 스승님은 마중마(魔中魔)인 천마라는 별호로 이 성을 세웠지만 단 한 번도 악행이나 음행을 일삼은 적이 없으셨다. 주변의 가난한 사람들을 보면 아낌없이 주머니를 털었고 심지어는 다친 짐승들까지 정성껏 치료하여 살던 곳으로 되돌려보냈다. 그분을 스승으로 모시며 난 단 한 순간도 네놈 같은 생각을 한 적이 없었고 하늘을 우러러 한 점 부끄럼없이 살았다. 그런데 마도에 속한 사람들이라는 이유 하나만으로 사부로 모실 수가 없다고? 이런 발칙한 놈! 그래, 이놈아! 네놈이 사부로 모시고 싶은 백도인으로서 내 사부 천마나 저기 우 장로만큼 떳떳한 인간이 있으면 나와보라고 해라. 마도니 백도니 하는 말들을 누가 만든 것이더냐? 그것은 바로 네놈이 사부로 모시고 싶은 백도인들이 지은 것이다. 그렇게 패를 가르고 천 년을 피를 흘리며 싸우는 것도 네놈 같은 인간들이 있기 때문이다. 세상을 흑과 백 두 쪽으로 나누고 절대로 양립할 수 없다는 극단적인 생각을 하는 네놈 같은 인간들 때문에 언제나 세상은 시끄러워지는 것이야. 백돌 하나만으로 바둑판이 이루어질 수 있다고 생각하느냐? 네놈이 이겨 백돌을 잡으면 백이 되는 것이고 져서 흑을 잡으면 그 순간부터 흑이 되는 것이야! 세상을 온통 자기가 좋아하는 한 가지 색깔만으로 칠을 하려는 네놈 같은 인간들은 애초에 씨를 말려야 할 것이다!"

말이 끝남과 동시에 누가 말릴 겨를도 없이 정마협이 쌍장을 내밀자 그 쌍장에 격중당한 설수범은 넓은 접견실 구석으로 날아가 처박혔다.

"성주!"

"미, 미쳤소? 이 양반이!"

소란을 듣고 달려온 소씨 부인이 새파랗게 질리며 설수범에게로 신형을 날렸다.

"비키시오, 부인! 내 오늘 이놈의 숨통을 확실히 끊어놓겠소."

정마협이 이글거리는 눈빛으로 설수범에게로 향하자 연신 피를 토하고 있는 설수범의 상세를 살피려던 소 부인이 놀라서 손을 떼고 양팔을 벌려 막았다.

"이 양반이, 이 양반이 미쳤구랴! 내 집에 온 손님을, 그것도 손주뻘밖에 안 되는 손님을……. 잘못이 있으면 말로 타이를 것이지 이 무슨 망령된 짓이오?"

소씨 부인이 펄펄 뛰며 소리쳤지만 싸늘한 눈빛으로 다가오는 정마협의 발걸음은 멈추지 않았다.

"뭣들 하시오, 팔대호법! 그리고 우 장로 말고는 아무도 없느냐?!"

소씨 부인이 다급하게 고함을 치자 은신하고 있던 호법들과 밖에서 상황을 살피던 노인들이 분분히 뛰어들었다.

"진정하십시오, 성주!"

"할아버지!"

많은 사람들이 정마협을 말리기 시작했다.

"썩 비키지 못할까?"

정마협이 고함을 치자 모여 선 사람들이 주춤 물러섰다.

"뭣들 하는 게요? 언제부터 이 천마성이 찾아온 손님에게 상처를 입혀서 돌려보내는 곳이 되었소? 사정이야 어찌 되었든 오늘 일이 더 커지면 정마협이 바둑에 패하자 손주뻘밖에 안 되는 청년을 죽였다고 온 세상에 악소문이 퍼질 것이오! 그래도 좋소?"

소 부인이 절규에 가까운 소리를 지르자 물러서던 노인들이 결사적으로 정마협을 가로막았다.

"이런 노괴들, 어서 비키지 못하겠소?"

정마협이 고함을 쳤지만 이젠 모두들 필사적으로 정마협을 막았다.

"고정하시오, 성주! 평생을 쌓은 명성을 하루아침에 팽개칠 것이오?"

"아무래도 좋소. 저놈은 내 사부를 욕되게 하고 우리 천마성에 침을 뱉은 놈이오."

정마협이 노기를 누그러뜨리지 않았다.

"철부지 애송이의 한마디가 뭐 그리 중하오? 그냥 내쫓으면 될 일이 아니오?"

그렇게 왁자지껄한 소란 속에 우괴가 설수범의 상세를 살피러 가자 정마협이 서둘러 고함을 질렀다.

"운령(雲靈), 풍령(風靈),어디 있느냐?"

정마협의 외침과 함께 두 인영이 창문으로 날아들었다.

"저놈! 저 발칙한 놈을 끌어내어 저 송암산(松巖山) 앞뜰에 내치거라. 그리고 이후 천마성의 누구도 저놈의 상처를 돌본다든지 저놈에게 약을 가져다 주는 놈이 있다면 내 친히 죽음을 내리리라. 뭣들 하느냐?! 어서 내치거라. 들개 밥이 되든 살아 기어가든 그건 저놈 운이다. 내 이곳에서 끝장을 보지는 않겠지만 누구도 저놈을 돌보아주어서는 안 될 것이다."

정마협의 말이 끝나자 운령과 풍령이라는 두 사내가 얼른 설수범을 들쳐 업었고, 그러는 중에도 설수범의 코와 입에서는 선혈이 흘러내리고 있었다.

"영감, 지혈이라도……"

"닥치시오! 누구라도 저놈에게 도움을 주면 죽음을 내릴 것이오!"

이제껏 몇 번 본 적 없는 남편의 단호함에 소 부인의 눈빛에 두려움이 어렸다.

세상 사람들은 뭐라 말하든 그는 언제나 자신에게는 고양이 앞의 쥐였다. 자신보다 두 살 적은 나이도 나이지만 엉뚱하고 대책없는 행동이 어이가 없어 말문을 막은 적이 한두 번이 아니었다. 하지만 정작 풍파가 예견되는 곳에서의 남편은 벼락대신이었다.

그 거리낌없는 벼락이 큰 혈란을 사전에 잠재웠고 엉뚱하고도 대책없는 행동 속에서 때때로 소름 끼칠 만큼 치밀한 심계를 읽어내고는 먼 훗날에서야 감탄을 금치 못했지만 그것은 어디까지나 때때로일 뿐이었다. 아니, 어쩌면 그것은 자신이 가뭄에 콩 나듯밖에 알아채지 못했던 까닭이 더 클 것이다. 그럴 때는 남편에 대한 두려움이 일었다. 그리고 한 며칠 요조숙녀가 되었지만 그것은 또다시 이어지는 남편의 어이없는 행동에 말끔히 씻겨져 버렸다.

새까맣게 잊어버렸던 그 두려움이 다시 일었고 소 부인은 꼼짝 못하고 설수범을 두 젊은이에게 내주었다.

휘익―

운령, 풍령이라 불리는 젊은이가 설수범을 들쳐 업고 까마득히 천마성을 빠져나갔다. 그리고 가물가물한 거리에서 설수범을 내팽개치고는 다시 돌아왔다.

"모두 처소로 돌아가시오. 그리고 내가 한 말 명심하고 내 손으로 죽음을 내리는 일이 없도록 하시오!"

정마협이 아직도 노기가 누그러지지 않은 표정으로 우괴를 바라보자 우괴는 찔끔하여 눈을 내렸다.

훔쳐 갔든 강탈해 갔든 그놈은 이제 자신의 검초를 고스란히 가져간 놈이다. 정말 탐나는 놈이었고 자신의 절기를 두 배는 더 강하게 가꿀 수 있는 놈이었는데 성주의 분노를 사고 말았다. 자신의 몸에 있는 공력을 다 불어넣어 주어도 아까울 게 없는 놈이었기에 상처라도 살피고 싶어 다가갔지만 성주의 호통에 놀라서 얼른 가슴 속에 유마칠검의 요체가 담긴 비급만 넣어주고 물러났다. 성주의 눈을 속일 수 있으리라고는 생각지 않았지만 그것까지 탓하지는 않았다.

아니, 어쩌면 살아나지 못할 놈일지도 모르기에 묵인했을 것이다. 저놈이 죽는다면 유마칠검의 비급은 땅에 묻히든지 어떤 아낙의 불쏘시개로 쓰여질지 모르는 일이 되리라.

'다 제 놈 운명이지. 성주의 명령이 지엄한데 어쩔 수가 있나.'

접견실을 물러나며 우괴가 정한이 가득한 눈으로 설수범이 내팽개쳐진 들판을 바라보았다.

길게 자란 수풀이 무성한 벌판은 설수범을 머리털 한 올 남김없이 삼켜 버리고는 아무 일 없었다는 듯 시침을 떼고 불어오는 미풍에 교구를 흔들고 있었다.

"휴~"

애잔한 눈으로 다시 한 번 들판에 시선을 준 우괴가 숙소로 향했다.

"휴~"

접견실 창문 밖을 바라보며 정마협이 한숨을 내쉬었다.

온 세상을 휩쓸어 버릴 듯 분노했던 표정은 간곳없고 들판에 눈을 고정시킨 그의 눈은 좀 전에 우괴가 들판으로 던졌던 것과 똑같은 눈빛을 발하고 있었다.

'서천맹(西天盟)의 그림자들이 눈치 채지는 못했겠지?'

정마협의 얼굴에 염려 반 기대 반의 표정이 어렸다. 그리고 그 표정은 순식간에 사라지고 다시 분노한 표정이 되살아났다.

주변으로 다시 배치하고 있는 팔대호법의 기색을 느낀 것이다.

그 누구도 자신이 내친 청년에게 도움 주는 것을 허락지 않겠다는 표정으로 창밖을 노려보고 있는 정마협의 머리 속에는 표정과는 전혀 다른 생각들이 이어지고 있었다.

'사부, 당신의 심정을 이제야 조금 알겠군요. 후후, 자식 키워봐야 부모 심정을 안다더니 제자 놈을 얻고 보니 사부 심정을 알겠어요. 저 놈이 날 사부로 생각할지 안 할지는 모르겠습니다만 난 사부보다는 훨씬 복이 많은 사람이오. 사부가 얻은 제자보다는 내 제자가 훨씬 뛰어난 놈이기 때문이지요. 그렇다고 너무 애석해하지는 마십시오. 사부는 절 곁에 두고 미운 정 고운 정 다 쏟아 부었지만 전 아무도 모르게 무공 구결 몇 줄 일러주고 이렇게 뒤에서 지켜보기만 해야 하는 입장이니 말입니다. 언젠가 서천맹의 그림자들을 모두 색출해 내고 나면 저놈부터 제일 먼저 끌고 와서 사부처럼 단식, 또 단식해 가며 가르치고 싶소. 남들은 내가 무공을 배우는 것도, 누구에게 무공을 가르치는 것도 싫어한다고 하지만 그건 반만 맞춘 얘기지요. 배우는 거야 싫지만 근엄한 표정을 지으며 가르치는 것이야 얼마나 멋진 일이오. 단지 돌보다 더 단단한 머리통을 가진 놈들만 가르치려다 보니 싫은 것뿐이지요. 저런 놈이라면 사부처럼 단식, 단식해 가며 가르치고 싶은 심정이오. 사부도 내려보고 계셨다면 아시겠지만 얼마나 영특한 아이였소? 진력이 담기지 않은 내 쌍장을 받고 혈맥 하나를 끊고 금세 피를 토하며 쓰러지던 그놈! 너무 빠르고 실감나는 대응에 내가 실수라도 해서 정말 부상이라도 입지 않았나 하마터면 소리를 지를 뻔했지요. 비록 정파 나부랭이의 손에 자라 고리타분하고 경직된 생각이 뇌리 속 깊이 뿌리를 내리고 있었지만 내 알아듣게끔 따끔히 질책해 주었으니 괜찮을 것이오.'

여전히 표정을 풀지 않은 정마협은 가슴 깊이 염원했다.

'부디 용이 되거라, 내 제자야! 내 아들아!'


천마성이 까마득히 멀리 보이는 들판의 잡초밭에 내팽개쳐진 설수범은 한동안 미동도 않고 하늘을 보고 누워 있었다.

정마협 갈문혁의 진력이 실리지 않은 쌍장을 맞는 순간 혈맥 두어 군데를 파열시켜 입과 코로 피를 쉴 새 없이 쏟게 만들었다.

겉보기에는 심각한 내상을 입어 선혈이 낭자한 것으로 보이겠지만 누군가 진맥을 해본다면 금세 들통이 날 일이었다. 그러나 정마협 갈문혁이 그 누구도 자신에게 접근을 허락하지 않았다.

스스로 생각해 보아도 설수범 자신의 고육지계와 피를 토한 연극은 기발한 것이었는데 그것을 모조리 간파하고 한 수 더 앞서 나간 정마협의 심계는 짐작을 불허했다.

그런 신룡 같은 인물이 버티고 있기에 마도의 결집체인 저 천마성이 아무런 소동 없이 서 있는 것이고 무림의 평화가 유지되고 있는 것이다.

"정말 좋은 햇살이군."

봄이 무르익어 초여름으로 치닫는 들판의 잡풀들은 싱싱한 생명의 향기를 내뿜었다. 입가와 코에 묻어 있던 선혈을 다 닦아낸 설수범은 여전히 풀밭에 누워 움직일 줄을 몰랐다.

정마협의 명령으로 아무도 자신에게 얼씬거리지 않을 것이지만 왠지 일어나고 싶지 않았다. 정마협으로부터 공격받은 충격이 온몸의 기운을 다 빠지게 만들었다.

그 충격은 설수범 자신의 신념과 가치관을 모조리 뒤엎어 버리는 결과를 초래했다.

"세상을 흑과 백 두 가지로 나누는 것도 모자라 자기가 좋아하는 한 가지 색깔로만 칠을 하려는 네놈 같은 인간들 때문에 세상은 항상 분란이 그치지 않는 것이야."

정마협의 목소리가 아직도 생생히 귓가에 울렸다.

우괴가 자신을 제자로 삼으려 했을 때 정마협과 짧은 눈빛을 교환하고 그곳을 빠져나오기 위해 자신이 던진 한마디는 완전한 본심은 아니었다. 상대방을 격분시키고 그것을 이용해 천마성을 빠져나오려는 위험을 감수한 계책이었다. 그렇지만 그 속에는 어느 정도의 본심은 내포되어 간접적으로 정마협에게 자신의 의견을 피력한 것이다. 정마협은 그것을 진력이 담기지 않은 쌍장으로 자신을 내치며 똑같이 맞받아쳤다.

"흰 돌 한 가지만으로 한 판의 바둑판을 이룰 수가 있더냐? 네놈이 이겨서 백 돌을 잡으면 백이 되는 것이고 져서 흑 돌을 잡으면 그 순간부터 흑이 되는 것이다."

사흘 동안 바둑을 두면서 정마협과 자신은 치열하게 서로의 내면을 읽고 치열하게 질문과 답변을 주고받았다. 겉보기로는 바둑을 두는 것이었지만 한 판 한 판에 이제껏 자신이 살아온 방식과 자신의 내면이 담겨져 있었다. 그 한 판 한 판의 승부 속에서 서로는 서로의 생각을 읽었다. 그리고 누구보다도 더 서로를 이해할 수 있게 되었다. 하지만 백돌만으로 바둑판을 형성할 수 없다는 사실은 자각하지 못했었다.
정마협은 자신의 그러한 내면을 훤히 읽고 있었던 것이다. 그래서 자신이 고육지계를 핑계로 던진 한마디에 진력을 싣지 않은 쌍장과 함께 신랄한 어조로 화답한 것이다.
"버러지만도 못한 놈!"
이젠 사지를 쭉 뻗고 큰대 자로 누운 설수범이 입속으로 중얼거렸다.
백과 흑이 어우러져 한판의 바둑판을 만들어내듯 세상은 그런 것이다. 그것을 깨닫지 못하고 온 세상을 한 가지 색깔만으로 칠하려 한다면 자신은 정마협의 말대로 버러지만도 못한 놈이 될 것이다.
 "후후!"
 설수범이 가슴을 어루만졌다.
 우괴 우승곽이 넣어준 유마칠검의 비급이 들어 있었다.
 "이것까지 받은 이상 당신도 사부로 불러야겠군요."
 설수범이 입꼬리를 비틀고 웃었다.
 "그런데 그보다 먼저 수라환경의 구결을 정마협으로부터 받았으니 어떻게 하지요?"
 설수범이 다시 피식 웃음을 흘렸다.
 "흑과 백도 어울리는 판에 사부라고 못 어울릴 건 또 뭐가 있겠소? 당신은 둘째 사부가 되시오. 간발의 차이였지만 정마협께서 먼저 수라환경을 전해주었으니 어쩌겠소. 그 노친네가 첫째 사부가 되어야지."
 설수범은 들판의 모든 생기를 다 마실 듯 길게 숨을 들이켰다.

 "처음엔 첫째 사부, 당신을 의심했었소."
 설수범이 들이쉰 숨을 내쉬며 중얼거렸다.
 "내 새어머니의 친정인 감숙추가와 함께 우리 가문으로 어두운 그림자를 드리우던 놈들의 꼬리 하나가 천마성으로 이어져 있는 것을 찾아냈을 때는 모든 것이 당신의 소행이라 여겼소. 그 보이지 않는 음습한 힘의 배후에는 마도의 우두머리인 당신이 도사리고 있다고 여겼지요. 마도인이란 전부가 그런 인간들이라 생각했으니까. 후후……."
 설수범이 허탈한 웃음을 흘렸다.
 '하지만 당신은 절대로 그럴 사람이 아니더군요. 하늘이 두 쪽 난다

할지라도…….'

설수범이 천천히 신형을 일으켜 앉았다.

"마도제일성인 천마성 안에 도대체 어떤 힘이 도사리고 있는 것이오? 얼마나 무서운 힘이 도사리고 있기에 쥐도 새도 모르게 경천동지할 무공 구결을 내 머리 속에 심어주고는 죽일 놈, 살릴 놈 하면서 내쫓는 것이오? 당신의 능력으로도 당장 어찌할 수 없는 무서운 힘이오? 그래서 제자 놈에게 술 한잔 대접하지 못하고 내친 것이오? 물론 당신이 날 제자로 인정할지 안 할지는 모르겠지만……. 후후!"

허공을 향해 허망하게 풀려 있던 설수범의 눈빛이 서서히 원래의 빛깔로 되돌아왔다.

"그 힘이 내 가문을 뒤덮고 있는 바로 그 음습한 힘이라면 정말 힘든 싸움이 될 것 같소."

설수범이 천마성을 향해 잔잔한 시선을 던졌다.

"부디 몸조심하시오. 내가 돌아와서 당신들 두 노친네를 보살펴 줄 때까지……."

휘잉―

한줄기 미풍이 잡풀들을 희롱하자 잡풀들이 우수수 교소(嬌笑)를 내지르며 온몸을 흔들었다.

파앗―

바람의 진행을 따라 수풀들이 차례로 교구를 흔드는 그 사이로 상체를 잔뜩 구부린 설수범의 신형이 야수처럼 쏘아져 나가고 있었다.

◆ 제6장

혈접검법(血蝶劍法)

혈접검법(血蝶劍法)

파르르— 파르르—

목검 끝이 마치 나비의 날개인 듯 가볍게 팔랑거리며 어지러운 궤적을 그리고 있었다. 나비와는 너무도 다르게 생긴 길쭉한 목검이었지만 지금 이 순간 어지럽게 팔랑거리는 목검은 누가 보아도 한 마리 나비로 착각할 만큼 나비의 날갯짓을 그대로 흉내 내며 팔랑거렸다.

위로 솟아오를 듯하다가 아래로 떨어지고, 옆으로 갈 듯하다가는 앞으로 쏘아지고, 상하좌우, 사방팔방 종잡을 수 없이 움직이는 나비의 움직임이 거무튀튀한 목검에서 그대로 재현되고 있었다.

"으윽!"

한줄기 비명 소리와 함께 나비의 날개가 되어 팔랑거리던 목검의 움직임이 서서히 둔해졌다.

"다시 터지고 말았구나."

자운엽은 혀끝으로 새끼손가락 끝을 핥으며 인상을 찌푸렸다.
손가락 끝에 맺혔던 물집 한 개가 터지고 그 안으로 연한 속살이 드러났다.
목검으로 나비의 날갯짓을 따라 하기를 한 달 보름째.
수없이 팔랑거리며 휘두르는 동작 속에서 손끝의 피부가 견디지 못하고 물집을 터뜨린 것이다.
손바닥의 살결은 원래부터 손끝보다 두터웠고, 동굴을 만들기 위해 바위를 깨부수는 동안 굳은살이 박혀 목검을 휘두르는 데는 문제가 없었지만 손가락 끝의 피부는 견뎌내질 못하고 물집을 만들어 그것이 터지고 바늘로 찌르는 듯한 아픔으로 목검의 움직임이 둔해졌다.
이젠 손끝에도 웬만큼은 굳은살이 박혔지만 새끼손가락 한 군데는 아직 단련이 덜 되었는지 물집이 생기고 말았다.
"오늘 수련은 이것으로 끝이군."
자운엽은 못내 아쉬운 표정으로 손가락 끝을 쳐다보며 쉼없이 달려온 지난 한 달 반의 기간을 되돌아보았다.

목검 끝으로 나비의 날갯짓을 그려내기 위해서는 손끝의 미세한 내력 조절이 무엇보다 중요했다.
처음 며칠간은 의욕만 앞서 칼을 잡은 손에 힘만 잔뜩 주고 마구잡이로 휘둘러 보았지만 그것은 미친 개 두들겨 잡기에 딱 알맞는 칼부림밖에 되지 못했다.
팔랑거리는 날갯짓의 궤적은 머리 속에 선명하게 각인되어 있지만 그것은 어디까지나 머리 속에서의 얘기이고 손발은 머리 속의 움직임을 도저히 따라가지 못했다.

그때마다 자운엽은 자신의 손을 마치 무슨 몹쓸 물건 쳐다보듯이 내려다봤다. 머리 속에서는 너무도 표홀하고 현란하게 팔랑거리는 그 움직임이 손바닥에 와서는 느려터진 두꺼비마냥 어기적거렸다.
며칠 동안 수백 수천 번을 휘둘러도 마찬가지였다.
의욕은 하늘을 날고 있었지만 육신은 땅바닥을 기어다녔다.
"도대체 어떻게 해야 되나?"
자운엽은 목검을 칼집에 집어넣고 가부좌를 틀었다.

**백화에서 나비의 날갯짓을 따라……**

태음토납경 둘째 장의 첫 번째 호흡을 시작했다. 팔랑거리는 날갯짓처럼 부드러운 진기가 단전에 모이고, 단전에서 천천히 손바닥으로 이끌었다.
처음엔 모조리 손바닥으로 쏟아 부어 바위를 부술 정도였지만 이젠 그 힘을 자유자재로 조절할 수 있었다.
요동 치는 힘을 주욱 오른쪽 손바닥으로 내뻗었다.
팔랑거리는 부드러운 힘이 단전을 거쳐 훨씬 강하게 증폭되어 손바닥으로 뻗어 나갔다.
손바닥에서 나비의 날개가 팔랑거리기 시작했다.
'이 느낌을 그대로 목검 끝에 되살린다!'
천천히 일어선 자운엽은 다시 목검을 쥐었다.
"하아……."
단전에서 손바닥으로, 손바닥에서 다시 목검 끝으로 팔랑거리는 나비의 날갯짓이 되살아났다.

파르르—

목검 끝이 부드럽게 떨리며 나비의 날개를 닮으려 안간힘을 쓰고 있었다. 그러나 이번에도 생각만큼의 날갯짓을 그려내지 못했다.

처음 '미친 개 때려잡기'에 딱 어울리는 칼부림과는 비교가 안 될 만큼 빠르고 정교해졌지만 뭔가 부족한 기분이 여전히 온 가슴을 메웠다.

이 정도로는 일곱 살 적 가을날 새벽에 뒷간에 앉아서 목격했던 설사덕 가주의 백학검법을 단 한 초식도 막지 못할 것 같았다. 아니, 아예 비교조차 되지 못하는 것이다.

실망에 가득 찬 표정으로 자운엽은 바닥에 드러누웠다.

"차라리 머리 속에 기억되어 있는 백학검법이나 따라 할까?"

심신이 지친 자운엽의 머리 속에 달콤한 유혹 한 가닥이 꼬리를 쳤다.

자신이 칼끝에 그려내려고 하는 나비의 날갯짓과는 달리 백학검법은 가주의 몸 동작 하나하나 세세하게 머리 속에 남아 있으니 그대로 따라 하기만 하면 되는 것 아닌가?

수천, 수만 번을 반복해서 휘두르다 보면 이력이 붙고, 그에 따라 진기의 운용도 비슷하게 조절할 수 있을 것이다. 그러면 먼 훗날에는 백대고수의 반열에도 오를 수 있을 것이 아닌가?

"후후후후……."

거기까지 생각하던 자운엽은 어깨를 들썩거리며 웃었다.

"요악스럽기 짝이 없는 놈! 넌 천성이 그렇게 요악스러우니 정파의 무공이 아니면 결코 대성하지 못한다!"

집을 떠나던 날 큰공자 설수범이 정자 나무 아래에서 하던 말이 귓전을 울렸다.

"그런데 어떡하지요, 큰공자님? 난 체질적으로 정파 나부랭이들에게 손톱만큼도 매력을 느끼지 못하는 데다가 누가 이쪽으로 가라고 하면 꼭 저쪽으로 가보고 싶은 충동을 느끼니 말입니다. 백학검법 역시 정파의 무공이니 마음에 안 들기는 매한가지요. 흐흐흐흐!"

큰대 자로 드러누운 자운엽은 다시 흐드러진 웃음을 토해냈다.

"여기서 주저앉느니 차라리 죽고 말지!"

한참을 쿡쿡거리던 자운엽은 벌떡 일어나 앉았다.

"어디가 문제인가? 어째서 내 손은 백학검법 같은 현란한 움직임을 만들어내지 못한단 말인가?"

자조 섞인 목소리로 중얼거린 자운엽은 가부좌를 틀고 호흡 속으로 녹아들었다.

격탕되고 흐트러진 심신으로는 절대로 제 능력을 발휘하지 못한다. 바람처럼 허허롭고 구름처럼 가벼운 기분이 되었을 때만이 자신의 능력을 십분 발휘하고 숨어 있던 능력까지 끌어낼 수가 있는 것이다.

태음토납경 속의 아홉 개 호흡법 중 자신이 익힌 여덟 개의 호흡이 한차례 끝나자 가슴속을 가득 메웠던 답답함이 눈 녹듯이 사라졌다. 그리고 다시 한 차례 더 여덟 번의 호흡을 반복하고 나니 온몸이 깃털처럼 가벼워졌다.

"그렇군. 손가락 끝이었군!"

지그시 감겨 있던 자운엽의 눈이 번쩍 뜨여졌다.

"크하하하! 손가락 끝이었어! 손가락 끝……!"

혈접검법(血蝶劍法)

가부좌를 풀고 일어선 자운엽은 미친 듯이 날뛰며 뜻 모를 소리를 질렀다. 그리고는 질풍처럼 수운곡 계곡 안쪽으로 내달렸다.

안쪽으로 달려갈수록 계곡이 좁아지며 마침내 양쪽의 암벽이 서로 마주치는 곳에 계곡의 끝이 나타났다.

더 이상 내달릴 곳이 없게 되자 자운엽의 발끝이 암벽 안쪽 조그맣게 튀어나온 돌 끝을 박찼다.

휘익—

긴 꼬리를 남기며 직선으로 쏘아져 오던 자운엽의 신형은 계곡 끝에서 암벽을 타고 포탄처럼 허공으로 솟구쳐 올랐다.

"차아!"

솟구쳐 오르던 신형의 속도가 조금 떨어지려는 찰나 자운엽의 발끝은 다시 계곡 바위틈 중간에 뿌리를 내리고 있는 작은 나뭇가지를 박찼고, 출렁 하며 나뭇가지가 흔들리는 사이 자운엽의 신형은 계곡 안쪽 끝 암벽 위에 올라서 있었다.

"그래, 손끝이었어. 현란하고 쾌속한 백학검법의 구현은 손목이 아니라 손끝에 더 중점을 두고 있었어."

계곡 안쪽 끝 암벽 위에서 수운곡 전체를 내려다보며 자운엽은 나직이 중얼거렸다.

백학검법의 여섯 초식 중 최후의 초식, 그러니까 백학검법 후 삼식은 몰아세운 상대를 완전히 제압하려는 듯 극한의 현란한 검식을 펼쳤다.

가부좌를 틀고 자신을 비워가던 자운엽의 뇌리 속에 자신도 모르게 떠오르던 감숙설가의 가주 설사덕의 움직임에서 자운엽은 설사덕의 칼 쥔 손끝이 앞의 다섯 초식과는 사뭇 다른 모양새를 하고 있음을 인식할 수 있었다.

 지독히 현란한 검법은 손바닥이 아니라 손끝에서 펼쳐지는 것이다. 손바닥은 상대의 칼과 부딪쳤을 때 떨어뜨리지 않을 굳건한 받침대 역할만 하고 현란한 검식의 시전은 손가락에서 피어나는 것이다. 그 오의(奧義)를 모르고 잔뜩 손바닥에만 진기를 집중시켜 휘두르는 자신의 검은 아무리 해도 현란함이 떨어질 수밖에 없었다.

 "무식하게 내려치거나 상대의 무거운 검을 받아내는 초식에서는 손바닥에 모든 힘을 집중시키지만 현란하게 움직이는 검은 손가락 끝에 더 많은 진기를 집중시켜야 되는군. 큭큭! 정말 고맙소, 가주!"

 자운엽은 백학신군 설사덕이 펼치던 백학검법의 후 삼식을 떠올리며 억눌린 듯한 웃음을 토했다.

 자신의 검식이 한 단계 더 도약할 수 있는 깨달음 하나를 얻었지만 그것은 결국 감숙설가의 가주 설사덕의 움직임을 통해서라는 생각에 뒷맛이 영 개운치 않았다. 같은 깨우침이라도 이왕이면 자신이 동경해 마지않는 계피학발의 괴고수들을 통해서였다면 훨씬 더 좋았을 것 같았지만 기억 속에 새겨져 있는 검법이란 것이 백학검법뿐이니 그것까지는 어쩔 수 없는 일이었다.

 "쩝!"

 입맛을 다신 자운엽은 이제껏 잡았던 방법과는 다르게 손가락을 훨씬 더 안쪽으로 말아 넣으며 목검 자루를 잡았다.

 파르르르—

 손가락 끝으로 빠르게 진기를 불어넣으며 나비의 날갯짓을 그려보았다.

 이제껏 마음을 답답하게 가로막던 한 개의 벽이 목검 끝에서 산산조각으로 베어지며 와르르 무너지고 있었다.
 그렇게 한 달 반의 고심 끝에 최초의 주춧돌 하나를 놓을 수 있었고 그 때문에 손끝에 맺힌 물집이 떠날 날이 없었다.
 "이놈이 마지막 물집이 되겠군. 이것마저 아물고 나면 굳은살이 박힐 것이고, 그럼 웬만해선 다시 물집이 생기지 않겠지?"
 자운엽은 다시 한 번 새끼손가락 끝을 빨며 인상을 썼다.


 파르르— 파르르—
 다시 한 달째 자운엽의 목검이 거의 똑같이 나비의 날갯짓을 그려냈다.
 더 이상 손끝에 물집이 잡히지 않자 단전에서 끌어올린 진기를 손끝에 집중시키며 펼치는 나비의 날갯짓은 자신의 마음을 흡족시킬 정도가 되었다.
 "하나를 완성시켰으니 또 이름을 지어야겠지?"
 포만감 가득할 때와 같은 푸짐한 웃음을 지은 자운엽은 생각에 잠겼다.
 "호랑나비의 날갯짓이 어지럽게 춤을 추니 호접난무(胡蝶亂舞)가 제일 그럴듯하군. 그래, 제일초식은 호접난무로 결정했다."
 결정을 내린 듯 자운엽은 다시 고개를 들었다.
 호흡을 끝내고 동굴 속에서 나왔을 때 막 시작되던 봄이 이제 막바지로 치닫고 있었다.
 "나비들이 모두 사라지기 전에 직접 나비를 상대로 휘둘러 보아야겠다."
 자운엽은 목검을 들고 야생 꽃들이 피어 있는 수운곡의 작은 공터로

다가갔다.

　봄이 한창일 때는 온통 눈이 어지럽게 날아다니던 나비들의 숫자가 눈에 띄게 줄어들고 이젠 몇 마리 남아 있지 않았다. 또 며칠만 더 지난다면 저놈들마저 어디론가 날아가 버릴 것이다. 그러기 전에 실제로 날아다니는 나비를 향해 목검을 휘둘러 성취를 확인할 생각인 것이다.
　목검을 쥔 자운엽은 천천히 호흡을 가다듬었다.
　파르르르―
　목검 끝이 나비의 움직임을 쫓아 나비처럼 팔랑거리며 움직였다.
　"이런 젠장!"
　자운엽은 예상치 못한 상황에 고함을 내질렀다.
　두 달이 넘는 시간 동안 고심에 고심을 거듭하여 겨우 칼끝에 그려낸 나비의 날갯짓이었건만 실제로 날아다니는 나비를 쫓아가 보니 이건 완전히 조족지혈(鳥足之血)이었다.
　꽃봉오리 사이를 유유자적 날아다니던 나비의 날갯짓과 목검이 자신 주변으로 다가오자 화들짝 놀라며 사방으로 튀어 오르는 듯 달아날 때의 날갯짓은 천양지차(天壤之差)였다.
　자신의 머리 속에 새겨져 있는 나비의 날갯짓은 평화스런 수운곡에서 아무런 위협도 받지 않고 날아다니던 날갯짓이었다. 하지만 목검을 들이댔을 때 깜짝 놀라며 사방팔방으로 출렁거리며 날아다니는 나비의 날갯짓은 아예 넋을 놓게 만들었다.
　"이것이야말로 진정한 격전 속의 움직임이 아닌가."
　자운엽의 맥박이 빨라지고 있었다.
　이제껏 눈이 아프도록 쳐다보며 머리 속에 아로새긴 조는 듯 날아다니던 나비의 날갯짓은 머리 속에서 깨끗이 지워야 한다. 그리고 요동 치는 나비의 날갯짓을 아로새겨야 할 것이다.
"처음부터, 처음부터 다시 해야 할 것 같다."
자운엽은 흥분 가득한 목소리로 외쳤다.

그날부터 수운곡에는 이 년 전보다 몇 배는 더 심한 미친 인간 하나가 탄생했다.
이 년 전 이맘 때는 그래도 훨씬 상태가 양호한 인간이 조용히 앉아서 나비를 쳐다보다 움막 속으로 기어들어 가곤 했는데 이 년 후인 지금은 그 정도가 극에 이른 광인이 하루 종일 발광을 하며 나비를 쫓아다녔다.
때로는 고래고래 고함을 지르기도 하고 때로는 웃옷까지 벗어 흔들며 몇 남지 않은 나비들을 쫓아다녔다.
몇 남지 않은 나비들 중 몇 마리는 더러워서 터전을 떠나고, 또 몇 마리는 탈진해 죽고 하여 수운곡 꽃밭의 나비가 완전히 사라지자 그 미친 인간의 광분은 막을 내렸다.
후두둑—
다시 우기가 시작되어 장대비가 쏟아졌다.
자운엽은 나비가 사라진 꽃밭을 조용히 쳐다보다 동굴 속으로 들어갔다.
동굴 속으로 들어온 자운엽은 동굴 구석에 준비해 둔 관솔 더미에서 한 개를 주워 들어 불을 밝혔다. 대낮처럼 밝지는 않았지만 그리 크지 않은 동굴을 밝히기에는 부족함이 없었다.
까가각— 까가각—
관솔 불빛 아래서 자운엽은 소도 끝으로 동굴 벽에 나비의 움직임을 하나하나 정성스럽게 음각하기 시작했다.

최근 며칠 동안 미친 듯이 고함을 지르고 팔을 휘두르며 나비들을 쫓았고, 그로 인해 놀란 나비들이 자신들이 움직일 수 있는 최대한의 날갯짓으로 어지러운 궤적을 만들어내었다.

자운엽은 그 움직임들을 낱낱이 동굴 벽에 새기고 내년 봄 나비들이 다시 찾아올 때까지 동굴 벽에 새겨진 나비들과 함께 씨름을 할 생각이었다.

단단하기 이루 말할 수 없는 화강암이었지만 내력을 가득 실은 소도 끝은 그리 어렵지 않게 나비를 한 마리 한 마리 그려내었다.

갑자기 위로 치솟았다가 아래로 떨어지는 호랑나비의 움직임은 동굴 벽은 물론 동굴 천장에서 벽을 따라 아래로 이어지고 다시 아래에서 반대 편 동굴 벽으로 이어지며 마치 살아 있는 나비가 동굴 안에서 요동 치며 날아다니듯 한 마리 흥분한 호랑나비의 날갯짓이 생생하게 되살아났다.

그렇게 한 마리 흥분한 호랑나비의 움직임이 연속된 긴 원으로 이어졌을 때 동굴 밖은 다음날 새벽으로 날짜가 바뀌었다.

꼬르륵.

몇 끼를 굶었는지 텅 빈 위장은 어서 음식물을 채워달라고 아우성을 쳤지만 자운엽의 눈빛은 흥분한 야수의 그것처럼 귀화를 내뿜으며 온 동굴 안을 휘돌아 긴 띠처럼 이어진 나비의 움직임을 수십 수백 번씩 반복해서 쳐다보며 조금 미진한 부분은 고치고 부족한 부분은 보충하며 한순간도 다른 곳으로 눈을 돌리지 않았다.

다시 저녁이 되고 온 수운곡에 어둠이 밀려왔지만 관솔 불빛에 비친 자운엽의 그림자는 똑같은 작업을 반복하고 있었다.

장대비가 잠시 그치고 다시 아침이 찾아와 밤새 비에 젖은 털을 손질하는 산새들의 지저귐이 동굴 속을 찾아들 즈음 자운엽의 움직임이 멈추어졌다.

"휴우, 이제 끝났다."

소도를 바닥에 내려놓은 자운엽은 천천히 나비의 움직임을 쫓아 한 바퀴 신형을 움직였다.

벽에서 천장으로, 천장에서 반대쪽 벽을 타고 바닥으로, 바닥에서 다시 벽으로 이어지는 나비의 어지러운 움직임이 금방이라도 날개를 팔랑거리며 쏟아져 나올 듯 생생하게 그려져 있었다.

"그런데 이놈의 위장에는 거지가 들어앉았나? 겨우 하룻밤 작업에 이 야단인가?"

자운엽은 꼬르륵거리다 못해 이젠 쓰리기까지 하는 위장을 쓰다듬으며 중얼거렸다. 아침이야 늘 같은 아침이지만 날짜가 하루 더 지난 아침이란 사실을 전혀 의식하지 못한 자운엽은 괜한 위장만 탓했다.

시간의 추이가 별 상관 없는 수운곡이었기에 망정이지 고리대금업에 종사하는 사람들이 들었다면 한바탕 칼부림이 벌어질 수도 있는 일이었다.

동굴 입구로 걸어간 자운엽은 마른 솔잎에 불을 당기고 장작 몇 개를 올려놓았다.

타닥—

금세 마른 장작에 불길이 타올랐고 습기로 축축해진 동굴 속에 불기운이 스며들었다.

활활 타오르던 불길이 조금 수그러지자 고기 한 덩이를 익히고 소금간을 한 나물과 함께 급히 입속으로 쑤셔 넣었다. 하룻밤밖에 지새지 않는 위장이 비정상적으로 많은 음식을 요구한다는 생각에 의아함을 느꼈지만 위장은 계속해서 음식을 요구하고 있었다.

평소의 두 배도 넘는 양을 먹은 자운엽은 포만감에 기지개를 켜며 동굴 밖으로 나왔다.

후두둑—

잠시 멈추었던 장대비가 다시 쏟아졌다.

"비가 와서 그런지 어째 사지육신이 뻐근하군. 마치 이틀 밤을 꼬박 새운 것 같은 느낌이야."

팔, 다리, 허리를 가볍게 움직이며 몸을 푼 자운엽은 천천히 진기를 끌어올렸다.

"흐흡!"

온몸 가득 진기가 차 오르자 몸이 한결 가벼워졌고 충만한 기운은 어느 곳으론가의 발산을 요구했다.

"타앗!"

짧은 기합성과 함께 쌍장을 내밀었다.

퍼엉—

일 장 가까이에 있는 흙벽이 먼지를 날리며 비명을 질렀다.

처음 나비의 호흡을 익히다 최초의 관문이 뚫릴 때 자신도 모르게 쌍장을 내밀자 동굴 입구를 막은 다른 한쪽의 암벽이 부서져 내렸다. 그 후로 진기가 충만해질 때마다 백미호와 함께 온 산을 내달리든지 그렇지 못할 경우에는 이렇게 쌍장을 내밀어 근처에 있는 바위나 흙벽을 때렸다.

처음에는 바위나 흙벽에 직접 손바닥을 때려야 타격을 입힐 수 있던 것이 진기가 날로 충만해지자 어느 순간 손바닥이 흙벽에 닿기도 전에

혈접검법(血蝶劍法) 251

흙먼지가 일어난다는 사실을 알 수 있게 되었다.

그때의 느낌을 그대로 유지하며 차츰 거리를 멀리하여 쌍장을 내뻗자 이제는 일 장(一丈)여의 거리에서도 처음 손바닥으로 직접 때릴 때와 비슷한 힘을 낼 수가 있었다.

"오늘은 영 이상하군."

자운엽은 자신의 쌍장에 가격당한 흙벽을 쳐다보며 고개를 갸우뚱거렸다.

평소와 비교해 턱없이 부실한 손바닥 자국이 빗물에 씻겨지고 있었다.

"이런 손바닥 장난이야 소림사 땡중들이 좋아하는 짓이지 내가 좋아하는 것은 아니지. 난 역시 칼이 최고야!"

평소보다 영 부실한 손바닥 자국에 속이 상했지만 그렇게 자위하며 마음을 다스린 자운엽은 목검을 빼 들었다.

휘리릭─

목검이 어지럽게 움직이며 호랑나비의 날갯짓을 그려냈다.

팔랑거리며 날아가는 호랑나비의 날갯짓을 그대로 닮았지만 동굴 속에 그려놓은 요동 치는 날갯짓과는 비교가 되지 않았다.

"어디!"

한바탕 얌전한 날갯짓을 그려낸 자운엽은 손목을 크게 움직이며 동굴 속에 그려진 약동하는 호랑나비의 날갯짓을 펼쳐 보았다.

털썩─

"꼴값을 떠는군."

한심한 표정을 한 자운엽은 바닥에 놓친 목검을 보고 외쳤다.

꽃가루에 취해 조는 듯 날아다니던 나비의 움직임을 구현하던 초식으로 놀라거나 흥분했을 때 미친 듯이 날개를 펄럭이며 날아다니던 날갯짓을 펼치려니 팔 따로 다리 따로 노는, 그야말로 꼴값 수준의 이상한 움직임이 연출되며 급기야는 목검까지 놓치고 말았다.

　나비의 날갯짓을 검끝에 담기만 한다면 더 이상 바랄 것이 없을 듯했는데 곱게 날아다니는 나비의 날갯짓과 요동 치는 나비의 날갯짓은 기어다니는 갓난애와 뛰어다니는 어린애의 차이만큼 확연했다.

　그것은 또 다른 벽이었고 또 다른 갈망이었다.

　그 갈망은 순식간에 자운엽의 전신을 태울 듯 강하게 타올랐다.

　점점 거세져 종내에는 눈을 뜨기도 힘들 정도로 쏟아져 내리는 장대비도 그 갈망을 조금도 식히지 못했다.

　"후후, 우하하하!"

　양팔을 벌린 자운엽은 수운곡이 떠나가도록 광소를 터뜨렸다.

　"칼을 익힌다는 것은 정말 멋진 일이다!"

　도저히 펼칠 수 없을 것 같던 어지럽고 현란한 궤적을 칼끝으로 재현하고 났을 때의 그 성취감!

　그 환희 가득한 성취감은 그동안의 모든 노고를 수백 번도 더 깨끗이 지울 만큼 큰 것이었다. 그 성취감을 맛보기 위해 지난 몇 달 동안 나비의 날갯짓을 따라 미친 듯이 칼을 휘둘렀다.

　그러나 이젠 그런 성취감 따윈 관심이 없다.

　지금은 칼 그 자체가 너무 좋을 뿐이다.

　칼을 익히고 싶다!

　미친 듯이 칼을 익히고 싶다!

　그래서 한 자루의 칼이 되고 싶다!

　"다시 시작한다!"

땅바닥에 떨어진 칼을 집어 들어 허리에 찬 자운엽은 천천히 동굴을 향해 걸음을 옮겼다.

까가각— 까가각—

동굴 속으로 들어온 자운엽은 온몸에 줄줄 흐르는 빗물을 닦을 생각도 않고 동굴 온 사방에 그려진 나비 그림 위 아래로 작은 선들을 빼뼉이 새겨 나가기 시작했다.

나비의 움직임 하나하나 사이에 펼쳐지는 수십 수백 번의 날갯짓이 소도 끝에서 미세한 선들로 되살아나고 있었다. 처음에 머리 속에 새긴 조는 듯 날아다니는 나비의 날갯짓과는 비교도 되지 않는 복잡한 날갯짓이 나비 그림의 궤적을 따라 눈이 어지럽게 그려지고 있었다.

깨갱, 깽!

깜짝 놀란 백미호의 비명 소리가 조용한 수운곡 안에 길게 울려 퍼졌다.

자운엽이 동굴 속으로 들어간 닷새째, 그동안 노방에 걸린 짐승들을 두 번이나 물고 온 백미호가 전혀 동굴 밖을 나온 흔적이 없는 자운엽의 행색이 궁금하여 조심조심 동굴 속으로 머리를 들이밀다 산발한 머리카락이 온 얼굴을 뒤덮고, 그 뒤덮인 머리카락 사이로 백미호 자신이 제일 두려워하는 호랑이보다도 몇 배는 더 이글거리는 눈빛을 발견하고는 비명을 지르며 꽁지가 빠지게 숲 속으로 도망쳤다.

"크윽!"

마지막 한 개의 선을 완성시킨 자운엽은 마침내 피를 토하며 바닥으로 무너졌다.

나비의 궤적을 그리느라 이틀 밤을 꼬박 새웠고, 곧바로 닷새 밤낮을 단 한 순간도 쉬지 않고 나비의 날갯짓을 온 동굴 벽과 천장에 새기고 나자 긴장이 풀리며 한계를 뛰어넘는 혹사를 당한 육체 속의 혈맥이 터지며 피를 토해냈다.

"우웨엑!"

두 사발도 넘는 피를 동굴 바닥에 쏟아낸 자운엽은 급히 가부좌를 틀고 태음토납경의 호흡 속으로 빠져들었다.

진기가 바닥날 정도로 허약해진 육체는 호흡마저 제대로 이루어지지 않았다.

이제껏 익힌 여덟 가지의 호흡을 열 번도 더 반복하자 뜨거운 기운 한 가닥이 단전에서 꿈틀거리기 시작했다.

천천히 그 기운을 온몸 구석구석으로 끌어올려 세혈 가득 쌓여 있는 탁기를 밀어내고 손상당한 혈맥들을 보살폈다.

우우웅—

깃털보다 더 부드러우면서도 만 근 암석이라도 밀어낼 듯한 현묘로운 기운이 의식이 이끄는 대로 온몸 구석구석으로 흘러들었다.

창백한 얼굴에 핏기가 돌고 몸속에 쌓였던 탁기로 인해 거무튀튀해졌던 피부가 원래의 색깔을 되찾아갔다.

천천히 호흡을 잊은 자운엽은 삼매에 빠져들었고 한참의 시간이 지나자 귀기(鬼氣) 가득한 혈광을 내뿜던 눈빛도 수운곡의 물처럼 맑아졌다.

"배가 너무 고프다. 이놈의 위장은 거지가 들어앉은 것이 분명해!"

서둘러 장작불을 피우고 고기를 익힌 자운엽은 야수처럼 고기를 씹어 삼켰다.

한참 뒤 엄청난 양의 식사를 마친 자운엽은 천천히 동굴 밖으로 나섰다.

　두터운 장마 구름 사이로 햇살 한줄기가 얼굴을 내밀었다.
　"이놈이 벌써 노망이 났나? 썩은 고기는 뭣 하러 물어다 놓은 거야?"
　동굴 밖에 놓여 있는 두 마리의 짐승들을 주워 올리던 자운엽은 인상을 쓰며 사방을 살폈다.
　백미호가 물어다 놓은 짐승 두 마리 중 한 마리가 심하게 부패되어 있었다.
　시간의 추이를 잊은 자운엽은 썩은 고기에 대한 책임을 오로지 백미호에게로 돌렸다.
　손가락 두 개를 입에 넣은 자운엽은 길게 휘파람을 불었다.
　삐이익—
　백미호를 부르는 긴 휘파람 소리가 숲 속으로 울려 퍼졌다.
　휘파람 소리가 울린 한참 후 저만치서 잔뜩 경계의 눈빛을 한 백미호가 쭈뼛거리며 나타났다. 그 모습은 처음 만났을 때 한순간도 경계심을 풀지 않던 그 모습이었다.
　"저놈이 미쳤나?"
　자운엽은 고개를 갸웃거렸다.
　처음 본 모습이야 저랬지만 이 년이 더 지난 지금은 손톱만큼의 경계심도 없어지고 서로 안고 뒹굴며 장난치는 사이가 된 것인데 지금 하는 백미호의 행동은 백팔십 도로 달라진 모습이다.
　"앞산에 사는 암컷에게 채인 모양이군."
　산발한 머리와 그 사이로 뿜어져 나오는 눈빛을 보고 놀란 백미호의 심정을 알 길 없는 자운엽은 백미호의 이상한 행동을 청춘 사업의 실패로 단정 짓고는 피식 웃음을 흘렸다.
 "야, 이 멍청한 놈아! 이걸 어찌 먹으라고 갖다 놓은 것이냐?"
 자운엽은 고함을 지르며 빗물에 퉁퉁 불어 부패한 짐승 시체를 백미호에게 집어 던졌다.
 자신의 머리 위로 날아오는 썩은 고기를 피하기 위해 백미호가 꼬리를 말고 후닥닥 뒤로 물러섰다.
 "실연에는 뜀박질이 최고다. 꼬리를 휘날리며 미친 듯이 뛰고 나면 실연의 상처도 다 잊혀질 것이다. 어서 가자."
 자운엽이 실개천을 따라 바람처럼 달려나가자 머뭇거리던 백미호도 야성이 발동한 듯 쏜살같이 달리기 시작했다.

 "캑캑! 아이고 숨차라!"
 백미호보다 한참 뒤처진 채 산허리를 한 바퀴 돌고 온 자운엽은 실개천에 머리를 처박고 물을 들이켰다.
 "다른 때는 내가 물을 다 마시고 난 후쯤에야 네놈이 헥헥거리며 이곳에 도착했는데 오늘은 몇 달 만에 네놈이 이겼구나. 쩝! 어제 오늘은 영 몸이 이상하다. 어제는 쌍장의 힘이 다른 때보다 삼 분지 이밖에 되지 못하더니 오늘은 경신술마저 제대로 안 되는구나. 겨우 이틀 밤낮을 새웠다고 이 모양이라니……. 산삼이라도 한 뿌리 캐어 먹어야겠다."
 고리대금업자들이 들었으면 죽이겠다고 달려들 말을 태연히 내뱉은 자운엽은 바닥에 벌렁 드러누웠다.
 눈을 감고 드러누우니 동굴 벽과 천장에 빼곡히 그려진 사선들이 빙글빙글 눈앞에 떠올랐다.

"저 사선을 하나로 이어 단 한 순간에 칼끝으로 펼쳐 내려면 얼마의 시간이 더 걸릴까?"

여전히 눈을 감은 채 중얼거린 자운엽은 긴 한숨을 내쉬었다.

내년 봄 나비들이 다시 찾아올 때까지는 끝내야 한다. 그래야만 나비들을 상대로 실전의 칼을 휘두를 수 있을 것이다.

"그렇다면 잠시도 지체할 수 없는 일이지."

잠시 등을 땅바닥에 눕히고 있던 자운엽은 벌떡 몸을 일으켰다.

"으으윽!"

통통 부어오른 손목을 움켜쥐며 자운엽은 비명을 질렀다.

시간이 어디에서 어디로 흘러가고 있는지도 까맣게 잊은 채 벽에 새겨진 사선을 쫓아 칼을 휘두르다 보니 어느새 동굴 밖에서 찬바람이 불어오기 시작했다.

처음 익힌 잔잔한 나비의 날갯짓은 손끝에 내력을 집중시켜야 했지만 크게 요동 치는 나비의 날갯짓을 펼치기 위해서는 손목의 움직임이 더 많이 요구되었고, 미친 듯이 손목을 휘두르다 보니 손목 관절이 견디지 못하고 통통 부어올랐다.

"그동안 호흡을 너무 등한시했어!"

부어오른 손목을 조심스럽게 어루만지던 자운엽은 자신의 실수를 인정하듯 고개를 끄덕거렸다.

칼을 휘두르기 시작하고부터는 호흡 수련을 등한시한 것 같았다. 오직 칼부림에만 정신이 팔려 며칠씩 식음도 잊어버리며 칼을 휘두르다 보니 몸이 배겨나질 못했다.

"내력이 받쳐 주지 못하는 칼부림은 사상누각에 불과한 것이다."

절실히 느낀 듯 중얼거리며 자운엽은 가부좌를 틀고 그동안 등한시했던 태음토납경의 호흡을 수련하기 시작했다.

충실했던 진기가 정신없이 칼을 휘두르는 동안 많이 허해져 있었다.

'이제부터는 칼과 호흡 두 가지를 같은 비중으로 수련해야겠다.'

그 생각과 함께 자운엽은 다시 삼매에 빠졌고, 그날부터 칼을 휘두르는 시간만큼은 꼭 호흡 공부에 매달렸다. 그렇게 되자 백미호는 더이상 썩은 고기를 왜 갖다 놓았냐는 고함 소리를 듣지 않게 되었고 자운엽의 손목도 속절없이 부어오르는 일이 없게 되었다.

가을이 깊어져 갈 때쯤 자운엽의 목검 끝은 한순간의 끊김도 없이 동굴 벽과 천장에 그려진 사선들을 그대로 그려낼 수가 있었다. 그러나 그것을 원하는 만큼의 짧은 순간 안에 모두 펼쳐 내는 데는 무리가 있었다. 몸을 한 바퀴 회전시키는 순간 속도가 떨어졌고 아무리 반복해도 불가능한 듯했다.

"욕심이 과한 것일까?"

현기가 번뜩이는 눈빛으로 동굴 벽의 사선들을 쳐다보며 자운엽은 생각에 잠겼다. 조금만 더 빨리 회전하며 사선들을 연결하면 가능할 수도 있을 것 같은데 그 조금만이란 것이 태산보다 더 굳건히 앞을 가로막고 있었다.

"이럴 땐 어떻게 움직이는 것인가? 무슨 다른 묘리(妙理)라도 있는 것일까?"

고심 가득 찬 표정을 한 자운엽은 가부좌를 틀고 눈을 감았다.

백학신검 설사덕이 백학검법을 펼치던 때의 움직임이 눈앞에 선명하게 떠올랐다.

나비의 움직임을 칼끝으로 그려내다 막다른 벽에 부딪쳤을 때 백학신검 설사덕이 백학검법을 펼치던 때의 움직임을 자신도 모르게 떠올리고 설사덕의 칼 잡은 손가락의 모양에서 현란한 검법을 펼치기 위해서는 손가락 끝에 역점을 둔다는 것을 깨달은 후 막히는 것이 있을 때마다 설사덕 가주의 움직임을 떠올려 보았다.

감숙설가의 백학검법은 조금도 관심이 없었지만 어떤 검법을 펼치더라도 적용되는 가장 근본적인 신체의 움직임들은 머리 속에 새겨진 설사덕의 움직임을 떠올리는 것으로 큰 도움을 얻었다.

선명하게 머리 속에 기억되어 있는 설사덕의 움직임은 검법을 펼치는 데 있어 가장 근본이 되는 무리를 하나하나 깨우쳐 주었다.

"발끝이 아니라 발뒤축이었나?"

한참 후 자운엽은 의구심 가득한 소리를 중얼거리며 눈을 떴다.

급격히 회전할 때 설사덕의 발 모양은 분명히 발끝보다 발뒤축에 훨씬 더 많은 힘을 싣고 있었다.

백미호와 온 산속을 달릴 때의 경험으로는 발끝에 힘을 모을수록 속도가 빨라졌다. 그런데 방금 전 떠올려 본 백학검법 한 초식의 어느 동작에서 급격한 방향 전환을 할 때 설사덕의 발 모양은 분명히 발뒤축에 더 큰 힘을 주고 있었다.

"그렇게 한다면 오히려 더 둔해질 텐데."

고개를 갸웃거린 자운엽은 발뒤축에 힘을 주고 몸을 회전시켰다.

"이크!"

몸이 팽이처럼 팽그르르 돌며 휘청 넘어질 듯했다.

"그래, 이것이군!"

자운엽은 탄성을 내질렀다.

네 발로 기어다니는 짐승이 아닌 인간이라는 존재는 두 발로 서 있을 때의 무게 중심은 척추와 일직선상인 발뒤축에 있었다. 그러다 전진을 하기 위해 몸을 앞으로 움직이는 순간 중심은 발끝으로 이동한다. 그러므로 발끝으로 회전을 하기 위해서는 일단 발뒤축에 있는 무게 중심을 발끝으로 옮겨야 한다.

'발뒤축에서 발끝으로 중심을 옮기는 그 짧은 순간마저 생략해 버리고 바로 발뒤축으로 회전을 한다면?'

정확히 중심을 잡고 돌아가는 팽이처럼 빠른 회전을 할 수 있을 것 같다. 방금 떠올려 본 설사덕의 보법은 분명히 그렇게 설명해 주고 있었다.

"수백 년의 전통이란 것이 이렇게 무서운 것이구나."

자운엽은 혀를 차며 동굴 중앙으로 가서 똑바로 섰다.

휘익—

똑바로 선 자세에서 예비 동작 없이 곧장 발뒤축에 내력을 집중시키고 신형을 회전시켰다.

우당탕—

수십 바퀴를 휘돌아 중심을 잡지 못한 자운엽은 그대로 동굴 구석으로 처박했다. 꽉 막힌 동굴에서, 그것도 벌건 대낮에 북두칠성이 선명하게 보였다.

어떻게 하든 빨리만 회전하고 싶은 생각에 과도하게 내력을 운기한 결과였다.

"쿡쿡쿡!"

이마에 계란만한 혹이 솟아오른 자운엽은 웃음을 터뜨렸다.

아픔보다는 새로운 오의 한 가지를 터득했다는 기쁨이 훨씬 컸다.

이젠 이것을 바탕으로 한순간, 아니, 반 순간, 그 반의 반 순간 만에라도 호접검 제일초 호접난무를 완성시킬 수 있을 것이다.

다시 동굴 중앙에 선 자운엽은 내력을 발뒤축에 모으며 목검으로 호접난무를 펼쳤다.

미세한 차이였지만 이제껏 펼쳐진 초식과는 뭔가 다른 느낌을 받을 수 있었다.

"됐다. 이것으로 또 하나의 벽을 넘을 수 있을 것이다."

목검을 다잡은 자운엽은 동굴 중앙에 우뚝 섰다.

그리고 앞을 가로막은 벽을 서서히 깨부수어 갔다.

파파팟―

손바닥에서 흘러내린 피가 목검 끝까지 흘러 목검 끝에서 피에 젖은 나비의 날개가 그려졌다.

굳은살이 박히고 또 박힌 손바닥이었지만 그 굳은살마저 감당하지 못한 지속적이고 과도한 마찰은 결국 또 한 번의 물집을 만들고, 그 물집이 터진 후에도 멈추지 않는 수련으로 인해 핏물이 터져 나와 목검 끝에까지 타고 흘렀다.

미끈!

피로 얼룩진 칼자루가 손바닥 안에서 미끈거려 더 이상 제대로 된 초식을 펼쳐낼 수 없을 지경이 되어서야 자운엽은 수련을 멈추고 숨을 돌렸다.

"이놈의 손바닥은 무엇으로 만들었기에 툭하면 찢어진단 말인가."

자신이 손바닥에 가한 학대는 생각지 않고 괜한 손바닥만 탓한 자운엽은 찢겨진 손바닥에 약초 즙을 바르며 동굴 밖으로 고개를 돌렸다.

긴 겨울이 다 지나간 듯 매서운 삭풍 대신 제법 훈훈한 바람이 동굴 안에서도 확연히 느껴졌다.

"얼마 안 있으면 실개천 옆 꽃밭에 다시 나비가 찾아오겠구나."

자운엽은 반가운 표정을 지었다.

삭풍을 밀어낸 훈훈한 봄바람이 얼어붙은 대지를 어루만지면 긴 잠에 취해 있던 대지가 기지개를 켜고 잠을 깬 대지 위에는 머지않은 시간 안에 싹이 트고 꽃이 필 것이다.

그때는 꽃을 찾아온 살아 움직이는 나비들을 상대로 호접난무를 펼칠 수 있을 것이다.

동굴 속에서 몇 달간을 두문불출하며 손바닥이 찢겨지고 때로는 손목이 퉁퉁 부어올라 부목을 대어가며 휘두른 호접검법 제일초 호접난무는 이제 완성 단계에 이르렀다. 한 달 정도 후엔 더욱 완성된 초식을 펼칠 수 있을 것이고 나비들을 상대로 직접 칼을 휘둘러 보고 나면 제일 초식 호접난무는 '완결'이란 딱지를 붙일 수 있을 것이다.

"호접난무라……?"

완성되어 가는 제일 초식의 이름을 오랜만에 되뇌어 본 자운엽은 뭔가 마음에 안 드는 듯 고개를 갸웃거렸다.

오랜만에 호접난무란 이름을 되뇌어 보니 새삼스러움과 함께 뭔가 마음을 충족시키지 못하는 미흡함이 남아 있었다. 그동안은 칼을 휘두르는 데만 정신이 팔려 그냥 단순히 호접검법과 그 일초인 호접난무로 지은 검법 명칭에 대해서는 별 생각이 없었는데 이젠 그 완성을 눈앞에 두고 보니 검법 이름에도 생각이 미치기 시작했다.

"더없이 어울리는 이름이긴 한데 왜 이렇게 허전한 기분이 드는 것일까?"

혈접검법(血蝶劍法) 263

그 허전함이 어디에서 연유한 것인지 한참을 곰곰이 생각해 보던 자운엽은 초식 이름을 다시 한 번 되뇌었다.
"호접검법… 호접난무……. 이건 아무래도 너무 평범하고 밋밋한 기분이 드는 이름이다. 내가 동경하는 사마(邪魔)의 냄새가 조금도 나지 않으니 소금 간을 하지 않는 고기를 씹을 때처럼 허전한 기분일 수밖에……."
자신의 마음 한구석을 허전하게 했던 이유를 찾아낸 자운엽은 입꼬리를 비틀며 미소를 떠올렸다.
"이왕이면 극강무쌍하고 신비막측한 기운이 물씬 풍기는 이름이 좋겠는데……. 설령 마음에 안 들어하는 놈들이 있다 한들 내가 만든 검법에 내 마음에 드는 이름을 붙인다는데 무슨 상관이 있으랴."
연신 고개를 끄덕이며 중얼거린 자운엽은 동굴 벽에 그려진 나비 그림을 물끄러미 바라보며 신형을 한 바퀴 회전했다.
"호접검법, 호접난무보다 더 마음을 끄는 이름으로는 어떤 것이 좋을까?"
"독접(毒蝶)검법? 악접(惡蝶)검법? 마접(魔蝶)검법……? 이건 오히려 더 유치하군."
몇 가지 이름을 떠올리던 자운엽은 눈살을 찌푸렸다.
"휴! 그것참, 검법 수련만큼이나 힘드네."
한참을 생각해 보아도 더 좋은 이름이 떠오르지 않자 포기한 듯 한숨을 내쉰 자운엽은 동굴 밖으로 나갔다.
따사로운 봄 햇살이 봉두난발한 머리와 땟국물이 줄줄 흐르는 자운엽의 몰골에 따가운 눈총을 보내고 있었다.
"흐읍!"

그동안 볼일 보는 시간과 백미호가 가져다 놓은 고기를 집어갈 때 잠깐, 그것도 겨우 동굴 입구에만 나온 것 외 두문불출한 상태라 얼마 만에 동굴 속에서 기어나왔는지 기억도 나지 않는 자운엽은 가슴을 부풀리며 신선한 바깥 공기를 한껏 들이켰다.
 휘리릭—
 굳은 몸을 풀 듯 들고 있던 목검으로 나비 날갯짓을 가볍게 그려낸 자운엽은 감탄사를 터뜨리며 무릎을 쳤다.
 "그래, 이것이다. 바로 이거야!"
 어둠침침한 동굴 속에 있을 때는 몰랐지만 밝은 햇살 속에서 목검을 휘둘러 보니 손바닥에서 흘러내려 아직까지 목검 끝에 선명하게 맺혀 있는 피가 붉은 나비 한 마리를 그려내었다.
 피처럼 붉은 색깔의 나비!
 "혈접검법(血蝶劍法), 혈접난무(血蝶亂舞)……. 이것이야말로 내가 바라는 이름이다. 하하하!"
 자운엽은 어린애처럼 팔짝거리며 두 손을 번쩍 치켜 들었다.
 "혈접검법에 혈접난무라……. 호접검법에 호접난무보다는 훨씬 짜릿한 느낌이 드는 이름이다. 이름만 들어도 웬만한 놈들은 '내가 졌소' 하며 꽁지를 말 것 같지 않은가 말이야? 너 이놈, 백미호! 너도 그렇게 생각하지?"
 최근 몇 달 동안 변함없는 이상한 행동과 한 번만 맡아도 영원히 그 순간의 공포를 잊지 못할 만큼 고약한 냄새를 풍기는 자운엽에게서 아주 멀찍한 거리를 유지한 채 머리만 내밀고 있는 백미호를 보고 자운엽은 고래고래 소리를 질렀다.
 그렇게 먼 거리를 유지했건만 어느새 솔솔 풍겨오는 악취에 기겁을 한 백미호가 '킹' 하고 콧바람을 내뿜은 후 급히 자리를 떴다.
"저놈이 장가를 가고 새끼까지 얻더니 점점 이상해지는구나. 내가 설마 하니 제놈 새끼를 잡아먹기라도 할까 봐 저러는 것인가? 하긴 오죽하면 여우같이 약아 빠진 놈이란 말이 생겼을까. 에이! 약아 빠진 여우 같은… 아니, 여우 놈아!"
한바탕 백미호에게 고함을 지른 자운엽은 물가로 다가갔다.
그동안 꽁꽁 얼어붙었던 실개천은 얼음이 녹아내리자 예전처럼 맑디맑은 냇물이 졸졸 흘러가고 있었다.
"이크!"
물가로 고개를 내밀던 자운엽은 경악성을 지르며 뒤로 물러섰다.
냇물 속에서 꿈에 볼까 두려운 모습을 한 괴인 하나가 자신을 향해 불쑥 머리를 들이민 것이다.
"뭐야, 이건?"
한동안 혼비백산해 있던 자운엽은 그 괴인의 모습이 바로 자기 자신이란 것을 인식하고는 얼른 손바닥으로 얼굴을 쓰다듬었다.
몇 달 동안 세수 한 번 하지 않은 얼굴 가죽은 한 겹 진흙 칠을 한 듯 푸석거렸고 계곡의 삭풍에 얼어터진 손등은 거북이 등가죽을 연상케 했다.
"정말 가관이군. 그런데… 이건 또 무슨 냄새냐? 어디서 십 년 썩은 거름 냄새가……?"
어이없는 표정으로 자신의 손등을 내려다보던 자운엽은 연신 코를 킁킁거리며 사방을 둘러보았다. 동굴 속에서 같은 냄새에 동화되어 있을 때는 느끼지 못했지만 밖으로 나와 맑은 공기에 한참 동안 전신을 노출시키고 나니 이질적인 냄새가 확연히 느껴진 것이다.

"이 신성한 곳에 어떤 놈이 감이 십 년 썩은 거름을……?"

오만상을 쓰며 사방으로 코를 내밀고 킁킁거리던 자운엽은 자신의 가슴께로 코를 들이밀고 냄새를 맡아보고는 비명을 질렀다.

"으아아아! 이건 내 몸에서 나는 냄새였구나. 이런 지독한 냄새를 몇 달 동안이나 들이마시며 살았단 말이냐? 쿠에엑!"

헛구역질을 한 자운엽은 서둘러 개울물 속으로 뛰어들었다.

살을 에는 듯한 계곡물에 맞서 공력을 끌어올린 자운엽은 부지런히 손을 놀려 몸에 붙은 악취 발생원을 제거해 나갔다.

"백미호 저놈이 천리만리 도망간 까닭을 알겠구나. 사람이 맡아도 구역질이 나는 냄새이니 개 코… 아니, 여우 코를 가진 저놈에게는 오죽 지독했겠느냐. 아이구, 더러워라!"

자운엽은 떠내려가는 때를 쳐다보며 진저리를 쳤다.

근 한 시진을 물속에서 때를 씻고 악취를 지웠지만 몇 달 묵은 땟국물이 하루아침에 사라질 리 만무했다. 반복적으로 며칠을 씻어야 떨어져 나갈 찌든 때는 그냥 두고 한 시진 만에 개울에서 기어나온 자운엽은 동굴 앞으로 다가갔다.

물씬 하고 지독한 냄새가 동굴 속에서도 똑같이 풍겨 나왔다.

호흡을 멈추고 동굴 속으로 들어간 자운엽은 작년 봄에 뜯어 말린 고운 쑥을 모조리 들고 나와 그중 가장 보드라운 잎을 손바닥 위에 올려놓고 기운을 끌어올렸다.

쌍장을 뻗어내어 바위를 부수던 기운을 손바닥 위에 있는 마른 쑥에 집중시키자 푸스스 하는 소리와 함께 마른 쑥이 타오르며 연기가 피어났다. 언젠가 설가의 행랑 아범인 조씨 아저씨에게서 들은 삼매진화(三昧眞火)란 수법을 반복에 반복을 거듭한 노력 끝에 최근 성공시킨 것이다. 조씨 아저씨 말로는 이십 년은 족히 공력을 닦아야 그런 수법을 사용할 수 있다고 했다. 그 말이 사실이라면 자신은 몇 배나 빠른 성취를 이룬 것이고 그만큼 기분 좋은 일이겠지만 조씨 아저씨의 말은 반 이상이 허풍이었으니 무턱대고 기뻐할 일도 아니었다.

십 년 썩은 거름 냄새를 지우기 위해 쑥을 태운 연기를 온 동굴 가득 채운 자운엽은 바닥에 깔아놓은 짐승 가죽 멍석으로 입구를 막았다. 쑥 냄새가 온 동굴 안에 찌들어 있는 거름 냄새를 지우고 나서라야 맑은 공기에 제정신을 차린 코가 입동(入洞)을 허락할 것이다.

삐익—

쑥 연기가 가득 차 오른 동굴을 바라보다 실개천 아래로 걸음을 옮긴 자운엽은 긴 휘파람으로 백미호를 불렀다.

잠시 후 잔뜩 경계의 눈빛을 지우지 못한 백미호가 저 멀리서 고개를 내밀고는 제일 먼저 코부터 킁킁거렸다.

아까와는 다르게 별 냄새를 못 맡았는지 백미호가 고개를 갸우뚱거리며 다가왔다.

"하하! 이젠 그렇게 경계할 필요가 없다. 아주 미세한 냄새까지는 지우지 못했지만 근 한 시진을 물속에서 씻어냈으니 괜찮을 것이다."

자운엽은 모닥불을 피워 올려 고기를 굽고 한 덩이를 베어 백미호에게 던져 주었다. 던져 준 고기를 입에 문 백미호가 왠지 뒷걸음질치며 주저했다.

"왜 그러느냐? 오호라, 네놈 마누라와 새끼가 걸리는 모양이구나. 그러고 보니 그동안 노방을 방치하여 사냥에만 의존하며 네놈 가족을 먹여 살리고 또 나를 먹여 살렸구나. 기특한 놈!"

자운엽의 눈빛이 잔잔해졌다.

"자, 내 몫까지 모두 네 식구들에게 갖다 주어라. 오늘부터는 부지런히 노방을 설치하여 배불리 먹게 해주겠다."

자운엽은 자신의 몫으로 잘랐던 고기마저 백미호에게 던져 주자 백미호가 두 덩어리의 고기를 입에 물고 꼬리를 흔들며 사라졌다.

"한낱 미물도 제 자식을 위해 저러거늘……."

잠시 백미호가 사라진 곳을 쓸쓸히 쳐다보던 자운엽은 세차게 고개를 흔들고는 목검을 휘둘렀다.

휘리릭— 파르르—

수백 수천 마리의 나비가 온 사방에 난무했다.

"나비가 올 때쯤에는 더욱 완벽한 혈접난무를 완성할 것이다. 어서 오라, 나비들아!"

한참을 미친 듯이 칼춤을 추던 자운엽은 후읍 하고 진기를 끌어올리고는 매번 쌍장을 내지르던 흙벽 쪽으로 다가갔다.

"하앗—"

짧은 기합성과 함께 거의 이 장(二丈) 거리에서 날린 장력이 흙벽을 때렸다.

펑 하는 폭음과 함께 자욱히 흙먼지가 날아올랐다.

내력이 뒷받침되지 않는 검법은 사상누각과 같음을 느낀 후부터 칼을 휘두르는 시간만큼 태음토납경의 호흡 공부를 게을리 하지 않은 결과 지금의 장력은 처음보다 세 배 이상의 깊이로 흙벽을 파고들었다.

"이젠 그동안 방치했던 노방을 손보아야겠다. 백미호 저놈이 제 식구들과 날 먹여 살리느라 그동안 배를 굶주렸을 터이니 오랜만에 포식하게 해주마."

파앗—

자운엽의 신형이 순식간에 숲 속으로 사라졌다.

"나비들이 돌아왔다!"
동굴에서 나온 자운엽은 꽃밭을 쳐다보며 환호성을 질렀다.
긴 겨울이 지나고 봄바람이 수운곡에 가득 차자 얼어붙었던 대지에는 꽃이 하나둘 피어났다. 그리고 마침내 기다리던 나비가 꽃봉오리 사이로 날아다니기 시작했다.
"네놈들이 다시 날아오기를 눈 빠지게 기다렸다. 정말 반갑다, 이놈들아. 하하하!"
자운엽은 꽃밭 사이를 뛰어다니며 오랜 친구를 만난 듯 반가워했다.
"자, 그럼 네놈들을 상대로 몽매에도 펼쳐 보고 싶었던 혈접난무를 펼쳐 보아야겠지."
자운엽은 목검을 꺼내 들고 앞에 날고 있는 호랑나비 한 마리를 응시했다.
휘익―
우선 목검을 크게 한번 휘둘러 호랑나비를 놀라게 했다.
파르르―
다가오는 목검에 놀란 호랑나비가 크게 날개를 펄럭이며 요동 쳤다.
'혈접난무를 펼칠 순간이다!'
"하앗!"
파르르르르―
자운엽의 목검 끝이 단 한 순간도 놓치지 않고 나비의 날개를 따라 팔랑거렸다.
계속해서 자신을 따라오는 목검에 놀란 나비가 아무리 어지러운 날갯짓으로 방향을 바꾸어도 날개에 달라붙은 듯 자신을 쫓아오는 목검에 지쳤는지 주춤 허공으로 솟구쳤다 바닥으로 떨어졌다.

"드디어 완성시켰다. 와하하!"

요동 치는 나비의 날갯짓을 한순간도 놓치지 않고 완벽히 따라잡은 목검을 하늘을 향해 번쩍 들어 올린 자운엽은 수운곡이 떠나갈 듯 고함을 질렀다.

길고 긴 인고의 시간 끝에 혈접검법 제일초 혈접난무가 완성되었다.

그동안 찢어진 손바닥에서 흘린 피가 얼마였으며 퉁퉁 부어오른 손목 관절에 갖다 붙인 부목이 몇 개였던가?

일 년이란 긴 시간을 한순간도 쉬지 않고 피땀을 흘렸고, 팔랑거리는 나비의 움직임을 관찰하기 위해 또 얼마나 많은 눈물을 흘렸던가?

지나온 순간의 고통이 너무도 컸기에 성취의 보람 역시 그에 비례하여 컸다. 아니, 그간의 모든 고통을 일순간에 날리고도 한참을 더 환희에 젖을 만큼 성취의 기쁨은 몇 배나 더 컸다.

"어디 다시 한 번!"

한참을 환희에 젖어 고래고래 고함을 지르던 자운엽은 목검을 들어 올리고 한 번 더 혈접난무의 초식을 펼칠 준비를 하였다.

저만치서 호랑나비 한 마리가 유유히 날고 있었다.

"하앗!"

고함과 함께 목검을 휘두르며 호랑나비에게고 쏘아져 가자 놀란 호랑나비가 요동 치며 날아올랐다.

파르르르—

목검이 호랑나비를 따라 똑같은 모습으로 날갯짓을 했다.

파팟—

한참을 따라가던 목검이 어느 순간 호랑나비의 몸체를 때리자 호랑나비가 풀썩 날아올랐다 바닥으로 떨어졌다.

"어라? 이게 어찌 된 일이냐?"

예상치 못한 상황에 자운엽은 소리를 질렀다.

자신이 휘두른 목검은 정확히 호랑나비를 따라가야지 이렇게 부딪쳐서는 안 되는 것이다.

그러고 보니 처음 펼쳤을 때도 호랑나비가 주춤 위로 날아올랐다가 바닥으로 떨어졌었다. 그때는 그냥 놀라고 지친 나비가 기진맥진하여 바닥에 주저앉은 것이라 생각했는데 그렇지 않은 모양이었다. 뭔가 생각지도 못한 오차가 있는 것 같았다.

"이럴 리가 없는데… 이럴 리가……!"

자운엽은 망연한 표정으로 목검에 부딪쳐 바닥에 떨어진 나비를 집어 올렸다. 진기가 실린 목검에 부딪쳐 나비의 몸체는 아예 형체도 남아 있지 않고 큰 날개 두 개만이 남아 있었다.

"어째서, 어째서 이런 일이 생긴 것이지?"

자운엽은 도저히 믿을 수 없다는 표정으로 날개만 남은 호랑나비의 잔해를 뚫어지게 쳐다보았다.

작년 봄부터 지금까지 일 년의 기간 동안 피를 토하기도 하고 손아귀가 몇 번이나 찢어지며 완성시킨 혈접난무였는데 그것이 허점이 있다고는 도저히 인정할 수가 없었다.

"원인을 찾아야 한다. 그렇지 않으면 혈접난무는 실패작이 되고 만다."

자운엽은 다시 목검을 들어 올렸지만 더 이상 호랑나비가 보이지 않았다. 아직 이른 봄이라 꽃밭을 찾은 나비의 수가 많지 않았던 것이다.

"내일이나 모레면 더 많은 나비가 찾아오겠지. 오늘 밤을 꼬박 새워서라도 내 칼이 나비와 부딪친 이유를 밝혀야겠다."

서둘러 동굴 속으로 들어온 자운엽은 가부좌를 틀고 앉아 호랑나비의 움직임과 혈접난무의 검초를 각각 떠올리기도 하고 두 개를 한꺼번에 떠올리며 각각의 궤적을 비교해 보았다.

몇 시진을 그렇게 집중하던 자운엽의 얼굴에 미소가 번졌다.

"혈접난무에 문제가 있었던 것이 아니라 혈접난무를 펼치는 목검에서 일어나는 검풍(劍風)이 문제였던 것이다."

천천히 눈을 뜬 자운엽은 한없이 안도하는 표정으로 중얼거렸다.

일 년 가까이 되는 기간 동안 단 한 순간도 쉬지 않고 오로지 그것에만 전념한 혈접난무였다. 그런데 그것이 치명적인 문제를 내포한 초식이라면 실망이 거듭되다 못해 삶의 의욕마저 잃을 것 같았다.

혼신의 힘을 다해 만든 혈접난무는 아무런 문제가 없었다.

날아다니는 나비를 향해 혈접난무를 펼칠 때 나비와 검신이 부딪친 이유는 목검이 일으키는 바람에 나비의 날개가 휘날리거나 떠밀려서 날갯짓이 흐트러지거나 날갯짓 자체가 아예 불가능해져 그런 상황이 야기된 것이다.

진력이 가득 담긴 박달나무 목검이 일으키는 바람을 나비가 감당할 수 없을 것이다. 그러다 보니 제대로 된 날갯짓을 하지 못하고 검신에 부딪치거나 아예 허공으로 날려가 버리는 것이다.

"그렇다면 나비를 상대로 혈접난무를 펼치는 일은 불가능하겠구나."

자운엽은 아쉬운 표정으로 목검을 쳐다보았다. 아무리 머리 속에 생생히 담겨져 있는 나비의 움직임이었고, 동굴 안에 빽빽이 새겨놓은 날갯짓이었지만 어찌 살아 있는 나비만 할 것인가?

　살아 있는 나비를 상대로 목검을 휘두를 때만이 살아 있는 혈접검을 완성할 수가 있었다.

　작년 늦은 봄, 꽃가루에 취해 조는 듯 날아다니던 나비의 움직임이 전 부인 줄 알고 머리 속에 기억된 그 움직임에만 의존해서 혈접난무를 만들었다면 지금처럼 요동 치는 움직임을 담은 초식은 탄생할 수 없었을 것이다.

　그때 완성을 보았다고 생각했던 호접난무와 지금의 혈접난무를 비교한다면?

　아예 생각조차 하기 싫었다.

　그러기에 나비를 상대로 직접 혈접난무를 펼칠 수 없다는 것이 못내 아쉬웠다.

　나비란 놈들이 사시사철 날아다닌다면 모를까 꽃이 만발한 한두 달 정도밖에 보이지 않는 존재이니 더 더욱 그랬다.

　"목검 끝에서 이는 바람… 그것을 제거해 버릴 수만 있다면 나비를 상대로 마음껏 칼을 휘두를 수 있을 텐데… 무슨 방법이 없을까?"

　손을 턱에 괴고 한참을 생각에 잠긴 자운엽의 눈이 어느 순간 번쩍 하고 빛을 쏟아냈다.

　"바람을 가두어보자!"

　들뜬 목소리로 중얼거린 자운엽은 벌떡 몸을 일으켜 밖으로 나갔다.

　"젠장!"

　바깥은 이미 밤이 되어 별이 총총히 빛나고 있었다.

　"아무래도 이곳의 밤낮은 최근 들어 제멋대로 돌아가고 있는 것 같단 말이야."

제멋대로 움직이는 존재가 자기 자신임을 생각지 않는 자운엽은 투덜거리며 동굴 속으로 되돌아왔다.

"바람을 가둔다!"
번쩍 떠오른 새로운 영감 한 가닥을 밤새 물고늘어지며 자는 둥 마는 둥 밤을 새운 자운엽은 아침 일찍 꽃밭으로 달려왔다.
어제보다는 몇 마리 더 많은 나비들이 꽃봉오리 위를 노닐고 있었다.
혈접난무로 나비의 움직임과 날갯짓을 쫓는 데는 아무런 지장이 없었다. 그러나 혈접난무는 목검이 일으키는 바람 때문에 살아 있는 나비들을 상대로 펼치는 데는 무리가 있었다.
혈접난무를 그대로 응용하며 살아 있는 나비들을 상대로 칼을 연마하려면 목검에 이는 바람을 없애야 한다.
수없이 많은 날갯짓으로 팔랑거리는 혈접난무를 펼치는 목검에서 바람을 없애는 일은 불가능한 일, 차라리 능동적으로 바람을 차단하여 나비를 상대하는 새로운 초식을 만들면 어떨까 하는 생각이 들었다.
"과연 가능할까?"
자운엽은 고개를 갸웃거렸다.
"직접 부딪쳐 보는 것이 가장 빠른 해결책이지!"
천천히 목검을 들어 올렸다.
"하앗!"
큰 소리와 함께 목검을 내뻗자 놀란 나비 한 마리가 허공으로 솟구쳤다.
파르르르─

혈접난무의 현란한 초식이 펼쳐졌다. 그러나 지금 이 순간 자운엽이 휘두르는 목검에서 펼쳐지는 혈접난무는 어딘지 달라 보였다.

나비에게 다가갈 때까지는 똑같았지만 나비의 날개 아래로 칼이 파고드는 순간 칼끝은 급격히 움직임을 바꾸었다. 그와 동시에 목표가 된 나비는 극히 짧은 순간 아래쪽으로 떨어져 내리다 놀라 요동 치며 다시 허공 중으로 날아 올랐다.

"됐다! 충분히 가능성이 있다."

자운엽은 벌겋게 달아오른 얼굴로 고함을 질렀다.

혈접난무의 초식으로 나비의 날갯짓을 따라가며 나비 몸체 아래에 이는 바람을 목검 끝으로 쳐내 버린다면…….

부러지는 나뭇가지에서 도약력을 얻지 못하고 같이 떨어져 내리는 원숭이처럼 나비도 그렇게 떨어져 내릴 것이다.

방금 휘두른 목검 끝에서 자운엽은 충분히 그 가능성을 엿볼 수 있었다. 비록 나비가 주춤 아래로 쏠리는 순간은 극히 짧았지만 차츰 초식을 완성시켜 가면 땅바닥에까지 떨어뜨릴 수 있을 것이다.

"이것으로 또 하나의 초식 명이 결정됐다. 혈접검법 제이초식은 혈접쇄풍(血蝶鎖風)이다. 하하하!"

또 하나의 목표를 설정한 자운엽은 호쾌하게 웃었다.

"그리고 칼끝이 미치는 범위에 있는 나비를 모두 떨어뜨릴 경지가 되면 제삼초식은 자연히 혈접낙화(血蝶洛花)가 될 것이다!"

고함을 지른 자운엽은 가슴 가득 차 오른 감흥을 주체하지 못하고 수운곡을 가로질렀다.

백미호의 몸짓을 닮아 상체부터 주욱 늘어나며 달려나간 신형이 어느새 계곡 끝으로 치달은 후 급히 방향을 바꾸어 숲 속으로 사라졌다.

시위를 떠난 살같이 움직이는 자운엽의 신형은 이젠 백미호도 따를 수 없는 바람으로 변해 있었다.

"한 마리, 우선 한 마리의 호랑나비부터 완벽히 바닥에 떨어뜨리자!"

자운엽은 반복해서 혈접난무를 펼쳤다. 그리고 마지막 순간 칼끝으로 나비 몸체 아래의 바람을 쳐냈다. 처음과 마찬가지로 나비의 몸체가 멈칫 아래로 떨어져 내렸지만 여전히 미세한 수준에 그쳤다.

바람이란 것이 흙무더기처럼 한번 파내면 뻥 하고 구멍이 뚫린 채 그대로 유지되는 것이 아니라 극히 짧은 순간 진공 상태가 되었다가 곧 이어 원상태로 돌아왔기에 나비는 비웃기라도 하듯 건재하며 자운엽의 코앞을 날아다녔다.

파파파파―

다시 한 번 맹렬히 칼을 찔러 넣었지만 결과는 자운엽의 참패였다.

순간적으로 약간 주춤했지만 훌쩍 날아오른 나비는 허공으로 치솟았다가 꽃봉오리 위로 날아다니며 생업에 충실했다.

단지 목검이 일으키는 바람으로 나비를 휘몰아 떨어뜨리는 것은 쉬운 일이겠지만 지금 자운엽이 구현하고자 하는 초식은 나비의 몸체 아래에 이는 바람을 가두어 나비를 자연스럽게 아래로 떨어뜨리려는 것이다. 그렇다면 나비의 몸체 아래에 진공의 구멍을 뚫어 바람을 가두어야 한다.

한참 동안 목검을 휘두르다 지친 자운엽은 결국 바닥에 주저앉으며 심각한 회의에 빠져들었다. 아무리 애써도 안 될 일을 벌여놓고 헛고생하고 있다는 생각도 들었다. 누구의 가르침도 없이 혼자만의 상상력

혈접검법(血蝶劍法) 277

으로 익혀가는 검법이란 것이 얼마나 힘든 것인지 절실히 느껴졌다.
"허황된 꿈이었나?"
혈접검법 제이초 혈접쇄풍의 토대가 될 수도 있을지 모르는 무리(武理)를 얻기 위해 백학검법을 펼치던 설사덕 가주의 움직임을 수십 번도 더 떠올려 보았지만 이번 경우에는 아무것도 도움을 주지 못했다. 그러니 도저히 만질 수 없는 허상을 쫓아 목을 매고 있다는 생각이 자연 가슴속 가득 차 올랐다.
"빌어먹을! 으아아……!"
발광을 하듯 고함을 지른 자운엽은 마구잡이로 칼을 휘둘렀다.
주변에 있던 꽃들이 허공으로 떠오르며 만천화우(滿天花雨)의 광경이 펼쳐졌다.
풍덩—
실개천으로 달려간 자운엽은 물속으로 고개를 처박았다. 그리고 허파가 터질 듯한 느낌을 받을 때까지 숨을 참았다.
한참 후 물속에 처박았던 고개를 들고 막혔던 숨을 토해낸 자운엽은 물이 뚝뚝 떨어지는 자신의 얼굴을 수면 위로 비춰 보았다.
"보이지도 않는 바람을 가두고자 발광을 하기 전에 우선 눈에 보이는 이 물줄기부터 가두는 연습을 해야겠다!"
말이 끝남과 함께 손을 뻗은 자운엽은 물줄기를 한 움큼 퍼내었다. 물을 퍼낸 자리에 아주 잠시 오목한 웅덩이가 생겼지만 금세 다시 메워졌다.
"아주 흡사하군."
보이지는 않았지만 칼끝으로 쳐낸 바람도 이런 식으로 금방 제자리를 메울 것이다. 그렇다면 혈접쇄풍의 초식은 우선 이곳 개울물에서 그 시초를 이루어야 할 것이다. 나비들이 떠나기 전에 그 시초를 이룬다면 내년 봄 나비가 다시 날아올 때쯤에는 혈접낙화도 시전해 볼 수 있을 것이다.

풍덩—

다시 한 번 물속 깊이 고개를 파묻은 자운엽은 자신의 의지를 시험하기라도 하듯 숨을 멈추고 한참 동안 고개를 내밀지 않았다.

"푸아아!"

죽은 듯이 꼼짝 않던 자운엽의 머리가 물속에서 솟구쳐 오르며 좌우로 흔들렸고 흑발(黑髮) 가득 묻은 물기가 사방으로 비산했다.

아침부터 저녁까지는 개울에서 물살을 가르고, 두드리고, 쳐내는 수련을 하고 밤에는 동굴 속에서 태음토납경의 호흡으로 내력을 다지는 반복된 행위가 두 달 동안 쉼없이 지속되었다.

그동안 아무리 갈라도 다시 밀려들고, 아무리 쳐내도 다시 원상 복구되는 물살에 구멍을 뚫기 위해 한시도 쉬지 않고 휘두른 목검 끝에 다시 핏물이 흐르기 시작했다.

거북이 등껍질처럼 굳은살이 박힌 손바닥 어디에 피가 새어 나올 곳이 있었는지 의아스러웠지만 손바닥을 타고 흐른 피가 칼끝을 통해 냇물 위에 뿌려졌다. 그리고 손목도 다시 부어올랐다.

그럴 때면 언제나 그 자리에서 가부좌를 틀고 손목으로, 손바닥으로 태음토납경의 부드럽고 현묘로운 기운을 불어넣어 상처를 어루만졌다. 한없이 부드러운 떨림으로 혈도를 따라 흘러가는 기운은 지친 육신을 굳건히 보살펴 주었다.

"후읍!"

진기를 불어넣은 칼끝이 미세하게 떨리기 시작했다.

얼른 보아 잘 느낄 수 없는 칼끝의 떨림이었지만 막상 목검 끝에 실린 힘은 바위도 파고들 정도로 강맹했다.

칼끝에서 시작된 떨림이 물살을 가르고 한 자 정도 깊이의 바닥까지 구멍을 뚫었다. 그리고 그 구멍은 칼끝의 떨림이 멈추어지지 않는 이상 메워지지 않았다.

그렇게 수면 한곳에는 구멍이 뚫렸지만 수면 다른 곳은 어떤 흔들림도 없이 처음 그대로였다. 단지 목검을 휘둘러 물살을 빙글빙글 돌리고 그 회전력에 의해 생기는 구멍이야 하루 만에라도 성공시킬 수 있는 일이었지만 모든 힘을 검극(劍極)에 모아 이렇게 목적한 한곳만을 뚫기 위해서 지금껏 피땀을 흘린 것이다.

"드디어 성공이다!"

목검을 거두어들인 자운엽은 나직이 외쳤다.

하나의 성취는 또 다른 성취를 위한 작은 발판에 불과하다는 것을 느낀 자운엽은 더 이상 한 가지 작은 성취에 기뻐하지 않게 되었다. 그것은 또 다른 출발점이었고, 그 도착점을 기점으로 훨씬 더 멀고 긴 여정이 기다리고 있는 것이다.

파르르 떨리며 바람을 쳐내던 칼끝의 궤적을 회전으로 바꿀 때 물살 위에 작은 우물이 패였고 그 회전력이 무거워질수록 우물은 깊어졌다. 한 자 깊이의 개울물을 뚫었으니 나비를 가두는 데는 조금도 부족함이 없을 것이다.

"그러나 이젠 나비가 문제가 아니다. 혈접검법 제이초 혈접쇄광이 완성되면 칼끝에 무서운 이빨이 하나 돋아날 것이다. 바위도 뚫을 수 있는 무서운 이빨이……."

목검 끝을 바라보며 자운엽은 조용히 중얼거렸다.

혈접쇄풍을 수련하며 검극에 최대한 집중시킨 회전력의 힘은 비단 물과 바람뿐만 아니라 바위도 뚫을 수 있다는 사실을 깨달은 것이다. 지금 들고 있는 목검으로서는 부족함이 있겠지만 담금질이 잘된 진검(眞劍)에 진기를 실어 혈접쇄풍의 회전력을 고스란히 칼끝으로 보낸다면 틀림없이 바위도 뚫고 들어갈 수 있을 것이다. 그것은 칼을 잡은 손이 먼저 느끼고 있었다.

"바위를 뚫든 강철을 뚫든 완벽히 해내려면 먼저 나비를 상대로 바람을 뚫어야겠지?"

자운엽은 천천히 꽃밭으로 다가갔다.

온 꽃밭을 뒤덮다시피 하던 나비가 어느새 현저히 줄어들어 있었다. 제법 뜨거워진 태양 빛 속에서 늑장을 부리다가 할 일을 다 못한 놈들만이 봉우리를 오므리고 시들어져 가는 꽃술에서 서둘러 꽃가루를 취하고 있었다.

"하아!"

목검이 파르르파르르 날갯짓을 하다 어느 순간 칼끝이 미세하게 회전했다. 얼핏 보기에는 별로 변화가 없어 보이는 미세한 떨림 속에는 바람을 가두어 버릴 가공할 회전력이 들어 있었다.

파르르—

도약대를 잃은 원숭이처럼 날개에 걸리는 바람의 양력(揚力)을 상실한 나비의 몸이 속절없이 아래로 떨어져 내렸다. 잠시 목검 끝이 떨림을 멈추자 놀란 날갯짓으로 날아오르던 나비가 다시 떨리는 목검 끝이 만들어내는 진공에 바닥까지 떨어져 내렸다.

휘이잉—

허공을 꿰뚫었던 칼끝이 바닥으로 향하자 흙먼지가 사방으로 비산했다. 허공을 상대했을 때는 보이지 않던 힘이 바닥에 이르러 그 형체를 고스란히 드러낸 것이다.

"더 이상은 괴롭히지 않을 테니 네 갈 길로 가거라."

바닥에 떨어져 놀란 날개만 파닥거리는 호랑나비를 칼끝으로 들어올린 자운엽이 허공 중에서 가볍게 칼을 흔들자 제정신을 차린 호랑나비가 요동 치며 날아갔다.

"오늘은 한 마리이지만 내년 봄에는 내 칼끝이 미치는 범위 안의 나비를 한순간에 모두 바닥에 주저앉히겠다. 그리고 혈접낙화를 완성시키겠다."

나직하게 다짐한 자운엽은 어슬렁거리며 개울가로 향했다.

혈접난무에서 혈접쇄풍으로 이어지면서 혈접검법은 훨씬 날카로워졌다. 혈접난무의 초식이 어지러운 날갯짓으로 상대를 베는 공격이라면 혈접쇄풍은 그 어지러운 날갯짓을 고스란히 칼끝에 모아 무섭게 찔러가는 공격이다.

이제 한곳을 찔러가는 그 공격점을 최소한의 순간에 최대한으로 늘리는 일이 남았다. 최소한의 짧은 순간에 수많은 나비를 바닥으로 떨어뜨리는 그 초식의 이름은 혈접낙화(血蝶洛花)가 될 것이고, 그것이 완성되면 혈접검은 또 한 단계의 날카로움을 더하게 될 것이다.

"천리 길도 한 걸음부터이니 우선 두 개부터 시작하자."

자운엽은 작은 돌멩이 두 개를 공중으로 던지고는 혈접쇄풍의 검초를 펼쳤다. 두 개의 돌멩이가 검극(劍極)에 가격당하고는 까마득히 멀리 날아갔다.

"이건 너무 쉽군."

자운엽은 피식 웃음을 흘리며 개울가에서 한 줌의 돌을 집어 올리고는 허공으로 던졌다.

파바박—

혈접낙화로 가기 위한 혈접쇄풍의 검극이 여러 곳을 향해 찔러져 나갔다.

"얼씨구! 겨우 네 개밖에 날리지 못했단 말인가?"

두 개를 가지고 시작했을 때는 너무 쉽게 보여 처음부터 열 개 정도는 쉽게 성공할 줄 알았는데 막상 여러 개를 던지고 보니 어느 것부터 먼저 찔러야 할지 허둥대는 순간 돌멩이들은 매정하게 자유 낙하하고 말았다.

"이거 정말 열받는구나. 어디 다시 한 번!"

파바박—

또다시 네 개의 돌멩이만이 목검 끝에 찔려 쏜살같이 전방으로 날아갔다.

"기도 안 차는군! 그럼 다섯 개를 던져서 한번 해보자."

비 맞은 중처럼 궁시렁거린 자운엽은 정확히 다섯 개의 돌멩이를 허공에 던지고는 혈접쇄풍의 초식을 전개했다. 다섯 개의 돌멩이가 정확히 목검 끝에 찔려 위잉 소리를 내며 까마득히 날아갔다.

"그렇군. 숫자가 적으면 쉬운 것도 숫자가 많아지면 눈이 어지러워 오히려 실력이 반감되는구나. 한꺼번에 많은 숫자로 덤비기보다는 하나하나 그 숫자를 늘려가다 보면 어느 순간 헤아릴 수 없을 만큼 많은 돌멩이도 쳐낼 수 있겠지."

그날부터 자운엽은 실개천 바닥에 있는 자갈을 끌어 모았고 수운곡 실개천의 자갈들은 모조리 타향으로 강제 이주당하는 운명을 맞이하게 되었다.

다섯 개로 시작하던 혈접낙화의 수련은 한 달이 지났을 때는 삼십 개로 늘어나 있었고, 또 한 달이 지났을 때는 오십 개로 늘어났다.

"이 짓도 못할 짓이다."

오십 개의 자갈을 두 손 가득 담아 허공으로 던져 놓고는 얼른 목검을 빼 들고 혈접낙하의 초식을 펼치기를 반복하던 자운엽은 권태로운 얼굴로 바닥에 주저앉았다.

누군가 돌을 던져 주는 사람만 있어도 수련이 훨씬 쉬울 것 같았지만 이 수운곡에서 그런대로 의사 소통이 가능한 존재라고는 백미호뿐인데 네 발로 기어다니는 짐승에게 그걸 바랄 수도 없는 일이었다.

"무슨 방법이 없을까?"

한동안 생각에 잠겼던 자운엽은 미소를 떠올렸다.

"좋아, 그렇게 하면 그럭저럭 가능하겠구나."

무슨 좋은 생각이 떠올랐는지 희희낙락하며 처음 수운곡으로 들어올 때 준비해 온 중도(中刀) 하나를 꺼내 들고 숲으로 향했다. 잠시 후 숲 속에서 팔뚝보다 좀 더 굵고 곧은 나무와 짧은 통나무를 베어 온 자운엽은 짧은 통나무를 바닥에 놓고 길고 곧은 다른 나무를 그 위에 열 십(十)자로 걸쳤다.

"어디?"

통나무에 걸쳐서 들려진 한쪽 끝을 쾅 하고 밟자 반대쪽 끝이 요동을 치며 튀어 올랐다.

"됐다. 저 끝에 자갈을 담은 소쿠리를 걸치면 소형 투석기(投石器)가 되겠구나. 내일부터는 아예 수십 개의 소쿠리에 자갈을 주워 담아놓고 혈접낙화의 연마에 주력하자."

뉘엿뉘엿 넘어가는 햇빛에 반사된 자운엽의 볼이 붉게 물들었다.

꽝―
후두두둑―

마른하늘에 돌 벼락이 쏟아졌다.

소형 투석기에서 날아오른 수많은 자갈들이 우박처럼 쏟아져 내렸다. 잠시 호흡을 가다듬은 자운엽은 쾌속하게 혈접낙화를 시전했다.

파파파파팍―

목검 끝에 부딪친 자갈들이 사방으로 비산했다.

진기가 가득 실린 목검 끝이 일으키는 회전력이 고스란히 자갈에 전해졌고 가격당한 자갈들은 까마득히 먼 곳으로 날아가 다시 고향을 찾을 확률은 희박해 보였다.

실개천 하류 쪽에 지천으로 널려 있던 자갈도 어느 순간부터인가 점점 자취를 감추고 어느덧 실개천에서도 자갈을 구하기가 힘들게 되었다. 급기야는 산허리를 하나 돌아 돌비탈 계곡까지 가서 자갈을 구해 와야 했다.

"검술 연마하는 것보다 돌 구하는 것이 이젠 더 힘드는구나."

오전 내내 자갈을 끌어 모아 수십 개의 소쿠리에 가득 채운 자운엽은 푸념을 하며 자리에 주저앉았다.

처음엔 돌의 숫자를 세어가며 연마하던 혈접낙화의 초식이었지만 오십 개를 넘고 투석기를 사용하면서부터는 아예 세는 것을 포기해 버렸다. 그냥 대충 싸리나무로 만든 소쿠리에 한 소쿠리 가득 퍼 담아 투석기로 날리고 그것을 하나도 남김없이 목검 끝으로 찔러댈 뿐이었다.

파파팍—

다시 혈접낙화의 수련이 시작되었다.

투둑—

떨어진 돌이 금방 눈에 뜨이게끔 매끈하게 다져진 땅바닥에 세 개의 자갈이 떨어져 나뒹굴었다.

"아직까지는 꼭 두세 개는 놓치는구나. 이렇게 일정한 궤적을 그리며 날아오른 돌을 놓친다면 어지럽게 움직이는 나비는 어떻게 바닥으로 떨어뜨릴 것인가. 한심하구나, 한심해!"

자운엽은 목검으로 자신의 머리를 툭툭 두드리며 장탄식을 했다.

극히 작은 타점인 칼끝으로 떨어지는 자갈을 정확히 쳐내는 것은 이루 말할 수 없이 어려웠다.

혈접난무의 어지러운 칼놀림으로 아무리 빠르게 쫓아가도 한 소쿠리의 돌 중 몇 개씩은 놓치며 실패했다.

"젠장, 세 개만 빼고 시작할걸! 그랬으면 성공했을 텐데."

투덜거린 자운엽은 다음 소쿠리에서는 정확히 세 개의 돌을 빼냈다.

"자, 다시 한 번!"

쾅—

소형 투석기 한쪽을 힘껏 밟았다.

휘이익—

소쿠리에 담긴 돌들이 허공으로 날아올라 자운엽의 머리 위에서 우박처럼 떨어졌다.

파파파팍—

혈접낙화의 검초에 찔린 돌멩이들이 사방으로 비산했다.

투툭—

　다시 세 개의 돌멩이가 땅바닥에 떨어졌다.

　"뭐야, 이건? 세 개를 들어내도 그대로인가? 물론 세어보지 않아 방금 전의 소쿠리에 든 돌멩이가 아까보다 정확히 세 개가 모자란다고 볼 수 없지만 그래도 꼭 마무리 단계에서 몇 개를 놓치는군. 어디, 다시 한 번!"

　대충 퍼 담은 한 소쿠리의 돌무더기에서 이번에는 여섯 개를 덜어낸 자운엽은 호흡을 고른 후 혈접낙화의 검초를 펼쳤다.

　투둑—

　다시 세 개의 돌이 바닥에 떨어졌다.

　완벽히 성공시킨 오십 개의 돌멩이 이후부터는 숫자에 연연하지 않고 한 소쿠리씩 퍼 담아 수련했는데 그때부터는 마지막 순간에 꼭 두세 개는 실패하게 되는 것이다.

　"뭔가 놓친 것이 있다."

　안광을 빛낸 자운엽은 이번에는 정확히 오십 개의 돌멩이를 세어 소쿠리에 담고는 똑같은 수련을 반복했다.

　"이것 봐라?"

　바닥에 떨어진 두 개의 돌멩이를 보고 비명성을 내지른 자운엽은 황당한 표정으로 입을 다물지 못했다.

　분명히 몇 달 전에는 오십 개의 숫자를 성공시켰었다. 그런데 오히려 지금은 더 퇴보한 것이 아닌가? 한 소쿠리의 돌멩이를 찔러낼 때보다는 오십 개의 돌멩이는 훨씬 여유가 있었지만 이상하게도 마지막 몇 개는 놓치게 된 것이다.

　작은 소쿠리에 담긴 돌멩이는 적어도 칠십 개는 넘는 것인데 오십 개나 칠십 개나 같은 결과를 만들어낸다면 이건 숫자에 상관없는 뭔가가 있는 것이다.

"어디, 정말 그런지 확인을 해보자!"

자운엽은 돌멩이의 수를 하나하나 세며 정확히 칠십 개를 소쿠리에 담았다. 이제껏 대충 한 소쿠리 담았을 때와 비슷한 숫자가 담긴 것 같았다.

투석기 위에 소쿠리를 올린 자운엽은 진기를 가다듬고는 투석기를 밟았다.

휘리리릭—

혈접낙화의 초식이 빠르게 펼쳐지며 목검 끝이 떨어지는 자갈을 무섭게 찔러 나갔다.

파바박—

비산하는 돌멩이들이 마치 폭발의 잔해인 듯 사방으로 터져 나갔다.

투투둑—

정확히 세 개의 돌멩이가 바닥에 떨어져 내렸다.

짐작이 맞아떨어졌다.

숫자와 상관없는 뭔가 다른 요인이 작용하고 있는 것이다.

한번 투석기를 떠난 돌은 바닥에 떨어질 때까지 숫자상으로 더 이상한 개의 변화도 없다. 그런고로 본능적인 감각은 돌멩이들이 날아오르는 순간 그 전체적인 움직임의 틀을 결정한 것이다. 그 고정된 틀로 인해 한계가 생기고 마지막 순간에는 몇 개의 돌을 놓치게 되는 것이다.

"인간의 무의식적인 능력이란 한편으로 무섭고도 한편으론 바보스럽기 짝이 없구나."

곰곰이 생각에 잠겨 벽에 가로막히게 된 이유를 찾아내던 자운엽은 나직이 중얼거렸다.

투석기에서 튀어 오른 돌을 순식간에 파악하는 무의식적인 능력이야말로 전율을 일으킬 만큼 고강했지만 또한 그것을 순식간에 한계로 인식해 버리는 우매함이야말로 혀를 내두르게 했다.

"그동안 너무 틀에 박힌 수련만 했다. 실제 싸움에서 날아드는 칼날이 언제나 처음과 끝이 똑같을 수가 없는 것이거늘 내 몸의 감각은 죽은 칼만 갈고 있었다."

그것을 깨닫자 또 하나의 도전이 시작되었다.

와장창—

몇 달 동안 자신의 수련을 도와준 투석기가 순식간에 땔감으로 바뀌었다. 그리고 한계의 표본이었던 비슷한 크기의 소쿠리들도 모조리 던져 버렸다.

"이제부터는 살아 있는 칼을 연마해야 할 때이다!"

투석기를 모두 부순 자운엽은 목검을 들고 산으로 올라갔다.

만추의 풍성함을 넘어선 계절은 겨울의 문턱을 향해 걸음을 재촉하고 있었고 형형색색으로 물들었던 나뭇잎들은 이제 그 수명을 다하고 한 잎 두 잎 바닥으로 떨어져 새로운 생명들을 위한 밑거름으로 화하고 있었다.

아름드리 나무 밑에 선 자운엽은 위를 올려다보았다. 아직까지는 떨어지는 낙엽이 많지 않지만 서서히 그 숫자가 늘어날 것이다.

"언제 얼마나 떨어질지, 그리고 어디로 얼마나 떨어질지 예측을 할 수가 없는 낙엽을 상대로 살아 있는 칼을 익힐 것이다."

휘잉 하고 한줄기 바람이 불자 우수수 낙엽이 떨어지기 시작했다.

"하아!"

혈접낙화의 초식이 전개되자 된서리를 맞은 듯 바짝 마른 낙엽들이 무수히 많은 조각으로 부서져 허공에 흩어졌다.

"반도 제대로 못 찌르겠군. 하지만 기분은 너무 좋구나."

병글거린 자운엽은 다시 한줄기 바람이 불어오는 것을 느끼며 칼을 휘둘렀다.


"휴우~ 이건 정말 어렵다."

아름드리 나무 밑에서 바람에 날려 떨어지는 낙엽을 상대로 혈접낙화의 초식을 수련하던 자운엽은 혀를 내두르며 바닥에 주저앉았다. 투석기에서 한꺼번에 모조리 날아오르던 돌멩이와는 달리 제각각 다른 순간에 다른 방향으로, 다른 숫자로 떨어지는 낙엽을 상대로 하는 수련은 원하는 순간에 한번 튀어 오르면 변하지 않는 수의 돌멩이로 수련할 때와는 비교도 할 수 없을 만큼 힘이 들었다.

또한 바람이란 변수에 아무런 영향을 받지 않고 일정한 포물선의 궤적을 그리며 떨어지는 돌멩이와는 달리 순간순간 바람에 날리며 궤적을 달리하는 낙엽을 상대할 때는 오히려 눈이 현혹되어 돌멩이로 수련한 초식이 무용지물이란 느낌이 들 정도였다.

일정한 궤적의 돌멩이에 익어 있는 자운엽의 감각은 떨어지는 낙엽이 바람에 조금만 흔들려도 제 기능을 다하지 못하고 번번이 표적을 놓치기 일쑤였다.

"투석기로 날린 돌멩이에 의한 틀에 박힌 수련은 오히려 한계만 굳혀놓았다. 이 한계를 깨뜨리고 거듭나지 못하면 제대로 된 혈접낙화의 초식은 영원히 완성시킬 수 없다."

다시 한계의 벽에 마주친 자운엽은 수련을 중단하고 근처 편편한 바위 위에 걸터앉았다.

"도대체 어떻게 하면 이 한계를 깨부수고 살아 있는 혈접낙화를 만들 수 있을까?"

자운엽은 주먹으로 연신 자신의 머리를 톡톡 두드리며 생각에 잠겼다.

돌멩이를 찔러내던 수련으로 적당히 다듬어 하나의 초식을 만들 순 있었다. 그것만으로도 그리 호락호락 당하지는 않을 것 같았다. 그러나 그 초식이 약점을 극복하지 못한 타협의 소산물이란 것은 하늘이 알고 땅이 알고 나 자신이 알고 있다. 몰랐으면 모르되 이것이 아니라는 것을 알고 있는 이상 그것은 쓰레기일 뿐이다.

"겨우 걸음마 수준인 나 자신도 이기지 못하면서 수십 년을 갈고닦은 노고수들을 어떻게 이길 수 있을 것인가."

자운엽은 내부에서 일어나는 달콤한 유혹의 목소리에 일침을 가했다.

누군가 더 지독한 인간이 있어 자신의 무공 수련에 있어 낙엽을 상대하는 혈접낙화를 성공시키는 정도의 오의를 터득했다면? 그래서 산을 내려가자마자 그런 사람과 맞닥뜨린다면?

"그날이 바로 제삿날이 되겠지."

입꼬리를 비틀며 웃음을 흘리던 자운엽은 천천히 고개를 들어 허공을 쳐다보았다.

"큰공자라면 그 지독한 수준에 어울리는 사람이지. 아마 그도 지금쯤 미친 듯이 자신과의 싸움에 매달리고 있겠지? 틀림없이 그럴 것이야. 안 봐도 짐작이 가는 인간이야. 후후."

잠시 허공을 향해 무심한 빛을 내뿜던 자운엽의 안광이 점점 강렬해졌다. 어둠침침한 동굴 속에서 수련하며 야수를 닮아가는 눈빛에 귀화가 일렁거릴 정도가 되었을 때 자운엽은 천천히 신형을 일으켰다.

"큰공자, 당신보다 한 치만 더 지독해지겠소. 친구가 될지 적이 될지는 알 수가 없지만 혹시라도 적이 되어 칼을 마주하게 되었을 때 최선을 다하지 못한 수련 때문에 패한다면 너무 더러울 것 같소. 최선을 다한 수련을 하고도 안 된다면 그땐 깨끗이 죽어드리지요. 뭐, 그리 크게 복받은 인생도 아니고, 또 죽고 나면 더 좋은 세상에서 태어날 수도 있으니까 말이오. 큭큭!"

휘익—

한동안 중얼거리던 자운엽은 어느덧 기울어가는 해를 바라보며 산 아래로 바람처럼 신형을 날렸다.

'어떻게 하면 틀에 박힌 혈접낙화의 초식을 깨뜨리고 거듭날 수 있을까?'

동굴로 돌아온 자운엽은 간단한 저녁 요기를 끝내고 화두 하나를 머리 속에 남겨둔 채 가부좌를 틀고 호흡을 고르며 생각에 잠겼다.

'투석기에서 떨어지는 돌멩이와 바람에 날려 떨어지는 낙엽의 움직임의 차이는 규칙과 불규칙의 차이였다. 놀랄 만한 능력을 가진 인간의 감각은 돌멩이가 투석기에서 떠나는 순간 각각의 궤적을 미리 예측하고 칼을 뻗을 지점을 정해 버리는 것이다. 그것은 최소한의 수고로 최대한의 결과를 얻으려는 인간 본능의 우수성이기도 했지만 불규칙적으로 움직이는 낙엽을 상대할 때는 어이없는 맹점으로 나타났다.'

이런저런 생각을 하며 밤새도록 두 움직임의 차이점을 찾아내던 자운엽은 도저히 답을 구할 수가 없음을 느꼈다.

'차이점만 파고들다가는 점점 더 해결책에서 멀어지는 기분이다. 그렇다면 이제부터는 공통점을 찾아보아야겠다."

새벽이 다 되어서야 자운엽은 발상의 전환을 꾀하며 다시 깊은 생각에 잠겨들었다.

'불규칙적이든 규칙적이든 낙엽과 돌멩이는 둘 다 움직인다는 공통점을 갖추고 있었고 움직임의 궤적 전체를 놓고 보면 엄청난 차이를 보이지만 그 궤적들을 점점 짧은 순간으로 잘라가다 보면 지극히 짧은 어느 찰나의 순간에는 둘 다 정지한 것 같은 공통점이 생긴다.'

"바로 그것이다!"

자운엽은 벌떡 일어나며 고함을 질렀다.

이제껏 투석기 수련에서 궤적 전체를 단번에 머리 속에 파악하다 보니 낙엽 수련에서는 혼란을 겪은 것이다. 그러나 전체의 궤적을 무시하고 찰나의 순간만을 포착한다면?

그게 돌멩이든, 낙엽이든, 나비든 아무런 상관 없이 모두 공통된 하나의 표적일 뿐이었다.

"됐다. 찰나의 순간을 포착할 수 있는 수련을 쌓으면 완성시킬 수 있다. 당장 시험해 봐야지!"

자운엽은 고함을 지르며 동굴 밖으로 달려나갔다.

해가 중천으로 떠오르고 있었지만 아침도 잊은 자운엽은 계곡 위로 급히 날아올랐다.

계곡 위. 울창한 숲에서 가늘고 탄력 좋은 싸리나무를 한 다발 잘라 온 자운엽은 싸리나무 한쪽은 뾰족하게 깎고 다른 한쪽은 납작하게 깎은 후 그 깎여진 단면에 미세하게 금을 몇 개 그었다. 그리고 반대쪽 뾰족한 끝을 땅속 깊이 쑤셔 박았다.

"이걸로 순간을 포착할 수 있는 안력을 키워보자."

휘익—

땅속에 박혀 있는 싸리나무를 가볍게 밀쳤다가 손을 떼자 탄력 좋은 싸리나무는 파공성를 내지르며 한참을 빠르게 좌우로 흔들리다 동작을 멈추었다.

"칼끝으로 그어놓은 금은커녕 이것이 싸리나무인지 대나무인지조차 구별이 안 되는구나."

자운엽은 멍한 눈을 크게 몇 번 껌벅거리며 투덜거렸다.

"한술 밥에 배부를 수는 없는 일. 다시 한 번!"

휘익—

다시 싸리나무를 잡아채었다 놓자 싸리나무가 빠르게 떨렸다.

"처음에는 속도를 줄여서 해야겠다."

아까보다는 훨씬 작은 폭으로 움직이는 싸리나무를 눈이 빠지게 쳐다보며 자운엽의 손은 같은 동작을 계속해서 반복했다.

처음 몇 번은 너무 갑작스런 변화에 갈피를 잡지 못하던 눈동자였지만 반복된 훈련 속에서 서서히 적응을 해가며 흔들리는 싸리나무를 쫓았다.

처음 이곳으로 와서 몇 달 동안 나비의 날개를 쫓으며 수없이 눈물을 흘렸던 인고의 시간은 싸리나무 수련에 큰 도움을 주었고, 열흘 정도 지나자 사리나무 끝에 새긴 칼자국은 정지해 있는 것처럼 똑똑히 포착할 수 있었다.

"한 개는 완벽히 가능하니 이젠 두 개로 해보자."

자운엽은 싸리나무 한 개를 더 깎아서 다른 한 개 옆에 꽂아놓고 수련을 시작했다.

처음에는 두 개를 같은 방향으로 흔들며 수련했고, 그것이 익숙해지자 두 개를 서로 반대 방향으로 흔들며 수련했다. 그런 식으로 수련하며 싸리나무의 숫자를 하나씩하나씩 늘여 나갔다.

"으갸갸갸—"

미친 인간 하나가 만발한 꽃밭 속으로 발광을 하며 뛰어들자 꽃가루를 취하고 있던 나비들이 혼비백산하며 허공으로 날아올랐다.

"타앗!"

미친 인간의 허리에서 목검이 빠져나오며 그 끝이 나비를 향해 쾌속하게 찔러들었다.

휘리리리릭—

마치 수백, 수천 개의 목검이 한꺼번에 뛰어나오는 듯 나비의 몸체 아래를 찔렀고 목검이 지나간 자리에 있던 나비들이 주춤 아래로 떨어지다가 놀란 날갯짓으로 다시 날아오르려는 순간 목검 끝이 다시 파고들자 또 한 번 아래로 떨어졌다.

파파파파팟!

헤아릴 수 없는 나비들이 몸부림치며 날갯짓을 했지만 날아오를 듯하면 다시금 파고드는 목검에 의해 계속 아래로 떨어져 마침내 모두 바닥으로 쏟아져 내렸다.

"이것으로 완성인가?"

바닥에 떨어진 나비들을 묵묵히 쳐다보던 자운엽은 한숨을 내쉬다 천천히 바닥에 주저앉았다.

"정말 힘든 초식이었다. 그런데 왜 이리 허전한 것일까?"

한 가지 목표를 향해 미친 듯이 달려오다 그 목표점에 서게 되면 일

순간 목표의 상실에 따른 허탈감이 지금 이 순간 자운엽에게 찾아온 것이다.

"술이 마시고 싶다. 작년 가을에 담가둔 국화주가 잘 익었나 볼까?"

허전한 심사를 누를 길 없는 자운엽은 흔들거리는 걸음걸이로 동굴 속으로 들어왔다.

작년 가을, 혈접낙화를 완성시키면 개봉할 생각으로 통나무의 속을 파내고 그 속에 국화 꽃잎을 가득 채운 후 막대기로 찧어서 즙을 내 한 통 가득 차게 하여 뚜껑을 닫아놓은 국화주가 이 순간의 허전함을 달래기에는 제격인 것 같았다.

"카아~ 냄새 좋고!"

뚜껑을 열고 주향(酒香)을 음미한 자운엽은 술통을 들고 밖으로 나가 불을 피워 올려 고기를 구웠다.

삐익—

긴 휘파람 소리가 울려 퍼지고 잠시 후 백미호가 가족들을 데리고 나타났다.

앞산의 암컷과 살림을 차리고 새끼 세 마리를 얻은 백미호 가족의 수는 다섯 마리로 늘었고 새끼들도 이젠 제법 성수(成獸) 티가 나고 있었다.

"이놈, 백미호야! 그간 죽을 고생을 하며 혈접낙화를 완성시켰는데 축하해 줄 사람이 없구나. 네놈에게라도 축하를 받으며 술 한잔해야겠다."

자운엽은 다 익은 고기를 잘라 다섯 마리의 여우에게 한 덩이씩 나누어 주었다.

"자, 그럼 한잔해 볼까?"

술통을 들어 올린 자운엽은 한 번 더 냄새를 맡고는 벌컥벌컥 술을 들이켰다.
 "카아~ 죽인다!"
 자운엽이 감탄사를 터뜨리자 백미호가 눈을 반짝이며 자운엽을 쳐다보았다.
 "어떠냐, 너도 한 모금 할 테냐?"
 자운엽은 손바닥에 술을 부어 백미호에게 내밀었다.
 조심스럽게 혀끝으로 손을 핥은 백미호가 고개를 흔들며 물러났다.
 "하하하! 육식을 즐겨 하는 네놈에게 쓰디쓴 국화주가 입에 맞을 리 없겠지. 맛은 보여줬으니 혼자 먹었다고 원망은 말아라."
 다시 술통을 입에 댄 자운엽은 벌컥벌컥 국화주를 들이켰다.
 "커억, 술이란 것이 외로움을 달래주는 데는 그만이구나!"
 취기가 오른 자운엽은 혀 꼬인 소리로 중얼거렸다.
 "이렇게 허전할 것 같았으면 좀 더 천천히 끝낼 걸 그랬나? 다 익히고 나니 너무 허전하구나."
 자운엽은 목검을 내려다보며 허탈한 목소리로 중얼거렸다.
 "내일부터는 또 무엇을 익히고 싶을지 모르겠으나 오늘만큼은 아무 생각 없이 진탕 술이나 마시고 싶다. 그동안 칼을 익히는 데 정신이 팔려 제대로 끼니를 찾아먹지 못해 고기가 쌓였구나. 모두 네놈들에게 구워줄 테니 실컷 먹도록 하여라."
 자운엽은 다시 한 통의 술과 고기를 들고 나와 불 위에 올려놓았다.
 "커억!"
 폭음을 하다시피 다시 한 통 술을 다 비운 자운엽의 눈이 풀려갔다.
 "이곳으로 들어온 후 처음으로 쉬어보는구나. 처음으로……."

지친 목소리로 중얼거린 자운엽은 계곡 벽에 등을 기대며 스르르 무너졌다.

수운곡에 들어온 후 처음으로 만사를 잊고 하루 동안 휴식을 취한 자운엽은 다음날 아침 일찍부터 다시 칼을 수련하기 시작했다.

이젠 그간 익힌 초식을 바탕으로 마지막 초식을 익히고 혈접검법 수련의 마무리를 지을 생각이었다.

도(刀)를 들고 익힌 도법이라면 베기나 내려치기로 끝을 볼 수도 있겠지만 손에 들고 있는 물건이 검과 같이 생긴 이상 베기와 찌르기가 완벽히 조화된 최후의 초식이 필요할 것 같았다.

"그렇게 되면 한 자루 칼 속에 내 자신을 감출 수도 있을 것이니 마지막 초식의 이름은 혈접장신(血蝶藏身)으로 하자!"

마지막 초식의 이름을 별 대수롭지 않은 표정으로 지은 자운엽은 길게 한숨을 내쉬었다.

"이름이야 쉽게 지었다만 마지막 초식의 수련이야말로 정말 지겨울 것 같다."

인상을 찡그린 자운엽은 질린 표정으로 실개천 하류 쪽을 쳐다보았다.

"발목에 밧줄을 묶어놓고 감시하는 괴팍한 사부가 있는 것도 아닌데 그냥 확 도망쳐 버려?"

악착같이 감시하는 그런 사부가 있었다면 모든 수단을 동원해서 도망치고도 남을 자운엽이었지만 아무도 말리는 사람이 없으니 도망갈 기분도 나지 않았다.

"젠장! 사부 없는 설움이 이렇게 크군. 도망도 못 가니 말이야."

중얼거린 자운엽은 하염없이 실개천 하류 쪽으로 향하고 있는 시선을 억지로 거두어들였다.

"찌르기와 베기, 두 개의 초식을 하나로 섞으려면 결국 혈접낙화의 찌르고 회수하는 검초 사이에 혈접난무를 펼쳐야 하는데… 이것이야말로 묘수가 없는 완벽한 중노동이구나. 오로지 한 동작 한 동작 무수히 반복하며 수련하는 수밖에 달리 방법이 없겠구나."

자운엽은 다시 한숨을 내쉬며 혈접낙화의 한 동작 한 동작 사이로 혈접난무를 천천히 펼치며 칼을 휘둘러 보았다. 그렇게 두 가지를 섞어서 하나로 펼치니 혈접난무나 혈접낙화 한 가지만 펼칠 때보다 몇 배나 속도가 떨어졌다.

"이것을 모두 펼치는 시간을 각각의 초식을 펼치는 시간과 똑같은 짧은 순간에 펼쳐야 수련이 끝날 것이다."

자운엽은 입맛을 다시며 다시 칼을 들어 올렸다.

마지막 초식 혈접장신의 수련은 오로지 시간과의 싸움이다.

새로운 묘리를 찾아내어 그것에 매진하는 것은 짜릿한 흥미라도 있었지만 이것은 이미 만든 두 초식을 최대한 짧은 시간에 완벽하게 조화시키는 것이기에 크게 새로울 것도 없고 죽도록 칼을 휘둘러 종이 한 장의 차이를 더 줄이는 것처럼 수련 성취 역시 아주 더디게 나타날 것이다.

"이런 단순 무식한 중노동이 제일 싫다니까."

연신 투덜거린 자운엽은 맥이 빠진 표정으로 온갖 궁리를 다했지만 결국은 한 발짝도 빠뜨림 없이 거쳐 가야 할 노정(路程)임을 받아들일 수밖에 없었다.

아무리 단조롭고 싫증나는 수련이 될지라도 혈접장신은 이제껏 쌓은 수련의 대미를 장식하고 평범함 속에 가장 비범함이 숨어 있는 혈접검법 네 개 초식 중 가장 중요한 초식이 될 것이다.

"어쨌든 이것만 익히면 세상으로 나갈 수 있다. 그것을 낙으로 삼고 최단시간 내 혈접장신을 완성시키자."

세상으로 나간다는 미끼 하나를 코앞에 매달아놓고 스스로 그 미끼의 유혹에 빠져들기로 한 자운엽은 힘을 얻은 듯 칼을 다잡았다.

"그동안 정말 고생했다."

이듬해 봄이 끝날 무렵 자운엽은 혈접검법 네 개 초식을 완성시키고 그동안 자신의 한 팔이 되어 한시도 떨어지지 않고 붙어 지낸 목검을 내려다보았다. 자신의 피와 땀이 고스란히 배인 박달나무 목검이 흡사 묵검처럼 검은빛을 발하고 있었다.

"네놈은 영원히 내 분신으로 간직하겠다."

자운엽은 목검을 검집에 넣고 등에 메었다.

"이젠 더 이상 수운곡에 머무를 순 없다."

목검을 등에 멘 자운엽은 동굴 안을 한 바퀴 둘러보았다.

이곳에서 혼자 할 수 있는 것은 모두 다 했다.

시간의 추이도 망각한 채 식음을 전폐하고 피를 토할 정도로 집중하며 매달렸고, 수없이 손바닥이 찢겨지고 손목이 부어오를 정도로 목검을 휘둘렀다. 자신의 능력으로 할 수 있는 최선을 다했고 마지막 한 방울 심혈까지 다 짜 넣었다.

"오 년이 지난 것인가?"

동굴을 나온 자운엽은 감회 어린 눈빛으로 수운곡을 둘러보다 소도(小刀)를 들고 개울가로 걸어갔다. 개울물에 자신의 모습을 비춰 보며 자운엽은 제법 얼굴을 덮기 시작한 수염들을 깔끔히 밀었다.
 "스윽스윽!"
 잘 벼려진 소도에 턱과 입가를 어지럽히고 있던 잔털들이 모두 잘려 나갔다.
 "이젠 머리도 좀 정돈을 해야겠군."
 봉두난발한 머리를 푸욱 물에 담그고는 흠뻑 물을 묻힌 후 고개를 좌우로 여러 번 흔들었다.
 자랄 대로 자란 머리카락이 개울물 속에서 물뱀처럼 흔들거렸다.
 "푸우!"
 자운엽은 물을 뿜으며 고개를 쳐들었다.
 물을 잔뜩 머금어 허리 어림까지 길게 흘러내린 머리카락을 양손에 모아 잡고 머리 꼭대기에서 한 줌 질끈 동여매었다.
 짐승인지 사람인지 구별이 가지 않을 듯한 모습의 인영을 담았던 개울물이 순식간에 관옥 같은 모습의 사내 하나를 담고는 움찔 놀라 작은 파문을 일으키고 있었다.
 "이젠 이것을 팔아 옷만 바꿔 입으면 완벽한 변신이다."
 자운엽은 동굴 옆에서 마지막으로 한 번 더 잘 말린 짐승 가죽을 차곡차곡 포개어 칡넝쿨로 묶었다. 세상으로 내려가면 제일 먼저 이것을 팔아 우선 필요한 용돈을 마련할 생각이었다.
 "그동안 정들었던 곳이지만 여기 다시 올 일은 없을 것이다. 이제 이곳은 백미호, 네놈에게 고스란히 물려주마."
 자운엽은 옆에서 자신을 지켜보고 있는 백미호를 한번 쳐다보고는 근처의 바위 쪽으로 걸어갔다.
 "으라차!"

자신의 몸집보다 더 커 보이는 바위를 안은 자운엽이 기합성을 내지르자 온 산을 뒤덮은 홍수에도 꿈쩍도 않을 것 같은 바윗덩이가 천천히 뽑혀 올려져 동굴 입구 쪽으로 움직이기 시작했다.

"하앗!"

다시 한 번 고함을 내지르자 자운엽의 모습을 완전히 가려 버릴 만큼 큰 바윗덩이가 동굴 입구를 꽉 막으며 쿵 하고 내려섰다.

"자, 백미호야, 어서 와서 이리로 들어가 보거라."

자운엽이 입구를 막은 바위 아랫 부분인 작은 구멍을 가리키며 고함을 치자 백미호가 천천히 걸어와 바위 아래로 난 작은 구멍을 쳐다보다가 그 안으로 몸을 들이밀었다.

"꼭 맞는구나. 하하!"

자운엽은 맑은 웃음을 터뜨렸다.

"이젠 이곳을 네놈 집으로 삼든지 말든지 네놈이 알아서 할 일이다. 입구를 이렇게 막아두었으니 곰이나 호랑이처럼 큰 야수들은 드나들지 못할 것이나. 네 녀석에겐 좀 넓은 듯하지만 가족들 모두 데려와 정 붙이고 살아보거라."

자운엽은 동굴 안에서 작은 구멍으로 고개를 내민 백미호의 목을 쓰다듬었다.

"후후! 네놈 때문에 이 깊은 산중에서도 외롭지가 않았는데 이젠 이별이구나. 그동안 네놈도 자식에 손자까지 보았으니 내가 떠나더라도 외롭지는 않을 것이다. 부디 이곳에서 편안한 여생을 보내거라."

다시 한 번 백미호의 목을 쓰다듬자 백미호가 고개를 떨어뜨리며 자운엽의 손바닥을 핥았다.

"영악한 녀석이니 잘 알겠지만 은혜를 원수로 갚기도 하고 배신을 밥 먹듯이 하는, 세상에서 제일 못 믿을 동물이 바로 머리털 검은 동물이다. 어쩌다 나하고 인연을 맺게 되었지만 절대로 인간을 믿어서는 안 된다. 그러니 너무 섭섭해할 것도 없느니라."

백미호의 목을 두드려 준 자운엽은 몸을 일으켰다.

"어차피 할 이별이면 빠를수록 좋은 것이야. 여기서 바로 이별을 하자꾸나. 한 발짝이라도 더 따라 나올 필요 없다."

단호하게 말을 맺은 자운엽은 빙글 등을 돌리며 가죽 더미를 들어 올렸다. 그리고는 폐부 깊숙이 마지막으로 수운곡의 공기를 한껏 채우려는 듯 가슴을 부풀렸다.

"타앗!"

한소리 기합과 함께 자운엽의 몸이 긴 꼬리를 남기며 실개천을 따라 쏘아져 나갔다.

움찔 놀란 백미호가 반사적으로 동굴을 빠져나와 몇 걸음 따라 뛰었지만 이젠 도저히 자운엽의 빠름을 따를 수 없는지 이내 포기하고 그 자리에 엉덩이를 깔고 앉았다.

"우우우우우!"

구슬픈 장소성을 내지른 백미호가 쓸쓸한 눈빛으로 계곡 아래쪽을 응시하며 자운엽을 모습을 쫓았지만 숲에 가렸다 잠시 백미호의 눈에 다시 비친 자운엽의 신형은 이미 수운곡을 벗어나 작은 점이 되어 사라지고 있었다.

〈제1권 끝〉

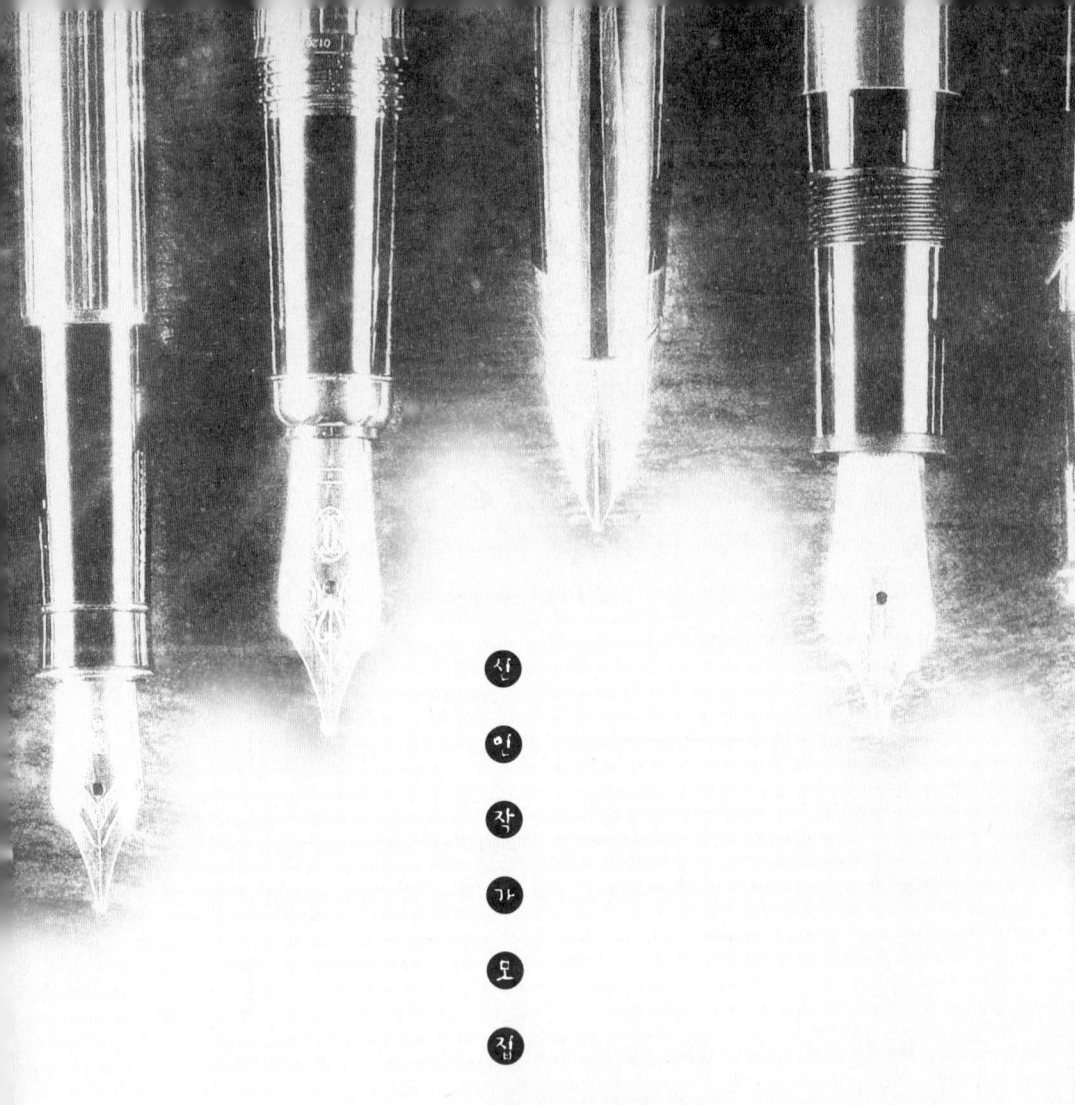

신인작가모집

시작이 반이라고 했습니다.
작가의 길에 대한 보이지 않는 벽을 과감히 깨뜨리십시오!
청어람은 작가 지망생 여러분들의
멋진 방향타가 되어드리겠습니다.

저희 도서출판 청어람에서는
소설 신인 작가분들을 모집합니다.
판타지와 무협을 사랑하시는 분들의 많은 참여를 바랍니다.
소정의 원고(A4용지 150매)를 메일이나 우편으로 보내주시면
검토 후 출판 여부를 알려드리겠습니다.

**주소**:경기도 부천시 원미구 심곡1동 350-1 남성B/D 3F 우편번호420-011
**TEL**:032-656-4452 · **FAX**:032-656-4453
http://www.chungeoram.com
**e-mail**:chungeoram@chungeoram.com